崔大人駕到
下
作者 袖唐
繪者 ツバサ

目錄

〔卷三〕 落英塚

〔卷三〕落英塚

忽逢桃林，落花依草，點綴映媚。

第六章　毒殺

大理寺一角。

清淨的院落裡只有一間屋子點了燈，屋內落針可聞，兩個人伏案看卷宗，偶爾會有翻動書頁的聲音響起。

西南牆角的位置坐了一個三十多歲的男子，已經開始蓄鬚，膚色微黑，但濃眉如劍，頗為英氣；而北牆靠窗位置的男子身形修長，一張臉生得俊美至極，靜靜坐著便如珠玉般令滿室生輝。

更鼓敲響第三遍的時候，有人敲門。「二位大人，夜宵送來了。」

「拿進來吧！」蓄鬚男子抬起頭來，活動了一下脖子。

差役將兩個食盒分別放在兩人的案上，便躬身退了出去。

「子清，坐過來一起吃吧。」蓄鬚男子將食盒提到屋子中央的案上。

謝飂放下卷宗，起身提著食盒過來。

「我最喜歡同你一起吃飯。」蓄鬚男子笑道：「那些廚娘的心思全用在你的食盒裡了。」

謝颾笑笑，俯身把食盒裡的東西取出來。

擺好飯，兩人坐下無聲地吃了起來。

過了一會兒，蓄鬚男子停筷，輕聲道：「子清，我覺得有點不對勁，你沒事吧？」

謝颾抬眼看向他，蓄鬚男子的臉色泛著不正常的潮紅，額頭上已經滲出了汗水，而謝颾並無任何異樣。

滿桌的食物，謝颾只有那道湯沒有碰，他皺眉道：「湯有問題？毒？」

「我覺得這不是毒。」蓄鬚男子倏地站起來，胯下已經支起了帳篷。「我先回家，那堆卷宗煩請你幫我整理一下！十萬火急！這是你最愛的三鮮湯，定是你的美貌惹出來的事兒！」

說罷便兜起袍子匆匆跑了。

謝颾無心再吃，皺眉坐了好一會兒，才起身去將蓄鬚男子桌上的卷宗都抱過來。

一夜寧靜。

次日清晨，朱雀街上開始有行人走動，不多時便騷動起來，因為在大街上躺了一名衣衫不整的男子，有人過去想叫醒他，卻發現那人已經僵硬。

監察司。

崔凝先去了一趟典書處，而後便直接去找魏潛。

她進屋便聽見幾個人聚在一起說得正熱鬧，好像是說「大理寺死人」，而魏潛坐在位置上喝著茶，神色平靜。

「五哥。」崔凝看了那群人一眼，又問魏潛。「大理寺出了什麼事？」

魏潛握著茶盞，靠在椅背上，抬眼看向她。「昨晚，大理寺一名官員死在朱雀街上。」

「凶殺？」崔凝驚訝道：「太大膽了吧，竟然向大理寺伸手。」

「還在查，不一定是凶殺。」魏潛喝完茶，起身道：「走吧，今天事情很多。」

崔凝跟在他身後，隨行的還有許多差役。

待到了渾天監，魏潛便令人檢查下面的排水通道。

通道是為了防止雨水聚積，一名差役爬進去須臾便返回，稟道：「大人，入口被堵死了。」

「讓幾個人分別去其他入口查看，報告堵塞位置。」魏潛道。

十幾名差役分散開來，在魏潛指點的地方找到入口，開始查看。

片刻之後，均返回告之結果——除了朝北通向河邊的排水口沒有被堵之外，其他全部都被堵死，而且看情形並不是近期所為。

「我知道了！」崔凝眼睛一亮。「凶手把大部分排水口堵上，雨水不能及時排出，就會浸入觀星樓內，那些土便會漸漸鬆動。」

「不錯。」魏潛讚許道。

崔凝仰頭看著高聳的觀星樓。「是哪裡鬆動了呢？」

「去南面看看。」魏潛道。

兩人走到觀星樓的南牆處。

崔凝覺得這裡地勢有些不平，往南走的時候明顯輕鬆許多，而這觀星樓四周草木蔥蘢，十分茂盛，她回頭仔細看了看，驚道：「咦，這是鯉魚背！」

「鯉魚背？」魏潛回頭看了一眼。

「你看，整個渾天監的地勢都微微拱起，是個不太明顯的緩坡，四周開闊，若不是仔細觀察，甚至不會發現這裡比別處高。從風水上來說，這叫鯉魚背，魚躍龍門化作龍，這種地方有時候會隨著一些轉變而成為小龍脈。」崔凝忽然又想到那些排水通道：「如果被破壞，也可能成為凶煞之地。」

「這就能解釋為何工部的築建圖中沒有排水通道圖了。」魏潛見她觀察仔細，頭腦靈活，也願意將自己的想法說與她聽。「我今早又去了一次左府，左大人告訴我，知道這些排水道的人不多，不過工部的人跑到渾天監殺人分屍的可能性不大，我懷疑凶手潛伏在渾天監內多年。」

如果常年待在這裡，不難發現觀星樓底下有排水通道。

「這裡。」魏潛見牆上一處接縫比其他地方寬，對差役道：「撬開它。」

兩名差役上前，用鋤頭去撬，他們還以為要用很大的力氣，沒想到才一發力，那塊石頭便掉落下來，差役踉蹌著退了幾步。

另一名差役乾脆放下鋤頭，用手試了試，很快便搬掉了幾塊大石，露出一個漆黑的大洞口。

「大人，要進去看看嗎？」差役問。

魏潛已經解開了官袍，露出裡面的勁裝。「我進去。」

他把官袍丟給崔凝，取出一塊玄色布罩住頭，戴上羊皮手套，抬起長腿俐落地進洞。

崔凝想到那些聲音，趕忙抱著衣服湊近洞口，從懷裡掏出一個小錦囊塞進他手裡，叮囑道：「五哥，裡面可能有蛇鼠，你一定要小心啊！」

魏潛低聲答應。

這個洞是通向排水道的，也許是為了方便疏通，甬道能容得下一個人通過，石壁上也有凸出踩腳的地方，只是魏潛身材高大，兩臂幾乎全擠在石壁上，手臂根本無法自由伸展，牆面又是豎直的，石頭上還長有青苔，所以摳著石壁往上爬的時候十分吃力。

裡面晦暗無光，魏潛一邊爬一邊試探周圍牆壁是否有空洞，到了四、五丈的位置便已大汗淋漓。

他在原地休息了一會兒，忽然聽到上面有「嘶嘶」的聲音，他抬頭，隱約看見一條蛇盤踞在他頭頂一尺處的石蹬上。

魏潛屏住呼吸，猛地伸手掐住那蛇的七寸，略一用力，將牠掐死，而後順著腿側拋了下去，他知道距離目的地不遠了。

果然，再向上兩尺，便看見了一個洞窟，裡面傳出濃濃的腐臭味道，以及各種「嘶嘶」的聲音，聽起來有不少蛇，不知有毒無毒。

他正猶豫是否要退回去，忽然想起崔凝塞給他的錦囊，他把它塞在懷裡，稍一低頭就能嗅到濃郁的藥草混雜雄黃的味道。

魏潛掏出錦囊，將裡面的藥物弄散，灑進洞裡。

裡面靜默了一瞬，接著發出了細微的聲響，那些蛇聞到氣味開始躲避。

魏潛適應了片刻，依稀看到洞中情形。

儘管他進來之前已經做好心理準備，但看見眼前的場景還是被驚到了——碎屍堆成一座小丘，腐爛生蛆。

魏潛仔細檢查周圍，無奈光線太暗，只在洞口撿到了一塊帕子，上面繡著桃花。

他沒有繼續停留，順著石蹬爬下去。

崔凝聽見聲音，探頭張望。「五哥，找到沒有？」

「找到了，這次恐怕有得折騰。」他轉頭吩咐差役。「拿我權杖再調二十人，將這座觀星臺守住，我先去寫奏摺。」

「寫奏摺做什麼？」崔凝跟著他離開。

「拆觀星臺。」魏潛道。

回了監察司，魏潛寫完摺子後，立即去見監察令，說明在觀星臺中所見情形。長安已經很久沒有發生如此駭人聽聞的大案了，更何況是在大明宮附近。監察令不敢大意，拿了摺子便入宮面聖。

很快，魏潛便得到聖上口諭，准許拆觀星臺，但不可鬧出太大動靜。

魏潛也正有此意，便在監察司做好一切準備，只待晚上行動。

崔凝沒有硬跟著，家裡不會同意她大晚上跑到渾天監看人挖屍體，她也明白適可而止的道理。

晚飯過後。

崔家人照例坐在一起聊天。

崔凝捏了個小點心正要往嘴裡塞，便聽崔況問：「昨天大理寺死了一名官員，二姊，妳在監察司可有什麼消息？」

她頓住動作。「這個案子大理寺在審，監察司應該沒摻和。」

監察司一共有四個檢查處，魏潛只是負責其中一個，不過崔凝聽他的口氣，此事把大理寺惹毛了，他們大有不抓到凶手決不甘休的架勢，為了臉面，也不肯讓監察司的人伸手。

監察司和大理寺的關係，說起來有一點微妙。大理寺是正統辦案的地方，監察司主要負責監督，真正辦案的機會不多。但監察司的職責並沒有明確規定，難免有過界的行為會觸碰到大理寺的利益。

「也不知表哥怎樣了。」崔況嘆道。

崔凝嚥下點心，問：「表哥怎麼了？」

崔況挑眉，一臉鄙視。「妳待在監察司就整天喝茶吃點心？這麼大的消息，長安都傳遍了，妳竟然不知道？乾脆回家學女紅算了，白占個坑。」

崔凝覺得冤枉，她一整天都沒閒著，上午在渾天監，下午又整理謄抄了一大摞渾天監官員的名單，哪有時間聽八卦。

崔淨道：「是謝表哥，聽說他們消夜的湯裡被下了毒，那是表哥喜歡的湯，這毒原是要害表哥的。」

崔凝吃驚道：「他剛剛入官場，誰要害他啊？」

崔淨搖頭。

崔況道：「或許是有人不想讓謝家復起。」

這話倒是有點一針見血的意思，崔道郁和凌氏明知道兒子天賦異稟，但每一次都忍不住吃驚。

不過凌氏更擔心別的。「況兒，你乾脆別考去什麼狀元了，太危險！」

「母親，不能因噎廢食。」崔況鐵了心要考科舉，若是不考，他永遠不知道自己在天下讀書人中處於怎樣的位置，說白了，對別人來說，科舉可能是為了步入官場，但對崔況來說，只是一次認清自己的必經過程。

「郎君，東院那邊請您過去說話。」外面有侍婢稟報。

崔道郁整了整衣衫，同凌氏說了一聲，便去了崔玄碧那裡。

父女兩人到東院，崔凝被單獨領到了書房，而崔玄碧則在花園裡見了崔道郁。

「父親，我跟你一起去吧。」崔凝追了上來。

「子清的事情，你怎麼看？」崔玄碧道。

崔道郁言。「況兒說是有人不想謝家復起，兒子也是這樣想。」

崔玄碧微微笑道：「況兒很有天賦。如果不是意外，我也只能想到這一個理由。」

「父親，謝家已經不復當初，為何還有人如此防備？」崔道郁不解。

自己這個兒子政治敏銳度不高，崔玄碧早已見怪不怪，但見他這麼問，還是被蠢得生氣了，遂擠兌他道：「你去問問況兒吧。」

崔道郁一點都不覺得丟臉，哈哈一笑。「能把兒子生得聰明也是本事，父親就沒有這樣的本事。」

「就剩一張嘴了。」崔玄碧哼了一聲，轉了話鋒：「你至少應該明白我為何拒絕謝家的婚事了吧？」崔玄碧可不是一心縱容孫女的那種人，他是衡量過利弊之後，才依著崔凝的意思來辦。

崔道郁不語。

「看你那樣子也是不明白！」崔玄碧無奈，索性不理他，拿著剪刀修剪他那幾盆寶貝盆景。

「是因為咱家也不願意謝家復起吧。」崔道郁只好道。

崔玄碧瞥了他一眼。「腦子長得比旁人好，就是不願意動！這可不能怪我生不出聰明兒子。」

在官場上混，想要前途光明，又要一雙手乾乾淨淨，需要極大的運氣，崔道郁沒有那樣的運氣，又不願意動旁的心思，所以他一直停留在原地。

崔玄碧道：「想弄清楚為什麼大家對謝子清入仕如此忌憚，就好好想想淝水之戰。」

彼時，謝家四個人創造了一場震古鑠今的「淝水之戰」，八萬人完勝前秦二十五萬敵軍，更使謝家無限榮光。正是因為這著名一戰，謝家才從一個普通士族變成了與琅琊王家並列的最高名門望族。

從東晉到南朝這兩百年，謝家見於史傳就有十二代，合計一百餘人。

入史載是什麼概念？這意味著，他們都有巨大的成就或改變歷史的功績！

這不是運氣。

這是一個可怕的家族，只要給一個機會，他們就有本事站到歷史的最中央。像謝颺這樣出色的人，誰知道他是否有能力再指揮一場類似「淝水之戰」的翻身仗？

皇室憂慮重重，而各大家族既喜且憂。如今整個士族都在慢慢走向衰落，若是謝家能再創造烏衣巷的高貴與繁華，就意味著整個士族的崛起，可是謝家一旦達到那個頂峰，其他家族就只有唯謝家馬首是瞻。

「謝家對這樁婚事也並不強求，他們是想得到清河崔家心甘情願的聯姻，倘若不成，也絕不肯冒著被皇室視作眼中釘的風險。」崔玄碧道。

畢竟謝颺一個人身單力薄，皇室雖有顧慮，卻不會太當回事，但若再加上清河崔家，意義就大不相同了，皇室極有可能會興師動眾明裡暗裡打壓。

崔道郁道：「父親叫我過來的意思是……」

「凝兒的婚事，倘若近期要訂下，就在符長庚和魏長淵中選。」崔玄碧道。

「這兩人的年紀……」崔道郁總覺得委屈了女兒，若是非挑一個……「魏長淵不行。」

「你畢竟是她父親，婚姻大事，我不會一個人做主。你自己去想吧。」崔玄碧道。

聖上忌諱士族聯姻，崔家不可能不聯姻，也不會侷限在士族圈子裡，崔家那麼多女兒都嫁給了毫無建樹的士族子弟，反倒要拒絕符遠、魏潛這等條件的青年不成？

對於崔家來說，符遠家族無根基，但其祖父手握實權，他又是可造之材，在崔家的幫助下，將來未必不能成為另外一個符相；而魏家，雖說不是什麼豪門士族，但他們家一向是清流中的清流，在崔玄碧看來，撇去魏潛本人那點無傷大雅的小傳聞，算是沒有瑕疵。

魏潛不管是實權、名聲，還是本人，都是頂好的，放眼長安，也沒有幾個能趕得上了。

崔道郁走後，侍女請崔凝出來。

「祖父和父親說什麼呢，這樣神祕。」崔凝笑著給他施禮。

「坐吧。」崔玄碧打量她。「出去這趟有何感悟？」

崔凝坐下道：「感悟算不上，只是覺得天地如此大，不該總是待在長安城的圍牆之內。」

她不知道自己有什麼變化，但崔玄碧很清楚，她比以前更從容沉穩了。

「司家的案子進展如何？」崔玄碧問。

崔凝詫異道：「家裡不是不樂意我蹚渾水嗎？」

「是妳父親的想法吧？」崔玄碧看著她道：「我當多養了個孫子也沒什麼，前提是妳得有真本事，妳若是跟現如今的大多數女官一個樣，趁早歇了心思在家裡等嫁人。」

崔凝原本沒打算認真走官場這條路，但崔玄碧的話讓她認真地考慮了一下，官職越高權勢越大，她找到神刀的機會就越大。只一瞬間的權衡，她就迅速做出了判斷：「我或許不如小弟聰明，但一定會更努力。」

崔玄碧滿意地點點頭，這幾個月奔波的辛苦沒有讓她退縮，說明這個孩子確實是有決心有毅力。

「比起聰明才智，堅持才能更接近成功。」

「阿凝明白了。」

「也許妳現在會覺得家族對妳束縛頗多，但待妳真正開始走這條路的時候就會明白，多了這個牽絆比一個人孤軍奮戰好得多。」崔玄碧道：「走下去，有一天妳會變得足夠強大，那時候會習慣選擇，會掌控自己，將來就算遇到再艱難的抉擇，妳也會明白如何做才正確。」

「祖父做到了嗎？」崔凝覺得，祖父很強大，可是他也並非事事都能做出正確的選擇，譬如感情。

崔玄碧明白她說的是什麼，他如今已看開了許多，淡淡笑道：「我殺了那個挑事的女官，也想了很久，直到最近才明白為何會與妳祖母走到這個地步。因她不是別人，是吾妻。」

崔玄碧性子剛硬，若是別人與他有衝突，他會有各式各樣的辦法讓對方一敗塗地，但那些手段他不會對謝成玉使。

謝成玉也一樣，以她的聰明才智，能將那麼多人牢牢控制，卻始終沒有對他用那些詭計。所以就算最後鬧到各自傷心、分隔兩地，他們對彼此、對這段婚姻都還心存保護。

崔凝雖然聽得很認真，實際上並不是很明白。

直到很多年後，崔凝殺伐果斷的時候，仍舊會想起今日的對話，可那時，她也明白了一個道理，一個人無論多麼強大，終究還是有無法抉擇的事情。

第七章　疑凶

一夜之間，觀星臺的整面南牆都被拆除了，藏在陰暗中的一切都暴露在陽光下，四處逃竄的蛇鼠、堆積腐爛的屍體。

那種場面，就連曾經上過戰場殺過人的兵卒都覺得心驚。

崔凝一早趕到的時候，那些碎屍已經被清理出來，地上鋪了草席和白布，屍骨擺在上面，有些還帶著腐肉，有些已經完全是白骨。

魏潛正蹲在一旁親自看著仵作驗屍。

崔凝遠遠看著，腦海中屍山火海的場面零零碎碎地閃過，額頭上冒出了豆大的汗珠。

她抿了抿脣，抬腳走了過去。

「崔典書。」有差役遞給她羊皮手套和面罩。

崔凝戴好，喊了魏潛一聲：「五哥。」

「嗯。」魏潛應聲。「那邊已經拼出兩具女屍，這邊大概還有三、四個。」

仵作抬了一下頭，看見崔凝帶了紙筆過來，便知道她的身分，一邊拼湊屍體，一邊說道：「那兩具女屍，年齡都在十五到二十歲之間，一個身高五尺一寸，另一個身高五尺四寸三分。矮的那位，整塊後枕骨都快碎了，若是人拿著東西敲的，力氣必然得很大才行，而且她全身多處骨骼碎裂，所以我認為應是從高處跌落。高的那位除了被鋸開的地方，生前並沒有什麼明顯的傷痕，觀骨肉的情況，也不像是被下毒。」

崔凝飛快地記錄下仵作所說的話，然後又寫了兩個小紙條，分別用石塊壓在兩具屍體的旁邊。

從這麼多屍塊中拼湊出完整的人是一件很困難的事情，好在有些屍塊上還有衣物，可以幫助辨認，即便如此，等六具屍體拼好之後也已經天黑了。

這還是魏潛和仵作兩個人合作的結果。

「五女一男，都很年輕，多半就是渾天監的生徒。」魏潛脫下手套，問崔凝：「天黑了，還不回去？」

「嘿，我抱上大樹了，昨晚與祖父聊了一會兒，我想他會同意我留下來的。」崔凝招手讓一個差役過來，吩咐道：「煩請你幫我去崔府說一聲，今晚要忙案子，晚一些回去，啊，對了，一定要同崔尚書大人說！」

「是！」差役領命離開。

魏潛有點吃驚，不過並沒有問什麼，只道：「午飯沒吃好吧？」

「嗯？五哥要請晚飯嗎？」崔凝反問道。

「好。」魏潛爽快答應。

晚風徐徐，兩人並肩走在渾天監的楓樹道上，紅葉隨風旋落。若沒有身後被拆一半的觀星臺和滿地屍體，真真是歲月靜好。

魏潛沒帶崔凝走遠，就到附近一個麵攤上隨便吃了點。

崔凝吸溜著麵條，笑道：「沒想到你會到這種地方吃飯。」

魏潛氣質清貴，之前在一起吃飯的時候，他也只是懶懶地動幾下筷子，好像不食人間煙火似的，誰能想到他現在坐在街頭大口吃麵？

魏潛沒說話，順手從碟中夾了一大塊羊肉塞進她嘴裡。

秋季的晚上有點冷，一大碗熱呼呼的麵湯下去，整個人都暖和起來。

魏潛結了帳。「走吧，審案子去。」

「審？哪有犯人？」崔凝快步跟上去。

「我想已經有嫌疑犯了。」魏潛道。

六具屍體九成可能是渾天監的生徒，那麼凶手也多半就在渾天監中。這幾具屍體腐爛程度不一樣，有的早已經徹底成為白骨，仵作判斷至少是在三年前死亡。

「六具屍體，雖然致死原因不同，但是在死後都被切割成塊，可能是同一人所為。所以我們要找的人，是個至少在渾天監超過三年，有一定地位，微瘦、懂醫理、有力氣的中年人。」

崔凝沒有直接詢問他是如何推理出這些特徵的，而是先自己想了一遍：超過三年是根據屍骨推斷，殺人或許需要技巧，但分屍是個力氣活，必須得有力氣才行。而做這一切，必須要掩人耳目，有一定地位的官員更容易做到。

「為什麼是個瘦子？」崔凝不解道。

「拋屍的甬道很窄，凶手若身形肥壯魁梧，無法自行出入。」魏潛道。

「這個案子與司言靈案有什麼關係？」兩個案子相隔有些年頭，除了牽扯到司家和陳家，看不出太多聯繫，不過崔凝覺得一定有關，只是水太深了。

「想知道？」魏潛垂眼看她。「必須盡快抓住凶手。」

他說這話的時候沒什麼表情，淡漠之中透出一種勝券在握的自信，顯得格外耀眼。

「五哥……」

「嗯？」

崔凝嘴巴抿成一條線，眼睛亮晶晶地望著他，寫滿了「你好厲害」。

魏潛不知道自己到底做了什麼讓她突然有此反應，眼下被她看得有些不自在，輕咳了一聲，加快腳步走到前面。

「五哥，我想誇你。」

「嗯。」都要被那眼神閃瞎了。

「那我能說嗎？」她記得很清楚，魏潛說過以後都不許誇他，但她平時順嘴誇習慣了，不說出來憋得難受怎麼辦？

「不能。」

魏潛兩條長腿不緊不慢，可是被剝奪語言自由的崔凝得小跑一陣才跟得上。她哼哼唧唧地跟魏潛回到渾天監，發現所有生徒都被聚集在了跨院中。

魏潛看了一眼，便直奔主院而去。

「拿著名單去核對人數。」魏潛把名單交給差役。

在主院堂內坐了約莫一盞茶的時間，差役回來稟報：「回稟大人，少了十五個人，管檔室的大人說，是前幾次測試淘汰的。」

「嗯。」魏潛把名單放在手邊的几上。「請幾位大人過來吧。」

不多時，渾天監所有主官都被請了過來，一共有六位，除了任渾天令的陳長壽，還有兩位少監袁飛塵、張巍，以及推算局掌令上官卯、測驗局掌令姬玉劫、漏刻局掌令趙宏生。

六人之中，姬玉劫是唯一的女官。

魏潛請眾人入座之後，直接道：「各位眼皮底下發生了如此駭人聽聞的凶案，還請諸位盡力配合早日抓到凶手。袁大人可否告知，這四個月以來被淘汰生徒的詳細情況？千萬不要告訴我渾天監從來不做底本。」

袁飛塵不到五十歲，他正襟危坐，鬚髮整齊，一襲官袍穿在身上看起來仙風道骨，比陳長壽有派頭多了。

他在渾天監任少監，掌管檔室，所有卷宗全部都歸他管，是重大嫌疑人之一。

「我已經帶過來了。」袁飛塵從袖中掏出卷帛，令人送給魏潛。

魏潛飛快地掃了一遍，抓住關鍵。「我昨日便拿到了所有生徒的名單，以及這份淘汰者的名單，上面沒有任何一個司姓生徒，敢問袁大人，為何？」

袁飛塵清了清嗓子。「從觀星臺上跳下來的生徒名叫凌薇，不知道她是從何處弄來的假身分。」

「渾天監收生徒從不仔細核實身分？」魏潛又問。

「會核實。」袁飛塵頗感無奈。「但是渾天監現在人手不夠，只能把戶籍交給戶部，請他們幫忙查證。那邊大概只會核對是否有此人存在吧！」

經過戶部協助查證，代表凌薇這個戶籍是真的，但沒想到人卻被替換了。

這也是沒有辦法的事情，戶籍如此多，又沒有辦法把人帶回去核對，很容易被人鑽空子。

魏潛看到凌薇的紀錄：十四歲，通州易縣人，測驗局核驗通過。

眾人都以為魏潛會向姬玉劫問話，誰知等了片刻，卻聽他道：「請諸位大人先去西跨院小坐片刻。」
六位官員陸續起身出去。
魏潛轉頭對正在完善紀錄的崔凝道：「把六人的形貌也記下來。」
「嗯。」崔凝應聲。「六個人中，就只有漏刻局的趙大人的身材不太符合。」
趙宏生個頭不高，整個人看起來圓圓胖胖，彌勒佛似的，那腰圍能抵魏潛兩個，估計在入口就會被卡住，更別說從那麼小的甬道搬運屍體了。
「凶手未必就是一個人。」魏潛道。
崔凝怔了一下。「也對。」
兩人說著話，所有生徒被帶到了堂屋門外。這些生徒經過幾輪淘汰之後，剩下了二十八名。
魏潛令人把拋屍處的所有證物都放在堂屋中央的長案上，盯著那些情緒各異的少年少女，朗聲道：「觀星臺中發現大量碎屍，目前可以確定這些死者的身分是渾天監生徒，現有證物若干，你們曾與死者朝夕相處，應當有人能夠辨認出來。諸位看仔細了，抓不到凶手，也許我撿到的下一個證物就屬於你們某個人。」
話音一落，生徒們便發出了不小的騷動。
差役喝斥了幾句，領著他們四個人一組辨認證物。

一組一組過去，幾乎有一半的人都認出其中半塊玉珮是屬於一名叫仲楚生的生徒。之所以容易辨認，一是因為所有生徒都統一服裝，每個人身上多一點配飾就比較顯眼；二是這個仲楚生相貌俊俏，頗引人矚目。

據說這少年溫潤如玉，風度翩翩，對待每個人都很溫和，不少女生徒看見玉珮都哭得肝腸寸斷，像死了夫君似的。

直到最後一組，一名女生才認出那塊繡著桃花的帕子。

帕子的主人名叫凌菱，據女生徒的描述，凌菱十八歲，個頭高挑，頗為明麗，與仲楚生的關係一直很好。

魏潛思索，既然司家嫡女的化名和其中一個死者同姓，兩人很可能是親姊妹，是不是因為身分暴露，凶手先殺了年紀大一點的凌菱，凌薇走投無路才會以死鳴冤？

該問的人都問完了，魏潛坐著喝茶，崔凝在一旁奮筆疾書。待她把紀錄整理好，喘了口氣見魏潛沒有要走的意思，忙問：「還有事？」

「坐著吧，等消息。」魏潛道：「拿來我看看。」

崔凝把紀錄遞過去。

魏潛看了一遍，見描述清楚屬實，條理清晰，字跡工整，讚道：「不錯。」

坐了好一會兒，崔凝忍不住又問：「五哥，咱們等什麼？」

「發現屍體之後，這個案子就不再是我一個人負責了。」魏潛道。

此時此刻，整個監察司都在行動，渾天監內、渾天監所屬的所有官員宅邸都在被搜查。

像這種分屍案，凶手做得再乾淨也會留下證據。聖上親自下的口諭，監察司自然要卯足力氣去查，越快越好。

隔了一個時辰，便有監察使帶來消息：在陳長壽的住處發現了一雙沾泥的鞋。當然，並不是普通的泥，而是觀星臺中那種混合泥。

鞋經過擦拭處理，但鞋的夾縫裡滲進了一些，早已經乾了。

崔凝看著監察使帶走陳長壽。「五哥，今晚會審問嗎？」

「去牢房。」魏潛道。

崔凝迅速收拾了一下紀錄，跟著押囚車到了監察司大牢。

監察司大牢沒有服刑的罪犯，只充當臨時關押嫌疑犯和審訊的場所。

陳長壽一臉驚慌地被按坐在凳子上。

監察令示意魏潛過去審問。

崔凝便隨他坐在了距離陳長壽不遠的地方，攤開紀錄冊，開始磨墨。

這時有人把證物呈了上來。

魏潛示意差役把鞋子放在桌上，微微抬了一下下巴，目光始終沒有離開陳長壽的臉。「陳大人，說說這雙鞋吧。」

陳長壽乾嚥了嚥唾沫，緊張到聲音嘶啞：「我沒有殺人。」

「陳大人穿著這雙鞋去了什麼地方？做了什麼？」魏潛問。

「我沒有殺人。」陳長壽渾身顫抖，六神無主，只是不斷重複這句話。

「給陳大人上盞茶。」魏潛吩咐。

監察令見陳長壽一時半會兒確實難以回答問題，便沒有反對魏潛的話，只是阻止了正要出去的差役，另派了親信過去，以防有人在水裡動手腳。

一杯熱茶遞到陳長壽手中，他像抓住救命稻草一般緊緊握著。

待他情緒稍稍穩定之後，魏潛才再次開口：「陳大人，你得說清楚一切才能證明自己的清白，如果你只會重複一句話。恐怕我們只能把你當作殺人凶手了。我再問最後一遍：陳大人你穿著這雙鞋去了什麼地方？做了什麼？」

「我去了觀星臺。」陳長壽說完，又立刻驚慌地解釋道：「我不是去殺人！那……那晚，我人在對面的觀星臺上，看見有人影跑進封閉的觀星臺，我……我就跟了過去。」

他捧著茶盞喝了一口，穩定一下情緒，接著道：「我就站在甬道口，沒有進去，不知道裡面發生了什麼事情，只聽見一個女子的驚叫……」

接著他就聽見有人下樓的聲音，嚇得趕緊躲進草叢裡。

那夜是陰天，周圍漆黑一片，只隱約能看見人影晃動，他看見有個人拖了兩個人出來，不知是死是活。他心裡一慌，竟是失足踩空，發出很大的聲音。

那人警覺，不但沒有被嚇走，反而朝著陳長壽藏身之處過來，嚇得他拔腿就跑。

至於在哪裡踩到的泥，他說不清楚。

魏潛道：「你說那夜陰天，那你在觀星臺上做什麼？」

「前半夜還能看見星斗……」陳長壽道。

魏潛問：「具體是哪一天？」

陳長壽避開他的目光。「我……我記不清了，大概是六月初。」

「陳大人看來是需要人幫忙才能想起來？」魏潛揚起嘴角。「有證據證明你是殺人凶手，而你不但解釋不清，話中還有諸多矛盾，已經足夠上刑了。」

「不！我沒有說謊。」陳長壽驚道。

魏潛道：「陳長壽，邢州陳縣人，自十四歲起為人卜卦，鐵口斷禍福從未出錯，永昌二年的算科魁首，自幼精通卜卦、星象，更自創星卦。我以前看過你的星卦，雖所知不多，也不會用，但知道用此演算法需頭腦靈活，記憶力極強。別人說自己不記得日子可以，唯獨你說出來太奇怪了，刻漏局已經成了擺設不成？」

聽了他的話，陳長壽的臉色越發慘白。

「你到底在隱瞞何事？」魏潛冷聲道：「希望你好好想想。」

陳長壽不語。

「上刑吧，別弄死了就行。」監察令站起來理了下衣襟，轉身出去。

「魏佐令先休息休息？該我上場了。」另外一名監察佐令笑道。

崔凝打了個冷顫，這位監察佐令的笑簡直陰冷至極。

魏潛看了陳長壽一眼，叫上崔凝一併離開。

「真的動刑了？」崔凝問。

「李佐令精通此道，自然不是說笑。」魏潛轉眼看見她瘦得快與他拳頭一般大小的臉。「我送妳回家。」

監察司有四個監察處，每處以佐令為首，都是獨立辦案，她不清楚別的佐令接手這個案子，他們還能不能繼續查。「我們還查這個案子嗎？」

魏潛道：「雖然已經不歸我一個人管，但是此案關係到司言靈案和司氏滅門案，我們有合理的理由插手。」

「我覺得陳長壽不是凶手。」沒有什麼原因，崔凝只是這麼感覺。

「有些凶手善於偽裝。」魏潛淡淡道。

他想起很久以前的案子，變得沉默起來。

崔凝沒有打擾他，兩人共乘一騎在街上緩緩前行，月光皓然，猶似白晝。

屋宇重重，在月光下清晰無比，因此也有更多陰暗之處。

長安某處。

一個人在街上匆匆前行，到了一個隱藏在黑暗中的巷子前，環顧一周，四周寂寂無人，他才走進巷內，眼睛稍微適應了一下才看見那扇小門。

推門而入，便看見一個黑衣人臨窗而立。

「你還真敢赴約。」黑衣人嗤笑。「真是人為財死鳥為食亡。」

「你這話什麼意思！」來人警覺地退了一步。

「我要你毒殺謝子清，為何死了一個不相干的人，還鬧得滿城風雨？」黑衣人問道。

「毒殺難免失手，你說過只要我能殺了謝子清，你仍舊照價給我。」

「是。」黑衣人道：「桌上是訂金，就怕……」

那人心頭一喜，幾步上前打開包袱，裡面金燦燦的光對於他來說，在黑暗中一樣耀眼。「放心吧，這次絕對……」

嗖的一聲，他話未說完，便遭一箭穿心。

黑衣人看著他倒下，緩緩道：「就怕你沒命拿。」

第八章　不能說的祕密

監察司一通搜查之後，除了陳長壽那雙鞋外，還發現了碎屍處，然而由於碎屍的地點是在渾天監的冰窖中，並沒有什麼證據證明凶手的身分。

崔凝得知這個消息，以為今日魏潛會前去查看冰窖，沒想到他卻選擇去追查司家姊妹。

工部檔案室。

魏潛看過資料以後就出去了，崔凝則忙活著抄寫有關司家的所有內容，厚厚的一遝，才抄了一半，她整條手臂都麻木了。

崔凝活動了一下手腕，才發現面前多了一個點心匣子，扭頭看了一眼，見魏潛正站在窗前沉思。

「五哥。」她放下筆。「是你買的點心？」

魏潛坐了過來，卻仍舊沉浸在自己的思緒裡，心不在焉地說了聲：「給妳的。」

「我正餓著呢，謝謝五哥。」崔凝打開點心匣子，裡面有四、五種花樣的點心，精緻漂亮得讓人不忍下口。

不過對於崔凝這種以食為天的人來說，再漂亮也是為了吃，淨手之後便毫不在意地享受起來。

吃水不忘打井人，崔凝捏了一個做成牡丹花形狀的點心送到魏潛嘴邊。「五哥吃一塊吧？」

魏潛正在想事情，點心送到嘴邊，他便下意識地張嘴含住，在口中慢慢嚼著。

崔凝覺得糕點有點噎，又倒了水遞到他手中。

魏潛回過神來，臉一熱，垂頭喝了口水，嚥下點心，目光落在她的記事簿上。「整理需要用的東西就行了，何必逐字逐句地抄寫？」

崔凝鼓著腮幫子道：「有幾個人能像五哥記性這麼好？我費點工夫，之後再想查的時候就不用到戶部了。」她湊近他小聲道：「戶部每個人都忙得像兔子似的，一說要查點東西，那臉拉得老長，都快掉地上了，我抄完就不用看他們的臉色了。」

戶部的活本身就繁雜，崔凝也想仔細地思考案件，可是有些東西又不能拿出去，她只好花工夫抄一抄。

魏潛垂眸就能看見她的髮旋，她剛剛吃完帶奶味的點心，混著身上似有若無的香味，讓人心裡軟軟癢癢的，他忍不住抬手揉了揉她的頭髮，毛茸茸的手感出奇的好。

「五哥，咱們為什麼不查殺害司家姊妹的兇手，反而要查她們的身分？」崔凝很自覺地在他手上蹭了蹭。

魏潛收回手，攏著袖子暗暗掐了掐自己的掌心，面上不露聲色。「整個監察司都在查碎屍案，刑部也開始介入，真相很快就會水落石出，我們只需等待便是。我們要查司言靈案和司家滅門案，若查清楚司家姊妹改名換姓進入渾天監的目的，應該更能說明。」

「我看了一下司家族譜，感覺有些奇怪。」崔凝把司家族譜攤開，指著其中一支道：「這幾個名字我在滅門案的死亡名單上沒有看到。」

魏潛看了一眼。「那是司言靈所屬的一支，其中兩個是他同父同母的妹妹。」

這個案子撲朔迷離，不乏線索，但都零零碎碎，始終串聯不起來。

司家的失蹤人口，司家姊妹改名換姓進入監察司，司家莊祠堂屋後那詭異的縛魂陣，司言靈死之前留下的字和那些東西，碎屍案元凶的殺人動機……

許多零碎的片段在魏潛腦海中閃現，快速地組合、關聯，他心中已經有了無數猜測，可是始終不明白陳家在這個案件中究竟扮演怎樣的角色。「如果陳長壽是殺人凶手，妳覺得他的動機是什麼？」

這個問題崔凝想過，她立刻答道：「那個凌薇以死鳴冤，不就是想指出陳家可能就是當年屠殺司家的凶手？我想司家姊妹冒險進入渾天監，肯定是想找到證據狀告陳家，但是不幸身分暴露，所以陳長壽殺人滅口，以防當年的事情洩漏。」

魏潛道：「暫且不論十多年前的陳家有沒有能力讓司家滅族，妳說說陳家滅司家的動機是什麼？」

崔凝能夠與魏潛討論案情，十分興奮，腦子比平時更加活絡，略一想，便道：「不是說陳家認定了司家殺害他們家族最出色的子弟嗎？或許是眼看司家因為一個司言靈越來越強大，而陳家卻因為失去了一個有靈性的人而逐漸衰落，心中難平，所以買凶殺人？」她又補充道：「易學講求悟性，所以一個資質上乘的人才著實難得。」

「崔家成為士族之首，難道僅靠自家子弟？」魏潛反問。

崔家族學裡確實收了他姓學生，這些人從崔家出去，多多少少對崔家有一定的歸屬感。且一日為師終身為父，他們的老師都是崔家人，自然要侍以師禮。

崔凝反對。「那怎能一樣，易學很多都是不傳之祕，非本族嫡系不能學。」

「妳的推測不無可能，只是照事情正常發展，陳家為了一樁陳年舊事買凶滅司家一族的可能性，還有待證實。」魏潛開始推翻她的結論。「司家殺陳家郎君的案子，官府判了司家無罪，因陳家與司家不在同一縣，又牽扯到當地兩個易族，此案一定是由邢州府衙審理，當時任邢州知府的人是崔值崔大人，崔大人出身清河崔家，一生剛直，兩袖清風，可以排除被司家買通的可能性。府衙判司家無罪，說明要麼確實是一樁意外，要麼沒有任何確鑿證據。」

「倘若陳家有證據證明司家殺了那位郎君，為何要隱忍許多年？若沒有確鑿證據，僅憑揣測就僱凶滅人一族，有多大可能？」

崔凝立刻就被說服了，連連點頭。「易族應該會在意天道輪迴，定然會恐懼報應，不會幹這斷子絕孫之事。」

「司言靈還沒有當上渾天令之前，司家的勢力遠不如陳家，就算是活動關係、賄賂府衙，也應是陳家占上風，怎麼能讓司家占盡便宜？」魏潛道。

崔凝皺起小臉，惆悵道：「這麼說來，陳家就沒有滅司家一族的動機了呀，可是我看陳長壽言辭閃爍，好像在隱瞞什麼。」

「他確實隱瞞了一些事，不過我推測，並非出於掩護滅門案。」魏潛道。

他這句話卻沒有得到陳長壽的證實。

陳長壽熬不過李佐令的酷刑，終於招認。

那日陳長壽確實看見有人進入觀星臺甬道，他當時就已經認出那兩人是凌菱和仲楚生。他以為是小情人私下約會，正欲離去之時卻聽見凌菱的驚叫，他天生膽小怕事，根本沒想過進去一看究竟，而是拔腿就跑。

可他畢竟還算有良心，回去在被窩裡輾轉反側，隔了差不多一盞茶的時間，終於還是壯著膽子小心翼翼地返回。

此時渾天監還有值夜之人，但陳長壽本身藏著一個天大的祕密，他不敢暴露自己狼狽懦弱的一面，只好硬著頭皮一個人尋摸過去。

他摸索進了甬道，已經沒有人了。

陳長壽鬆了口氣，腿軟得一路扶著觀星臺的南牆離開，但是行到一半的時候，不小心將一塊磚推了進去。

他小心地取下磚，很快便弄出一個洞。他小心翼翼地踏進去，發現有往上去的石蹬，但他沒膽量上去，決定等準備好火把之類的東西再來，把牆面恢復原狀便回去了。

陳長壽為了掩蓋某些事情，試圖轉移監察司的注意力，才說自己見到凶手，其實從始至終，他都沒有看見凶手。

陳長壽有祕密，而且不能被人知道，但究竟是什麼卻成了謎，因為他趁著換刑具的時候決然咬舌自盡。

這個消息令所有人吃驚，陳長壽膽小懦弱，若不是有什麼事情逼著他，他絕對不會有勇氣選擇自殺。

他究竟隱瞞了什麼？

監察司立即把他查了個底朝天。

陳長壽妻子早亡，只留下一個兒子，他也沒有再娶。

監察司搜查陳長壽的家時發現不少錢財，他任渾天令這麼多年，除了寄給兒子，平日又沒有什麼花銷，積蓄足夠在西市買一處可供全家居住的宅子，可是他的兒子還寄居在邢州的叔伯家。

監察司方面推測，陳長壽情願自殺也不願說出的祕密多半與陳家有關，於是快馬加鞭通知符遠和邢州衙門，讓他們立即控制陳家，並另派一名監察佐令前往邢州接手司家滅門案。

魏潛現在則主要負責查司言靈案。

十多年前的懸案，證據寥寥，監察司交到他手裡，並且限令一個月內查明真相。

「太欺負人了。」崔凝一面整理司言靈案的卷宗，一面嘀咕。

她埋頭仔細查看內容，察覺身邊有人，抬起頭來正看見一隻修長的手拎著食盒放在她面前。

「五哥。」崔凝只看手就認出了他。

崔凝放下卷宗，擦了擦手，開心地打開食盒，裡面是一碗熱騰騰的麵。

「還不到吃午飯的時候啊。」崔凝話這麼說，卻已經拿起筷子吸溜溜開吃了。

最近魏潛總是趁著出去辦事的時候給她帶很多好吃的，剛開始崔凝還會想為什麼，幾次之後已經成了習慣。

魏潛看了崔凝整理好的東西，待她吃完才開口道：「走吧，去散步。」

「散步？」崔凝一頭霧水地跟著他出去。

司言靈案的卷宗對破案沒有任何實質性的幫助，崔凝想到一個月的期限就替他著急，可魏潛居然還有心情散步，她欽佩地道：「五哥，你可真心寬。」

魏潛道：「不必管司言靈案，繼續查司家姊妹入渾天監的目的，和陳長壽隱瞞之事。」

「哈？」崔凝不解。「為何？」

「種種證據顯示，三個案子之間必然有聯繫，新案子是個突破口，司言靈的案件至今間隔十多年，不好查，若是只盯著它，這輩子都破不了案。」魏潛帶著崔凝出了監察司，乘馬車前往陳長壽的住所。

陳長壽家靠近安化門的大安坊，是一個很小的院子，兩間屋子帶一個廚房。

小院拾掇得不錯，種了很多常見花草，修剪得十分整齊。廚房基本是擺設，鍋碗瓢盆都落滿了灰塵，看起來並不常用。

屋子裡被監察司翻得亂七八糟，看守陳長壽宅子的差役道：「這位渾天令存了一大筆錢，日子過得卻挺清苦，屋裡頭什麼值錢東西都沒有。」

如他所說，屋裡最值錢的就只有筆墨紙硯了，連平日所穿的常服都只有幾件。

就這麼個簡單的院子，魏潛卻看了一、兩個時辰。

「看出什麼沒有？」魏潛問道。

崔凝道：「陳長壽很瘦，衣服明顯都寬大一些，針腳粗糙，布料不好，感覺是在小成衣店裡買的。」

魏潛笑著道：「很好，走吧。」

「去哪兒？」崔凝問。

魏潛道：「吃飯。」

離開陳長壽家，魏潛沒有上馬車，而是帶著崔凝沿來時的路前行，走出不到百丈便看見一個小酒館。

時已過午，店裡沒有多少人，魏潛點了幾樣菜與崔凝吃午飯。菜色一般，但是分量實在。

崔凝這回不會以為他只是單純地吃飯了，小聲問道：「五哥，陳大人是經常來這裡吃飯嗎？」

「嗯。」魏潛低聲道：「他的廚房是擺設，甚至都不常燒水，說明在這附近有一個地方能解決基本的吃飯問題。」

渾天監是輪值制，除了當值的官員之外，其他人不得留宿。陳長壽的宅子距離渾天監很遠，這意味著他每日都要早出晚歸，那麼為他提供吃喝的地方必然營業到很晚。

除節日外，長安的坊市大門一般都是戌時初關閉。

如果陳長壽在渾天監附近或繞道西市吃飯，很有可能在坊門關閉之前趕不回來，那麼這個地方最有可能是在大安坊之內。

酒館不大，只有一個小二，這時候吃飯的人不多，菜上得很快。魏潛看了一眼端菜往這邊來的小二，壓低聲音道：「妳來問吧。」

崔凝看了那小二一眼，揉了揉臉，掛上一個燦爛的笑容，待那小二放下菜，便問道：「小二哥，問你個事。」

小二見他們身上穿著官服，誠惶誠恐地道：「大人請講。」

「渾天令的陳大人是不是常常來這裡吃晚飯？」崔凝問。

「回大人話，小的不認識渾天令。」小二躬身道。

魏潛正要說話，卻聽崔凝又問：「那有沒有一個吃完飯還帶一壺茶走的人？」

小二立刻道：「有有有！有個客官常常過來，每次都是一個人，很瘦，來的時候還會帶個茶壺，也不與旁人說話，吃完飯就讓小的把茶壺裝滿帶走。」

崔凝拉了一個凳子，道：「過會兒上菜也行，你先坐下，咱們說會兒話。」

魏潛皺眉，一個小姑娘拉著個青年說話，聽起來怎麼這麼怪呢？但他知道崔凝肯定覺得沒什麼。

小二戰戰兢兢地看了魏潛一眼。

「坐吧。」魏潛道。

小二小心翼翼地坐下。

崔凝繼續問：「你不覺得那個人很奇怪嗎？」

小二見崔凝是個和和氣氣的小姑娘，稍微放鬆了一點，回答：「是挺奇怪的，咱們這小店晚上生意最好，大家都是出來喝酒聊天，像他那樣不說話也不喝酒的人很少。而且他穿得不怎麼樣，卻有錢每天都來吃飯。」

崔凝擺出一張八卦臉，湊近他小聲道：「這麼奇怪的人，常來酒館的人會不會很好奇？」

小二道：「當然會，有人看見他就住在這附近的宅子裡，那宅子平日也不見有旁人進出，他每天早出晚歸，神祕得很。難道他就是渾天令？」

儘管渾天監已經衰落，但在普通百姓的心裡，渾天令是很神祕的官，甚至傳言他們有通天之能。

小二一想到自己天天伺候渾天令，激動得直搓手，這一定會有福報吧！

崔凝神祕兮兮地道：「你可不要告訴別人呀，不然觸怒神靈可就麻煩了。渾天令現在遇著點麻煩，咱們要問幾句話，你要是能幫上忙，好處你懂的。」

小二立刻拍著胸脯道：「大人儘管問，小的一定知無不言。」

「那你就好生想想，渾天令一直都是一個人來吃飯嗎？有沒有與陌生人說過話？」崔凝問。

小二想了想。「沒有，不過有幾回，我看見他在外頭與一個高個子說話。」

崔凝立刻問道：「高個子？你認識他嗎？」

小二搖頭。「不認識，要說這大安坊的條條巷巷，還真沒有幾個我不認識的，那人多半不住在這裡。」

「可有何特徵？」魏潛開口道。

「特徵啊……一張豬腰子臉，下巴可長了，又瘦又高。」小二皺著眉想了片刻。「別的就沒有什麼了。」

「路子，你又偷懶！還不快來端菜！」一個膀大腰圓的中年男人氣沖沖地拂開簾子從後廚走出來，一見屋裡坐了兩個穿著官服的人，面上凶悍一收，立刻掛上笑容。「兩位大人恕罪，這就上菜。」

路子告罪起身，一溜煙往後廚跑，那中年男人抬手給了他後腦杓一巴掌。

崔凝與魏潛對視一眼，笑著道：「您就是這家的掌櫃吧？」

「不敢當，正是某。」酒樓掌櫃走過來。「不知兩位大人有何貴幹？」

「怎麼稱呼？」崔凝問。

「某姓路，名鄲。」酒樓掌櫃答道。

崔凝道：「路掌櫃請坐，我們有事請教。」

路鄲猶豫了一下，在路子方才坐的板凳上落座。

崔凝見路鄲看上去比那個小二更精明些，說不定知道更多，便問道：「路子說有個客官每日都會過來吃晚飯，臨走還會要一壺茶。掌櫃是否記得此人？」

「你們說的是陳兄？他可是有些日子沒來了。」

崔凝聞言，心中一喜，便開始細細問起陳長壽的事情。

路郾這種生意人，跟客人搭上幾句話就開始稱兄道弟，其實並沒有多熟，但他人脈廣，一口就道出了那個「豬腰子臉」的身分。此人在西市開賭坊，人喚魏大，具體叫什麼名字卻無人知曉。

「說起來也奇怪，西市的賭坊全部都被一個幫派占著，別的賭坊開不多久就倒閉，但是這家河西賭坊開了十來年了，一點事都沒有。」路郾道。

知道了賭坊的名字，魏潛和崔凝便迅速吃飯結帳，直奔西市而去。

魏潛對長安很熟，直接抄近路到了河西賭坊附近。

兩人先去了一趟成衣館，換了身衣裳。

進賭坊之前，崔凝拉住魏潛的衣袖，低聲道：「咱們換衣服就是為了進賭坊？」

「嗯。」魏潛不解，低調行事有什麼問題嗎？

崔凝抬眼瞅著他道：「五哥，你低估了一件事情。」

「嗯？」

「你低估了自己的美貌和名氣。」崔凝認真地道：「就你這張臉，就算別人不認識你，也會立刻注意到的！」

魏潛頓了一下，環顧四周，果然滿大街的人都在看他，甚至有些小娘子還在周圍來回亂轉。

崔凝揉了揉臉。「要不我一個人進去吧。」

魏潛怎麼可能放心讓她獨自進賭坊。「是我思慮不周，先回去吧。」

他只是一心想觀察一下這個賭場，覺得穿官服太招搖，並沒想到自己這張臉會帶來困擾。自從謝飁橫空出世之後，他的日子越來越平靜順遂，被人群圍觀得水洩不通已經是過去式了。

坐在馬車上，崔凝見他看了外面一眼，目光頓住，停留的時間略有一點點久，她以為是那個魏大出現了，忙伸頭順著他的目光看過去。

沒有魏大，只有一個長相尋常的年輕婦人。

崔凝奇怪道：「五哥在想什麼？」

「沒什麼。」魏潛淡淡收回目光。

崔凝不禁又看了幾眼，確實是沒什麼，但是當她要收回目光的時候，竟見那年輕婦人看了過來，目光痴迷而悲傷……

「咦？」崔凝當然不會以為她是對自己痴迷，於是充分發揮了這兩年學習的成果，根據兩人的反應，推測出一個不得了的結論：「五哥，那個是拋棄你的女人！」

「是。」魏潛坦然承認。

「啥？」崔凝瞪大眼睛，忙又伸出頭去看。那年輕婦人還在，面容素淡，並沒有什麼高貴的氣質，如同一杯白水，溫婉、平凡，若是配上明朗一點的表情倒不令人反感，但此時此刻，她的目光充滿幽怨，顯得不是很討喜。

「五哥，別難過。」崔凝拍拍他的肩膀，安慰道。

魏潛微微一笑。「過往如雲煙，我並無牽絆。」

其實他會多看一眼，完全不是因為還留戀這個女子，而是因為那件事情致使他的人生發生了重大轉折，他方才目光停頓的時候，心中卻在想別的事情。

返回官衙，魏潛立即派人去盯住河西賭坊，並命人調查賭坊底細。

河西賭坊背後有神祕力量撐腰，可是這麼多年沒有人查到其身分，唯一能夠證明這股力量存在的，是三年前露雨巷的一場夜襲。

壟斷西市賭場的伏虎幫想強行吞併河西賭坊，談了幾次均被拒絕，於是伏虎幫糾結了二十餘名高手夤夜圍攻。沒有人知道過程如何，只是那次激戰之後河西賭坊仍舊屹立不倒，結果顯而易見。

崔凝聽了這些消息特別興奮。「會不會與滅門案有關？」

「也許。」魏潛還在翻看司言靈留下的東西，從裡面抽出五張，思考片刻，除去其中三張，而後派人去暗中盯住剩下這兩張密函的主人。

「河州刺史黃秩……河北參軍符……」崔凝隨意看了一眼，不料一個熟悉的名字映入眼簾。「是符大哥的祖父！五哥，左僕射也留了把柄？」

符危任河北參軍時因私自改變作戰計畫，調兵救被困主將，之後被罰一年俸祿，但也因為那出色一戰，讓他為人注意。人人都以為他為人正直、兩袖清風，而司言靈留下的密函中，卻有他私吞糧草，與商人合謀賣到關內道的書信。

「這個……」崔凝著實沒有想到，符遠的祖父竟然還做過這樣的事。她覺得符遠是好人，能教育出符遠的人肯定也是好人。

「這兩個人，如今一個是門下省侍中，一個任尚書左僕射，都有實力暗中為河西賭坊撐腰。」魏潛認為，這匣密函一定與案情有某種關係，譬如，這兩個人得知東西落到司言靈手裡，就會想盡一切辦法奪回，甚至不惜殺司言靈滅司家。

尚書左僕射名義上是宰輔，實際更是一種榮譽官職，只有資深朝臣才能擔任，有絕對的名譽、資歷和人脈，手裡也有一定的實權。門下省侍中才是真正意義上的宰輔，是實權派。這兩個人絕對有能力不動聲色地罩住區區一個賭坊。

崔凝顯然也想到了這種可能性，而後又立即想到符遠身上。「那符大哥他知情嗎？」

如果知情，那他主動請纓破司家一案的動機，就不僅僅是為了劍走偏鋒，而是要替自己的祖父收尾！

畢竟當年雖毀滅了司家，卻沒有找到密信。

崔凝與魏潛相顧無言。

這些都只是推測而已，還沒有實際的證據，不過可以暫定為之後的調查方向。

久久，崔凝嘆道：「希望他不知道吧。」

「一切都只是猜測。」魏潛看著面前兩張薄薄的紙，少見的猶豫了，在沒有查到河西賭坊之前，就有此猜測。他至今沒有把東西交出去，就是因為裡面涉及符危。

魏潛做事一向黑是黑、白是白，可符遠畢竟是他從小一起長大的朋友，他也是人，也會有私心。

自從拿到這一匣東西之後，他內心的鬥爭就沒有停止過。

「如果是真的，五哥會把這封信也一併交出去嗎？」崔凝問。

這也是魏潛最近一直問自己的問題，但至今還沒有一個確切的答案。

崔凝等了一會兒，未聽見他回答，不禁又嘆了一聲：「五哥一定會交出去的，無量天尊保佑這不是真的！」

「妳怎麼知道我一定會交出去？」魏潛問。

「不會嗎？」崔凝從認識他到現在，所看到的一切都證明他是個正直到不能再正直的人，面對真相和朋友，他會選擇大義滅親。

魏潛或許會為朋友兩肋插刀，但並不包括幫忙掩蓋他們所做的壞事，這是原則問題。

「也許吧。」被崔凝這麼一提，魏潛頓時明白了自己內心深處早已經有了答案，道：「走吧，去個地方。」

崔凝現在已經習慣他的不解釋，飛快地收拾好東西跟著他上了馬車。

崔凝一直注意著車外，走到差不多一半的時候，便猜到了目的地。

果然，馬車停在了前工部侍郎左凜的宅邸前。

他們見到左凜的時候，他靠在書房的胡床上，面色有些蒼白。

魏潛與崔凝施禮，他道：「二位小友坐吧。」

「左大人這是怎麼了？」魏潛問道。

一旁的管家代為答道：「兩天前我家大人被襲，幸虧這些年一直養著武師有備無患，否則後果不堪設想。」

「大概是因為我的來訪讓幕後凶手查到了左大人。」魏潛歉疚道：「我應該早做準備的，讓您受累了。」

左凜笑道：「我令言靈含冤而死，這是報應。」他喘了口氣道：「雖然我與言靈交好的事情沒有幾個人知道，但我拿了那個東西之後，早就預料有一天會暴露。」

魏潛道：「您連同妻族的證據都給了我，不怕我交出去嗎？」

「我有生之年背負心債偏袒他們，仁至義盡，也算對我黃泉之下的老妻有個交代，至於我死後，他們就自求多福吧。」左凜說了幾句話，臉色越發慘白，左胸靠近心臟的地方滲出血跡。

魏潛知道不能再繼續詢問，起身道：「我會遣人來保護您。」

「那就先多謝魏大人了，恕不能遠送。」管家說罷，急急高喊了一聲：「來人，請大夫！」

魏潛與崔凝退出書房，在外面等了片刻。

待那大夫出來，魏潛關切地問：「左大人傷勢如何？」

權貴一向不喜私事外傳，大夫看了管家一眼，見他點頭，才道：「虧得傷口偏了兩寸，也不算太深，否則定是當場就……」

他不能說「死」字，怕左家覺得不吉利，不過大家也都明白是什麼意思。

大夫又道：「老夫認為還是應該請御醫過來看看，畢竟左大人已經古稀之年，這個傷口於他來說實在是凶險萬分。」

「我去請御醫。」魏潛道。

管家連忙拱手施禮，感激道：「多謝大人！」

崔凝覺得有些奇怪，出了左府，就問魏潛。「他雖已不是朝廷官員，但從前任工部侍郎的時候多少應該有點人脈吧？難道一個御醫都不認識？」

朝廷沒有規定御醫不可以在外行醫，不當值的時候幫忙看看同僚，是常有的事。

魏潛查過關於左凜的一切，道：「他告老之後就漸漸斷了交際，從前相熟的人都不來往了。」

給左凜請御醫容易，魏潛叔伯的至交好友就是御醫院的院判。可是要撥人手來守護左凜必須要有合理的解釋，那一匣子東西勢必要上交了。

符危若被牽扯進來，左僕射的位置很可能不保，甚至連符遠都不能再繼續參與此案。

符遠能夠諒解他的做法嗎？

真的很難說。

符危一手將符遠拉扯長大，祖孫兩個相依為命，感情非同一般。

內心掙扎了很久，魏潛終究還是把東西全部交給了監察令。

第九章　左僕射

這一匣東西當晚就呈到了御案之上。

這些東西牽連太廣，有些當年官職微小的人如今已是一方主官。

聖上沒有立刻處置這些人，但祕密調了二十多名高手暗中盯著左府，為掩人耳目，又從監察司調了十來個差役過去守著。

魏潛想過，符危這些年的政績有目共睹，聖上不會因為這點把柄就全盤否定他和符遠，但這裡面若是牽扯了更不得了的事情，恐怕符家危矣。

他嘆息，抬眸看向旁邊的空座。

自從崔凝跟了這個案子，就搬到監察處來辦公了，以便隨時跟在他左右記錄。今日她請了病假。

魏潛覺得，她或許是認為他太不近人情了吧。

事實上，崔凝沒有想這麼多。

因為她直接把那封信給偷了。

偷了之後又覺得心虛，不敢來官署了，魏潛那麼精明的一個人，但凡露一點端倪便會被看穿。

這東西十分燙手，崔凝理智上知道這麼做不對，若此事為真，符危做的事情有違朝廷法度，她就是包庇之罪，可是那年二師兄葬身火海她無能為力，如今可以保護符遠，她實在按捺不住。

崔凝蹲坐在胡床上，瞅著面前的信件，腦子裡一團亂，這樣也不是，那樣也不是，又沒有人能夠指點她應該怎麼做……

直到晚飯過後，她收起東西，去了崔況的屋子。

崔況正是長身體的時候，半個月沒注意，就感覺抽高了一大截，整個人躺在胡床上已經初顯修長之姿。

侍女通報過之後，他放下書，便見崔凝皺著一張臉走了進來。

「什麼情況？這麼無精打采。」崔況笑道。

崔凝無力地坐到他旁邊，咂了咂嘴，問道：「小弟，我問你個事。」

崔況嗯了一聲。

崔凝道：「私扣四百擔軍糧是不是很嚴重的罪名？」

「不管是扣了四十擔還是四百擔都是一個罪名，私扣糧餉。四百擔不少，至少夠免掉身上官職了！」崔況湊近她道：「是監察司的案子？」

「也不是，我就隨便問問。」崔凝又道：「如果這個私扣糧餉的人不僅沒有降職，如今還身居高位，那他許多年前私扣糧餉的證據被拿出來，會有什麼後果？」

崔涗頓了一下，眼睛微亮。「你說的是左僕射？」

「哈？」崔凝心中震驚，這都能猜出來！

「別裝了，說實話，我不會告訴別人。」崔涗道。

崔凝佯裝鎮定。「都說了，沒有的事。你怎麼想到左僕射身上去了！」

「哼，不說拉倒，反正愁的也不是我。」崔涗懶懶道。

朝廷裡那些條條道道，她不太懂，萬一祖父和左僕射不合，說不定她會把事情弄得更糟，崔涗是唯一適合傾聽此事的人，所以她再三斟酌之下，還是說了實話。

崔涗聽罷，樂道：「唷，沒想到呢，左僕射還幹過這種事！」

「你正經點！說正事呢。」崔凝沉吟一下道：「我私下查過，那兩年河北道沒有發生戰事。我不明白的是，軍餉一般都有定數，他貪了這麼多，將士們不會餓肚子嗎？」

難道不會暴露？

崔涗怔了怔，道：「我沒有看過信，所以不太確定，有時候糧餉並非一定是糧食，也有可能是別人孝敬給他的錢。」

「私扣糧餉和受賄哪個罪名更重？」崔凝認為是前者。

「不排除這裡面有內情。左僕射任河北道參軍已經是很多年前的事情了，不過想查也不難。」崔況眨了一下眼。

崔凝立刻明白他的暗示。「這件事情是我太衝動。」

可是若重新來一回，她恐怕還是會這麼做。

「就算是祖父，也未必沒有落下過什麼把柄，若事情不太嚴重，妳私扣信件不是什麼大事，符家還欠個情，若是事情牽連太廣，咱們也只能獨善其身。」崔況道。

兩人商議好之後，便拿著信去找崔玄碧。

崔凝心裡頭翻江倒海的事，崔玄碧看過後反應比崔況還平靜，只淡淡道了一句：「東西放著吧，我會處理。」

「祖父。」崔凝坐著一動不動。「您會如何處置？符大哥會不會有危險？」

崔玄碧靠在圓腰椅上，雙手交叉放在腹前，神色平靜。「妳擔心符家小子更甚於魏家小五？」

「我這麼做會給五哥惹麻煩！」崔凝一驚，急道：「毀了這東西，誰都不知道啊！這些信函只有我和五哥看過。」

「信從何處而來？」崔玄碧問。

崔凝道：「前工部侍郎左大人給的。」

崔玄碧又問：「你覺得他看過其中的內容嗎？」

收著十來年了，估計都能倒背如流了吧！

崔凝小臉肅穆，沉吟片刻，恍然明白。「祖父是詐我呢！這件事情牽連甚廣，陛下肯定會祕密處置，只要不公開，左大人不會知道裡頭少了誰。」

崔玄碧面上露出一點笑意。「反應還算快。就算左僕射牽涉很深，私扣下這封信也無所謂，但前提是，魏五會替妳保密。」

左凜無法直接接觸這個案件，但魏潛是知情者，就算聖上祕密處置，他也完全能夠猜出這匣東西被人動了手腳。誰關心符家？誰能神不知鬼不覺地接觸密函？答案明擺著。

符遠是他從小一起長大的朋友，說是兄弟也不為過，他都沒有為其遮掩，難道會對崔凝的行為睜一隻眼閉一隻眼？

「信現在送回去還來得及嗎？」在崔凝心裡，還是魏潛的喜怒更重要一些，她不能得罪他。

符遠於她而言，是像二師兄的人，是朋友；可魏潛卻是她師門的救命稻草！這種選擇很殘酷，崔凝不想面對，可是非要選的話，她只能對不起符遠了……

至少她可以安慰自己說：這件事情本來就是你祖父做得不對，而我師門是無辜的。

崔玄碧看崔凝的反應，卻誤會了她的想法，以為她更喜歡魏潛，便道：「我知道了，祖父不會做害妳的事。」

「謝謝祖父。」崔凝略略放心。

不過她放心得太早了，之後發生的事情讓她恨不能撞牆——就不應該把東西交給祖父！

次日，崔凝覺得燙手的玩意已經送出，無後顧之憂，一身輕鬆地去了官衙。雖然看著魏潛仍舊滿是心虛，但比昨天平靜多了，跟著魏潛去吃午飯時也勉強藏住了情緒。

監察司供應三餐，如果太忙或者家住得比較遠，可以在官衙中吃飯，而魏潛今日卻帶崔凝去了附近酒樓。

他一直沒有說話，表明心情不是太好。

若是平時，崔凝早就出言詢問了，但人心虛的時候就特別小心，她始終沒有勇氣開口。

邁進官衙大門時，魏潛道：「妳沒有什麼要跟我交代的嗎？」

「啊？」崔凝心虛地看了他一眼，揪著袖子。「交……交代什麼？」

「給妳一次機會，認真想想，不必立刻回答我。」魏潛道。

崔凝用眼角餘光偷看，魏潛面上沒有任何表情，看不出喜怒，平靜得如同往常一樣。

院子裡，監察處的幾個人正聚在一起泡茶。

監察司一共有四個監察處，每個監察處都有一個獨立的院子，且相隔比較遠。監察處由一名監察佐令、兩名監察副佐令、四名監察使、十六名監察副使組成。

監察司是唯一一個不用熬資歷的地方，若是有用處，像魏潛這樣破格升職也尋常；若是政績平平，就算待二十年可能還是在同一個位置上。

不過，魏潛過於年輕，也不愛管束手下，這使得監察四處的整體氣氛不那麼嚴肅。

「佐令回來啦，午後易倦，快來喝一杯！」一個胖子招呼道。

胖子乃是監察副佐令，四十歲左右，五官已經被肉擠得不太分明，儘管長相抱歉，卻有個挺儒雅的名字，叫易君如。

另外一個副佐令名叫盧仁劍，高瘦乾淨，看上去跟魏潛差不多年紀，長得不算太好看，但是氣質出眾，無論何時見他，都是一副乾乾淨淨斯斯文文的模樣。

魏潛坐下，接了盧仁劍遞過來的茶。

「崔典書也坐，有小點心。」易君如用哄孩子的口氣。

所有的監察使和監察副使都被派了出去，院子裡顯得格外清靜。

「司家姊妹的事情可有眉目？」魏潛問。

盧仁劍道：「還沒有。」

魏潛蹙眉。

其實他被破格升為監察佐令的時候就知道四個監察處裡頭四處最差，不僅辦事能力不行，還缺了好幾個監察副使。

一般情況下，都是魏潛親自去辦案，這幫子人留在監察司喝茶閒聊，整理卷宗，查查資料，可是這次的案子涉及太廣，他一個人跑不過來，才將事情交代下去，誰料一個個還不如崔凝好使！

「這些天查司家的人都查到些什麼？」魏潛平靜地問。

易君如道：「接觸司家姊妹的人都問過話了，沒有查到線索。」

「我從吏部帶出來的東西你們都看了嗎？無法從司家入手，就查凌薇、凌菱，帶著畫像去她們老家查。」魏潛看著易君如道：「如半個月內查不到線索，他們就可以不用來了。」

「這……這不太好吧，咱們本身就少幾個監察副使，若——」易君如沒想到魏潛會說這種話，他一直以為魏潛脾氣特別好。

魏潛打斷他。「不必替他們開脫，兩位副佐若是仍想過從前的悠閒日子，恐怕也得捲鋪蓋走人，沒有用的人少一個是一個，四處容不下不做事還杵著礙眼的人。」

易君如和盧仁劍屏住呼吸。

「喝完茶就進來討論案情。」魏潛擱下茶盞，起身回屋。

兩人面面相覷。

易君如拉住崔凝，小心問：「典書是不是和佐令鬧彆扭了？」

「我們像鬧彆扭嗎？」崔凝反問。

「走吧，尸位素餐的日子一去不返了。」盧仁劍撫了撫本就十分整齊的衣襟，跟著進屋。

四個人聚在案前。

魏潛道：「我們現在主要負責司言靈案，但我認為，目前一處負責的碎屍案和刑部負責的滅門案有某種聯繫。」

他在紙上寫下一些人的名字：司言靈、凌薇、凌菱、仲楚生、陳長壽、袁飛塵、張巍、上官卯、姬玉劫、四具無名女屍、左凜、魏大。

「碎屍案的嫌疑人有陳長壽、袁飛塵、張巍、上官卯、姬玉劫。陳長壽已死，他這條線索由我來查。易副佐負責去調查其他人，向一處打聽也罷，自己去查也罷，三日之內我要結果。另外，派人盯住河西賭坊。」

「三日！」易君如簡直不敢相信自己的耳朵。

魏潛不理會他，繼續道：「盧副佐負責弄清楚四具無名女屍的身分，另外查明凌薇、凌菱的詳細情況。女屍身分五日之後給我答案，凌家姊妹的消息半個月後告訴我。若有疑問，現在可以提出。」

「時間是否太緊？」易君如連忙說道。

魏潛面無表情地看著他，淡淡道：「你只要想想，你是家中獨子，上有父母需要供養，下有三個不成器的兒子要花大價錢在白鶴書院掛名讀書，另有個待嫁的女兒，還有個愛慕虛榮的妻子，可若不是她一直拿嫁妝貼補，你們家日子早已經過不下去。若是失去了這俸祿微薄的官職，你妻子是否還會像現在這樣對你，到時如何供養父母，如何面對兒女，如何自處？想明白這些問題，你就會明白，三天的時間很充裕。」

易君如張大嘴巴，滿面震驚。

盧仁劍本來也想說時間不充裕，但聽過這番話之後，立刻識相地閉嘴。

崔凝縮著腦袋裝鵪鶉，生怕自己被魏潛注意到。

屋內死一般的寂靜。

須臾，盧仁劍開口問：「我們一直在查小線索，沒有關聯性，我想知道整個案情，以便更有針對性地追查。」

「崔典書。」魏潛道。

「哦。」崔凝把近日整理出來的卷宗遞給兩人看。

待他們看完之後，她才道：「司言靈死後不久，司家便被滅門。時隔十餘年，如今又出現了碎屍案。一切的起始點便是司言靈的離奇死亡，佐令認為這三個案子的中心點便在於此，司言靈死前交給左凜一匣密函，其中有朝廷裡諸多高官的把柄，因事情牽連甚廣，因此這些密函立即呈給了聖上。」

魏潛轉過臉。

崔凝被他看得心頭一跳，他表情沒多大變化，但崔凝似乎看到了他想說的話——騙子。

好吧，實際上沒有「立即」呈上去。

崔凝乾咳了兩聲，繼續道：「前日左大人被人刺傷，佐令大人懷疑是那些被司言靈掌握把柄的官員所為，或許這也是導致司言靈死亡、司家被滅門的原因。另外陳長壽身上有祕密，寧死不肯招出，我們查到他生前與河西賭坊的魏大有些交集，但具體情況尚不知曉。現在可疑之人太多，妨礙查清整個案件。一處的李佐令已經查了這麼多天，應該有所收穫，易副佐不妨問問。」

魏潛把手下都支使出去了，自己留在官署翻閱堆積如山的資料和卷宗。

崔凝萬分煎熬，心裡經過一番艱苦鬥爭，覺得懷著愧疚之心面對還不如伸頭一刀，蹭到他身旁，猶豫道：「五哥……」

魏潛抬頭看著她不語。

崔凝被他黝黑的眼眸看得更心虛，垂著腦袋，解釋道：「昨天無意間看見你的匣子放在櫃底，就拿出來看了一眼，看到左僕射那張密函，就在想四百擔糧是多少，軍隊難道沒有人發現少這麼多糧食嗎？後來感覺有疑點。」

「得多無意才能知道我把東西藏在哪裡？要多無意才能避開所有人拿到那封密函？」魏潛皺起眉頭。「說重點。」

崔凝眼睛一閉。「我偷了密函！」

「這封？」他道。

崔凝怔了一下，睜眼看過去，見他指間夾著那封密函，驚得舌頭都僵了。「為、為啥在、在、在你手裡！」

「妳猜。」魏潛的表情並沒有因為她主動承認而變得更好。

「五哥。」崔凝苦著臉。「我錯了，可是時光倒回，我還是會偷。萬一你有什麼把柄落在別人手裡，我也肯定會偷。」

魏潛將信塞入袖中，起身走到她面前，俯身盯著她。

兩人相距不到一尺，崔凝清楚看見他黑白分明的眼眸，聽見他沉穩冷靜的聲音道：「我魏長淵，這輩子不會留下這種把柄。」

崔凝聞言忙不迭地點頭。

「走吧。」魏潛直起身。

崔凝說出實情之後仍因他怒氣未消而惴惴，但這種感覺比心虛要好一萬倍，忙問：「去哪兒？」

魏潛未答話，崔凝帶上紙筆跟他出門。

兩人乘車到尚書省找到了符危。

「左僕射，可否說幾句私事？」魏潛問。

符危頓了一下。「跟我來。」

三人到了尚書省中一個隱蔽之處，魏潛讓崔凝去門口把風，直接對符危說明來意，沒有半句鋪墊。「左僕射在任河北參軍時曾經做過何事，想必不需要晚輩提醒吧。」

符危知道魏潛此來不會是什麼好事，也不遮掩，直接問他：「出了何事？」

「我手上有司言靈留下的朝野數十位大臣的不軌紀錄，包括您的。我想知道這些東西的來處。」魏潛道。

符危這輩子做過的暗中勾當數不勝數，但他一生謹慎，處理得乾乾淨淨，若是有把柄落下，多半也是早年的事情。

符危道：「收集這些東西若不是想扳倒我們，就是想以此要脅。不過老夫並不認識司言靈，也從不知道他手裡有我什麼把柄。」

「當真沒有人威脅過您？」魏潛掏出一張紙遞給符危。

符危看罷，笑道：「此信非是老夫私扣軍餉。與我通信的商賈叫竇許，乃是突厥密探，收集了我方許多情報，突厥已然依照竇許的消息制定了作戰計畫。我方密探拚死傳出消息，我與大將軍商議之下使了一招反間計，除掉竇許，更令突厥方面以為他是我朝密探。」

竇許提供的真實消息，在突厥眼裡就全部成了陷阱，從而避免了一場大戰。

「那竇許著實是個人才，若依照他的計畫行事，即便我們事先得知消息，勝負之數仍難說。」符危倒是挺懷念那樣的對手，過招驚險刺激，步步驚心，獲勝時才是真正爽快。

「晚輩明白了。」魏潛拱手。「這就不打擾了。」

崔凝心中高興，隨魏潛出了尚書省，尋了個四下無人的機會，道：「我就說嘛，能教出符大哥那樣正人君子的人，怎麼可能做壞事呢！」

在這場反間計中，符危無疑是最大的贏家，他可以明目張膽地兩頭吃，到頭來還能賺個大義的名頭，成為阻止一場戰爭的大功臣，他就是這麼步步為營、算無遺策地走到今天這個位置。

「五哥，你別生我的氣好不好？」崔凝道：「我回頭歃血發誓，以後都不會再瞞著你幹壞事。」

崔凝就是客氣一句，以為魏潛也不會當真，他卻出乎意料地道：「好，我幫妳準備貢品、香燭。」

「不用這麼隆重吧？」崔凝不安。

魏潛睨了她一眼。「妳現在收回來得及，我可以當作沒聽見。」

「哪能呢，五哥訂個日子，我絕不會食言！」崔凝拍著胸脯道。

「乖。」魏潛彎起嘴角，抬手揉了揉她的腦袋。「妳今日先回家休息吧，我下午有些私事，妳不必跟著。」

崔凝見他終於露出笑臉，滿心高興地答應，直接回家去了。

進門的時候正遇見崔況下學回來，樂顛顛地打了招呼，並和他說了今天的事情。

崔況背著手看著崔凝，滿臉都是「爛泥糊不上牆」的表情，嘆息。「我的姊，妳長點腦子吧。」

「何出此言？」崔凝道。

「算了，妳以後還是離魏長淵遠點！」崔況伸手拍拍她的肩膀。「就妳這腦子，連他一根頭髮絲都玩不過！妳以為他沒想明白，就直接把信交出去了？他連幾百本書稍稍動了一點都能看出來，難道會粗心到看不出來妳動了密函？他心細如髮，怎麼會粗心到不去確認密函就直接交給監察令？他能辨人心，如何猜不到妳會去偷信？他是故意讓妳偷的！看妳樂成這樣，真是痛心。」

崔凝直接懵了，緩了緩，不得不承認崔況說得有道理，她是關心則亂，可是他既然明白信的內容不會讓符家遭大難，為什麼還故意讓她偷？

「幸好道高一尺魔高一丈，祖父把信丟回去讓他自嘗惡果。」崔況道。

崔凝覺得自己不過是糾結了一下，沒想到人家背後已經過了那麼多招！

崔況瞅著她。「妳這是打算破罐子破摔了？下次做事能不能三思後行？」

「別說三思了，我就是三十思也沒有用！」崔凝哼哼道：「不過我明白一點就行了，五哥不會故意害我！」

她也不是完全不計後果地偷信，至少她知道魏潛不會故意設計把她丟出去做替罪羊。

「啊！」崔凝腳步一頓。「慘了。」

「又幹什麼蠢事了？」崔況被她的一驚一乍嚇了一跳。

「五哥肯定對我很失望。」崔凝突然明白魏潛為什麼會生氣。

魏潛想刻意藏起某樣東西，一般人肯定找不到。如果他確定那封密函萬分重要，絕對不會給崔凝任何機會惹禍上身。

魏潛事先確實不知道這封信是符危設反間計時留下的東西，但他很清楚這份東西不會使符家毀於一旦。然而崔凝並不知道，她毫不猶豫地選擇保護符遠時，沒有考慮過如果一旦事發，魏潛要擔多大的責任。

在魏潛看來，崔凝是在符遠和他之間做了選擇，而崔凝卻根本不認為這存在選擇問題。

崔凝一把拽住崔況。「小弟，你說五哥為何故意給我機會偷信？是考驗我嗎？」

「我怎麼知道他在想些什麼？不過我能確定的是，估計這會兒他正在被監察令訓斥呢。」

崔凝不解道：「既然不是罪證，為什麼還要交上去？」

「妳第一天認識他嗎？」崔況翻了個白眼。「走吧，事情已成定局，多想無益。」

魏潛的聰明從來都不用在這些事情上，一切秉公辦理，不徇私不枉法。不過這次他還是徇私了一回，對監察令說自己一時衝動留下了這封密函，沒有提起崔凝。

滿長安都知道魏潛和符遠的關係，所以他這樣說，誰都沒有懷疑。

第二天崔凝頂著兩個黑眼圈到官署，看見魏潛如往常一樣坐在位置上喝茶，心裡萬分糾結，道：「五哥早。」

「早。」魏潛看了他一眼。「沒睡好？」

「五哥猜到我會偷信，為什麼不把信藏起來？那樣就不會被監察令訓斥了。」崔凝一定要問清楚，不然以後都睡不著。

「訓斥幾句而已。」魏潛淡淡道。

崔凝支吾了半晌，又問：「五哥，我本來想，只要你睜一隻眼閉一隻眼，這件事情就絕對不會洩漏出去，誰也不知道裡面有這樣一封信……我沒有想過連累你。」

「那妳顯然還不太瞭解我。」魏潛看著她道：「但凡我看見的，就不會睜一隻眼閉一隻眼。妳若還堅持跟著我辦案，日後不可再發生類似的事情。」

崔凝沉默一息，道：「我知道了。」

魏潛這是在用事實告訴她，他的原則和底線。

「明日起，妳就是監察四處的監察副佐使，歸易副佐管。」魏潛道。

監察副佐使比典書官品高一級，她偷了書信不但沒有受罰還升官了？崔凝既高興又難過。高興的是，她可以獨立去做一些事情了；難過的是，她與魏潛之間似乎有了點微妙的疏離感。

易君如一上午都忙得腳不沾地，午飯之後才知道自己手下多了個人，便將收集來的所有消息都交給她。「整理一下再給我。」

「好。」崔凝閒了一上午，渾身都難受，接了活之後就開始埋頭認真工作。投入案情之中，什麼煩心事都沒有了。

根據陳長壽的證詞確定了謀殺的時間，袁飛塵和張巍有確切的不在場證明，現在有嫌疑的人就只剩上官卯和姬玉劫。上官卯說自己當晚喝了點酒，很早就睡了，姬玉劫也說早早睡下，但都沒有人證。

四具無名女屍其中一具確定了身分，她是渾天監唯一一個斷了兩指的女生徒，袁飛塵辨認出其身分，她名叫凌毓，三年半前進入司天監，除了斷指之外，她還有一頭令人印象深刻的白髮。

案情查到這裡，幾乎可以肯定凌家的真正身分。

只是她們一個個都死在渾天監，卻仍舊前仆後繼，如飛蛾撲火一般，究竟是為了什麼？

只要查清楚她們的目的，便能夠知道凶手的動機。

崔凝把零碎的消息整理好交給易君如。

易君如看了一遍，讚許道：「怪不得佐令喜歡帶妳出去，很好。」

易君如確實沒想到崔凝小小年紀就條理清晰，將交代的事情完成得極好，不過他可不敢使喚她出去跑腿！他想了想道：「妳下午去左府探望一下吧，與左大人聊聊，看看是否還能得到有用的消息。」

「是！」崔凝接令。

最近監察司為了查這三個案子，一處和四處都放下了手裡其他的活，車馬根本不夠用。

崔凝去了一趟馬廄，發現僅有的兩輛馬車都不在，只剩下一頭騾子，她也不會騎，只好問清楚最近的僱車地點。畢竟，左府距離官署不近。

倔馬車要去東市，走過去也得花不少時間。崔凝在朱雀街上慢悠悠地走著，看見有往南邊去的車就問一聲，好歹是搭上了一輛送酒的平車。

駕車的老漢見崔凝小小年紀穿著官服挺有意思，便與她說話。「女大人多大年紀啦？」

「快十三了。」崔凝道。

老漢驚訝道：「哎唷！可真是不得了，這麼點歲數就當官了。」

因為走了後門哪，哪有什麼不得了。崔凝不好意思地笑笑，轉移話題：「您老送酒去哪兒呢？」

「好幾個坊間館子都用我們家的酒，我沿著這條路送，也會到女大人要去的晉昌坊。」老漢道。

「您每天都送酒嗎？」崔凝問。

老漢笑道：「每天都送，不過都是送不同的地方，昨天送去西市，今日送這條路。」

崔凝道：「那您肯定認識不少人吧？」

「大多數都是我認得他們，他們不認得我。」老漢道。

崔凝隨口問道：「那您會送酒去大安坊嗎？」

「去得少。咱家酒好，價錢也貴，大安坊那邊一、兩個月才要一罈，不值當專程送。」老漢指著前面不遠處的酒樓。「我去卸幾罈酒，女大人稍等片刻。」

「好。」崔凝道。

這間酒樓比不上朱雀街上的那些，但與東市的酒樓也差不多了。

老漢把車停到後門，酒樓掌櫃親自帶人過來卸酒，見崔凝站在車旁，便同老漢開玩笑道：「唷，陸伯，這一車是你們掌櫃壓箱底的好貨啊？還請位女大人押鏢？」

陸伯道：「那您看著多給點？」

「那還用說。」酒樓掌櫃塞了一小串錢給陸伯。「拿去給你孫子買糖。」

「那就多謝了。」陸伯笑呵呵地收了錢，站在一旁看著小二搬酒。

崔凝百無聊賴，在附近閒轉，走到巷口時正見一個人進來，那人一身黑褐色衣衫，斗篷將頭罩得嚴嚴實實，越發顯得臉色蒼白，儘管眉眼生得不錯，卻沒有絲毫生氣，如鬼一般。

路被馬車堵了一半，崔凝側開身子給他讓路。

「女大人，可以走了。」陸伯招呼她。

崔凝爬上車，小聲問道：「老伯，您以前見過那個人嗎？」

陸伯回頭看了一眼。「最近兩個月見過一回，可能是新搬來的住戶吧。」

崔凝便沒有再問。

車上剩的酒不多了，陸伯告訴崔凝，剩下的全部都要送到晉昌坊，中途不會耽擱時間。

騾子拉的平車不如馬車快，儘管沒有再停下卸酒，崔凝還是花了挺長時間才到左府。

左凜沒有傷到要害，但他年紀太大，這兩天一直高燒不退，已經陷入昏迷狀態，也不知能不能熬過去。

崔凝過去看了一眼。

出來時，管家道：「我令人送送崔典書吧？」

「我的任務是守著左大人，直到他傷癒為止。你不介意我留在府裡吧？」崔凝問道。

管家道：「自然不會，不過我還有事要忙，不能陪崔典書，我找個人陪您去廳中坐吧。」

「最好找個侍女。」崔凝補充道：「哦，對了，我現在是監察佐使。」

「恭喜大人高升。」管家拱手。

崔凝訕訕一笑，從九品升到八品，算是哪門子高升啊。

管家令人去喚了一個侍女過來，然後便去處理事情了。

過來的侍女叫夏草，看上去年紀不算太大，但顯得老成嚴肅。「見過崔大人。」

「不需多禮。」崔凝找了位置坐下。「妳也坐吧，我閒得慌，想找人說說話。」

夏草道：「大人直管說，奴站著就成。」

崔凝也不勉強她，開口問道：「我來了幾回，怎麼不見左大人的家人？」

她知道左老夫人亡故，但左凜應該有子女吧。

夏草道：「幾位郎君都在外謀生，已經在趕回來的路上了。」

崔凝又問：「你們家郎君在外面做什麼？」

她閒得無聊，就拉著夏草把左家裡裡外外問了個遍。快到傍晚時，便坐左府的馬車回到官署。

魏潛不在，易君如穿著便裝，滿頭大汗地癱坐在椅子上。

「您這是幹什麼去了？累成這樣？」崔凝倒了杯水遞給他。

易君如有些詫異她的平易近人，他還以為世家女都眼高於頂呢。

他接了水，牛飲一通之後，怨氣沖天地道：「人手不夠用，我只能親自跟著姬玉劫，這小娘跟鬼似的，一眨眼的工夫就不知道跑哪兒去了，就衝這點，我覺得她是凶手的可能性更大。」

「這不是一處李佐令他們負責嗎？他們查了這麼久，應該有進展吧？」崔凝問。

易君如滿是橫肉的臉皺作一團。「他們小氣得很，生怕咱們先破案搶頭功，求爺爺告奶奶才透露一點東西。」

「您也不能怨人手不夠，我現成一個大活人，您給丟去左府喝茶。明日我去跟蹤姬玉劫吧？」

易君如思慮片刻，並未直接拒絕。「妳這小個頭，跟不上她。」

崔凝癟嘴道：「您這是小瞧人了，我跑得可不比馬兒慢。」

崔凝有點輕功的底子，這些年沒人教導，她的功夫一直沒有太大的進展，但跑步的速度相較普通人而言，還是快很多。

易君如見她堅持，也就不攔著。「那也行，妳明兒就跟姬玉劫，不過她可能是碎屍案的凶手，妳千萬要小心，覺著有危險就不要逞能，明白嗎？」

「哎！」崔凝響亮地答應。

易君如又道：「我看凶手不只一個人。」

「我覺得魏大人的推測八九不離十，那一匣子裝著不少人的把柄，他們肯定想要奪回信函。魏大人找出兩個最可疑的人，如今已經排除一個，就剩一個黃大人。」崔凝說著，又想到一些問題。「可如果黃大人是凶手，奪回密函就成了，關陳家什麼事？」

碎屍案最開始就是司家女以死鳴冤，狀告陳家謀害司家滿門。

「會不會黃大人和陳長壽是同謀，那個凌薇發現姊姊被陳長壽所殺，就以為一切都是陳家所為？」易君如道。

崔凝搖頭。「那司家姊妹為何要進渾天監？她們肯定是查到了什麼才被滅口的，可我總覺得有哪裡說不通。」

「是因為那幾具屍體死亡時間相隔太久了吧。」盧仁劍走進來，臉上有一點汗，但是頭髮衣著仍一絲不亂。

如果凶手為了密函，那就是這十餘年裡從未放棄尋找。

「不只這點，感覺好多線索都連接不上。」崔凝道。

司家姊妹進渾天監的真實目的一直沒有確定，殺人凶手的動機也不知道，而陳家究竟是被牽連，還是始作俑者，亦未可知。

魏潛最近一直在全力追查陳長壽隱瞞的事情，她相信水落石出之後，肯定對案情幫助很大。如果陳家牽涉其中，就有了一個突破口；如果陳家只是被牽連，那之前的推測就能說得通了。

第十章　姬玉劫

次日，天色微亮。

崔凝早早去了官署，而後便去跟蹤姬玉劫。

到了之後她發現自己又被安排了一個閒差。

姬玉劫今日當值，整整一天都待在官署裡。快到晚飯時，便有一名監察使過來接替崔凝的工作。

崔凝料到易君如怕萬一出了什麼事會得罪崔家，不可能給她安排危險任務。她與監察使交接之後並未離開，而是找了個隱蔽的地方脫掉官服，露出早上穿的方便行動的常服。

崔凝在官署外不遠處的茶樓裡找了個視角比較好的地方，順便吃點東西。

差不多快吃完的時候，注意到姬玉劫騎馬經過，心裡一急，飛快地衝下樓，連帳都沒結。

長安城不許跑快馬，崔凝一路跑著跟上也不是不可能，所以她就沒有再花時間去找馬，而是直接在道路兩旁柳樹後面的小道上狂奔。

姬玉劫中途停下，將馬拴在裁縫店門口的柳樹上，進了店裡。

崔凝扶著樹喘息，轉眼看見那個盯梢的監察使，估計他是怕姬玉劫耍花樣從後門逃走，也將馬拴在不遠處，跟著進了店。

崔凝走近門口，站在隱蔽而又不遮擋視線的地方休息。

這家店的生意似乎不錯，進進出出不少人，崔凝仔細盯著，並未因為監察使跟進去而有絲毫懈怠。

不過須臾，一個衣著華麗的婦人在侍女的陪伴下走了出來。

起初崔凝沒有在意，但是那婦人經過她面前時，她聽到了姬玉劫的腳步聲！

崔凝今日聽了一整天，姬玉劫的腳步輕而有力，應是練過武功。崔凝其實也不太能夠確定，畢竟人和人的腳步聲差別不是特別大，但她還是決定相信自己的判斷，悄悄跟了上去。

主僕兩人上了馬車，崔凝這回不敢跟得太近，她不知道對方會不會往外看。不過，她也有點優勢，坐在馬車裡視線一定會有死角，她就尋了個自認為安全的角度大大方方地跟著。

馬車在一個巷口停下。

兩人下車徒步往裡走。

崔凝愣了一下，四下看了看，巷口是個酒樓，正是昨日搭車時經過的那個。

那邊的巷子比較窄，停一輛平車之後，餘下的地方還不足兩個人並肩通過，她們沒有把馬車駛入，很有可能是因為裡面道路更窄，沒有供馬車掉頭的地方，那她就不好再跟著了……

崔凝仰頭看了一眼三層酒樓，眼睛微亮，低頭快步走進去。

「客官堂坐還是雅間？」小二熱情地迎上來。

崔凝從袖中摸出錢丟給他。「三樓哪個地方能看見後面的巷子？」

除了大明宮內的建築外，普通人家三層以上的樓並太不多見，像這種到處都是窄巷的坊中估計更是沒有，這就意味著如果選了恰當的位置，酒樓的三樓能夠看見巷中的情形，甚至可以看見後面的人家。

「最東邊的雅間，不過……」

小二話沒說完，崔凝就飛快地躥上三樓，直接跑到最東面的雅間，推門進去。

屋裡原本還有點吵嚷，崔凝闖入，立刻鴉雀無聲。

「姑娘是？」有人問她。

這是大屋，足有普通小間三倍大。席間坐了十幾個人，崔凝一眼就看見了容華儞人的謝颺。

她看了他一眼，板著一張小臉從懷裡掏出權杖。「查案。」

眾人靜默。

崔凝淡定地大步走到窗子邊，打開一條縫隙朝巷子中看去。

原本她有點尷尬，但在看見姬玉劫進了一個院子之後，滿腦子就都在想怎樣才能接近那裡聽牆角。

崔凝看著周邊的屋舍和道路，找到幾個可行的辦法，立即轉身出去。

到門口時發現滿屋子的人都在看著她，眼中寫滿驚訝，便乾咳一聲，道了一句「多有得罪」，伸手把門帶上，急匆匆下樓。

崔凝剛才在樓上看見姬玉劫已經進了屋，就放心大膽地一路跑到院子外，擠進兩個宅子院牆中間的縫隙。

起初她以為自己的聽力很好，在這裡應該能聽見屋內人的對話，沒想到只能隱約聽見一點點聲音。她心裡貓抓似的，便用了之前擬定的第二個計畫，找了靠近屋牆的地方輕鬆爬上了牆頭。

她不知道，酒樓裡一群人站在窗邊圍觀了她爬牆頭的英姿。

「子清，你認識她？」一名年輕郎君饒有興致地問。

何止是認識，還議過親呢！

謝颺本以為她上次掀翻屏風已經是極限了，誰想這回親眼目睹了更震撼的畫面，不過……挺有趣。

那邊，崔凝努力把臉貼在牆上，嬰兒肥的臉頰都擠得有些變形了，簡直恨不能把頭鑽過牆去。

這石土造的屋子顯然比木頭製的能隔音，儘管她聽力敏銳，也只能隱約聽到隻言片語。

有個低沉的男聲道：「您不該來。」

姬玉劫聲音很小，隱隱約約只能聽見她說「我不能……」、「你走吧」之類的字眼。

隔了一會兒，姬玉劫離開。

崔凝待了一會兒，見天色不早，怕家裡人擔心，也只好離開。剛走到巷口，驀地聽見一個好聽的男聲道：「查完了？」

崔凝嚇了一跳，猛地轉身看過去，並沒有人，只瞧見酒樓的後門虛掩著。

她推開門，伸頭往裡面瞅了瞅，見謝颺斜倚著牆站在酒樓後門內側，垂眼瞧著她。

崔凝笑咪咪地打招呼：「表哥，宴席結束啦？」

謝颺未答話，抬手指了指臉頰。

崔凝愣了一下，忙掏出帕子擦拭。「剛剛忘記了。」

謝颺從她手裡接過帕子，低頭把她臉上殘留的灰土擦乾淨。

暮色初降，周圍暖融融的燈火照在謝颺俊朗的臉上，他專注而寧靜的模樣映在崔凝眼中，讓她感覺有些異樣。

「我、我、我、我自己來！」崔凝緊張得一把抓過帕子在臉上一通抹，把小臉搓得通紅。

謝颺笑起來。「天色不早了，我讓人送妳回家。」

崔凝正覺得腿疲，便順從地道：「多謝表哥。」

謝颺令小廝把馬車停到店門口，崔凝跟著他從後巷繞過去。

「表哥，你……最近還好吧？」謝颺對她不賴，她也投桃報李，關心一下他。

「無事。」謝颺的回答簡潔明瞭。

崔凝看了他一眼，忍不住道：「我頭一次見你的時候覺得你特別嚴肅，怪嚇人的，現在覺得你人挺好。」

謝颺揚起嘴角。「是嗎？」

「嗯。」崔凝使勁點頭。頭一次見他，覺得俊則俊矣，卻像不食人間煙火似的，通身的威嚴令她想逃跑。

她很確定，這並不是自己感覺上的錯誤，而是謝颺在變。

兩人走出巷子時，馬車早已在那裡等候。

崔凝上了車，忽又探頭出來道：「表哥，你也早點回家，說不定是有人想害你，你可不能給凶手機會。」

謝颺笑道：「知道了。」

長街上燈如白晝，崔凝瞧著他的臉，由衷地讚美了一句：「表哥，你長得真是太好看了。」

謝颺從小到大從未被人拒絕過，因此崔凝拒婚的事情讓他有些說不出來的感覺，倒不是有多介意，只是很好奇她為什麼會拒絕。拋去他這個人不說，他的出身也與她相配，看上去各方面都正好的婚事，她覺得哪裡有問題呢？

「嗯。」謝颺沒有問她，只是認真地回答：「我知道。」

崔凝嘿嘿一笑，揮揮手。「表哥，我走了。」

謝颺點頭，目送馬車離開才回到席間。

崔凝連續跑了一個多時辰，覺得又累又熱，便將窗子打開吹風。

晚風涼爽，瞬間將疲憊驅走了一半。

她靠在車窗邊往外看街上的人和景，心裡猜著姫玉劫見的人是誰，也許是她昨日看見的那個裝束奇怪的人，可這地方根本不利於隱蔽，並非是密會的好地方。大概是案發之後擔心被查到，臨時換了個藏身之處，倉促間選不到更好的地方。

快到家的時候，崔凝遠遠看見一個熟悉的身影站在巷口。

那巷口是魏潛送她生辰禮之處。

崔凝摸了摸手腕上的小兔子，對車夫道：「停一下。」

「娘子，何事？」車夫問。

崔凝下車。「我遇見個熟人，你等我一下。」

車夫也管不了她，只能囑咐一句：「娘子快去快回啊。」

崔凝一路小跑到那個巷口，卻沒有看見人。她環顧一圈，遠遠看見了魏潛騎馬正往南邊去。

「五哥！」崔凝喊了一聲，拔腿追上去，見他恍若未聞，又喊了一聲：「五哥。」

魏潛翻身下馬，回頭看她。

「五哥，你在這裡等我呀！」崔凝歡喜道。

魏潛想說不是，但看見她高興的樣子，便沒有故意說出讓她失望的話，只道：「這麼晚才回來，去哪兒了？」

「五哥……」崔凝小聲道：「我說了你別生氣啊。」

魏潛嗯了一聲。

崔凝才道：「我跟蹤姬玉劫去了，發現她跟一個男人偷偷見面，應該不是情郎。」

「嗯，妳先回家吧，明日再同我說。我告訴崔大人，妳留在官衙裡抄卷宗了。」

魏潛面上還是沒有多少表情，但語氣柔和了許多。

「不行不行，今天得說清楚，說不定明天那些人就換地方了呢？」崔凝有心要表現一下，如何能等到明天？還不得憋壞了！

「妳聽到他們談論凶案了？」魏潛問。

「沒有。」

「現在沒有任何證據證明姬玉劫與命案有關，她好歹是朝廷命官，不能因為她甩開監察司盯梢去與人私會就抓捕。妳若沒有打草驚蛇，就算他們明天換了地方，只要跟緊姬玉劫就行了。」

「我知道啊。」崔凝嘟囔道：「你就不能誇我一句。」

魏潛抬手彈了她腦門一下。「私自跑去盯梢，我幫妳掩護已經冒了很大風險，還想要誇獎？怎麼沒聽妳謝一句？」

儘管他嘴上這麼說，但崔凝感覺到他的關心，抓了他的袖子，響亮地說道：「五哥大恩大德沒齒難忘！」

「回去吧。」魏潛道。

崔凝感覺壓在心頭的大石一下子消失了，走路都輕快起來。

魏潛看著她的背影，忍不住微微一笑。

直到看不見她的馬車，他才離開。

第二天一早。

崔凝一到監察司就聽到消息，李佐令那邊查到了殺害司家姊妹的元凶。出乎崔凝意料的是，凶手不是有所隱瞞的陳長壽，也不是偷偷與人私會的姬玉劫，而是渾天監推算局掌令上官卯！

這個人一派君子模樣，卻不聲不響地殺了這麼多人！

之所以抓到他，是因為李佐令設了一個圈套，他令人放出口風，說在冰窖裡尋到了一物，好像是司家的東西。上官卯不傻，肯定會懷疑這是個圈套，然而儘管如此，他還是上當了！

這說明，他的確是因為想得到司家的某樣東西而殺人，而且已經想到快瘋了！

目前指認他殺人的證據還不是很充足，但是落到了李佐令的手裡，距離招供不過是早晚的事。

第十一章　李昂

李佐令原名李岇，後自己改名李昂。

昂是指二十八星宿中的白虎，出現在人間乃是凶煞之神下凡。

李昂雖沾了點李氏皇族的名頭，但命運並未曾因此而改變。他的父親原是江南道一個縣令，犯事入獄，被判全家流放嶺南。

李岇的母親在流放途中發現有孕，算算時間，大概是流放前後，可是因李岇的母親有一半胡人血統，相貌較平常女子更美，一路上被那些黑心的官差不知道染指過多少次，因而也不知道孩子究竟是誰的。

李昂的母親了無生念，卻一直沒有機會自我了斷，待生下了孩子，不忍心任由其自生自滅，只好苟且偷生撫養他。然而她卻因懷孕分娩時條件艱苦而落下滿身的病，在李昂五歲的時候就過世了，死前曾領著他跪在夫君面前，苦苦哀求他照顧孩子，母親死後，父親照顧過他三年多。不幸的是，他的相貌越來越不像父親。

最終，李昂還是成了無人問津的孤兒。

李昂從懂事起就頂著「狗雜種」的名字，後來連父親都這麼喊他。

他的母親曾說，他叫李岿，將來一定能長成巍巍大山一樣的男子，可是他歷經苦難生存下來之後，卻發現自己距離她的期盼已經很遠了，不管是外表還是內心。

崔凝聽易君如略略說了一下李昴的身世，不勝唏噓，心裡對他的印象由害怕變成了同情。

她才剛剛有這種念頭，便又聽易君如嘆道：「這案情走向有點奇怪啊，理不清頭緒。姬玉劫和陳長壽鬼鬼祟祟，疑點頗多，結果居然不是凶手。我看不是上官卯瘋了，就是李佐令想搶頭功想瘋了。」

盧仁劍提醒道：「小心隔牆有耳。」

魏潛沒有理會他們的八卦，起身看了崔凝一眼。「一起去看看。」

易君如沒瞧見他細微的動作，還以為是叫自己，便不情不願地道：「要不我還是去跟蹤姬玉劫吧，去獄中一定會被奚落……」

「大人，我先過去了啊。」崔凝現在是易君如的下屬，理應要打招呼。

易君如這才反應過來，尷尬地清了清嗓子，正色道：「去吧，好生配合。」

盧仁劍快笑瘋了，待兩人走出去，便忍不住取笑他道：「沒見過自作多情成這樣的！」

「他又沒指名道姓，我怎麼知道說的是誰？」

「魏佐令一個人辦案就夠了，他身邊隨從要幹的活也就是磨墨之類的，要是你，你願意一個肚大腰圓的胖子杵在案邊，還是紅袖添香？」
崔凝還沒有走遠，聽見這話，噗哧笑出聲。
「笑什麼？」魏潛卻是什麼都沒有聽見。
崔凝心想，這世上就沒有十全十美的人，腦子好使卻耳背，這分明離得不過五、六丈。
不過裡頭說的是閒話，她便沒有學給他聽，轉而道：「如今碎屍案破了，那咱們還要不要跟蹤姬玉劫？」
「我已經派人去了。」魏潛邊走邊道：「長庚傳來消息，他在司家老宅抓到一個女人，是司家倖存者，雖是瘋了，但還是問出不少有用的消息。」
這個案子複雜棘手，查來查去謎團越發多了，弄得崔凝滿腦子漿糊。聽聞這個消息，她精神為之一振。「都問出什麼了？」
魏潛把信遞給她。「回頭自己看吧。」
這不是讓人乾著急嗎！眼看牢房不遠，崔凝只好收起信，嘴上道：「都瘋了，問出的話也不能信吧？」
魏潛道：「她是瘋又不是完全失憶，至於瘋子說出來的話哪些能信哪些不能信，需憑自己判斷。」

「魏佐令、崔佐使。」牢房守衛見到兩人便拱手施禮。

「李大人在裡面吧？」魏潛問。

一個守衛唏噓道：「從昨兒開始就沒歇著。」

魏潛問道：「我要進去，你們可需通報李大人一聲？」

儘管魏潛年輕資歷略淺，又是負責一個半吊子監察處，但品級與李昂一樣，想進牢房並不需要經過李佐令的允許，他只是客氣地問一句。

「大人沒有交代，您請。」守衛把大門打開。

由於監察司的牢房主要作為刑訊之所，很少關押犯人，因此地方並不是很大，兩人一進門，一股濃重的血腥氣便撲鼻而來。

走下逼仄陰暗的階梯之後，眼前豁然開闊。

上官卯被綁在木樁上，身上看不出多少傷口，可是一張臉慘白，儼然已經奄奄一息，也不知李昂究竟用了什麼手段。

李佐令在吃早飯，見兩人進來，便招呼道：「二位一起用點早飯？」

「我們都用過了。」魏潛回道。

「那你們自便。」李佐令隨口說了一句，繼續埋頭吃飯。

崔凝見這人連吃飯都透出一股陰狠勁，就知道，誰要是犯點事落到他手裡一準兒沒個好。

魏潛坐到李昂旁邊，問道：「李佐令審了一夜，可有什麼進展？」

李昂三口塞了一個大包子，揚著一雙吊梢眼，說話有些含糊：「你查司家滅門案和司言靈案比我久，就沒有一點進展？」

明顯是不想讓魏潛占得先機，若是換了個計較點的人，可能又是一通掰扯，不過魏潛壓根不在意誰先破了此案，便將自己查到、想到的東西如實告訴李昂。

李昂有些詫異，喝口水，笑道：「渾天監倒是個出硬骨頭的地方，先是陳長壽寧死不屈，接著又是這個。」

崔凝見他目光裡閃現興奮，心覺這人心智異常，先前因陳長壽之死，監察令狠狠訓斥了他，不料他還是不知悔改。不過陳長壽是自殺，他並未受到太嚴重的懲罰。這次若是沒拿到口供就直接把人給弄死，別說監察司能不能饒了他，就是上官家也不可能善罷甘休。

「吃飽了，開工吧。」李昂站起來伸了個懶腰，轉頭對他們道：「你們若是有興趣，不妨坐著看一會兒。」

魏潛道：「好。」

李昂活動一下十指，從藥箱裡取出一個托盤，上面整整齊齊放著各種大小不一的刀和針。

「上官卯，我很欣慰你這麼有骨氣，所以決定特別照顧你一下。」李昂沒有急著動刀扎針，而是抬手在他肩上猛地一拍。

上官卯慘叫一聲，額頭上瞬間冒出豆大的汗珠。

崔凝不知道他做了什麼，但可以肯定，絕對不是拍了一掌這麼簡單。

「還是不說？」李昂頓了一下，取了幾枚針擦拭幾下，飛快插入他身上數個穴道，還很「熱情」地回頭給魏潛解釋：「他不會死，但是動一下就鑽心蝕骨地疼。不過光是疼沒有意思，很快他就會覺得麻木，再用刑效果不大，所以要歇一歇，或者用點別的……比如我剛剛就在針上擦了藥水，一會兒他就會又癢又疼，到了極處還會有燒灼感，就像傷口潰爛的感覺，但表面上卻並沒有傷。」

他好像並不十分在乎真相，而是在享受對人用刑的過程。

「李佐令若是不介意，我來問他幾句吧。」魏潛道。

李昂擦拭著手，語氣輕快：「隨意。」

「上官大人，若你就這麼死了，司家的東西再好，於你而言也沒有意義了，不是嗎？」魏潛道。

上官卯依舊不作聲，卻抬頭看向他。

魏潛語氣篤定：「幾年前你發現司家有人隱姓埋名進了渾天監，你就想從她口中逼問出那東西的下落，可是她直到死也沒有透露。幾年後你又發現了改名換姓的司家姊妹，以為機會來了，你本想活捉淩菱，可是沒想到她與一個男生徒在一起，無奈只能殺了他們。你當時心裡並沒有顧慮，因為還有個凌薇，不料她卻突然死了。你是不是也很疑惑？她如果真是自殺鳴冤，為什麼會把矛頭指向陳家？」

上官卯緊緊皺眉，身上的癢痛讓他沒有辦法集中思考，不過他還是聽明白了魏潛的話。

「你以為咬牙不認，我們就沒有辦法處置你？你一天不開口，就要在這裡多受一天的罪。」魏潛冷笑道：「你以為是在自保，可有沒有想過到底是誰殺了凌薇，我們又為什麼會懷疑你？你有沒有想過，你一直在被別人利用？所有罪名都安在你身上，東西卻在那人手裡，你甘心？」

「我不知道是誰。」上官卯突然開口，不知是因為疼痛還是因為情緒波動太大，他雙目充血，恨恨道：「五年前，我無意間得知司家有一本陰陽密譜，傳說學成可以通鬼神知天命，恰好我發現有個女生徒鬼鬼祟祟，好像是在找什麼東西，就私下裡查了她……」

上官卯得知那女子的身分後，心中大喜，便暗地裡偷偷監視了她一段時間，發覺她一直在尋找關於司家的一切。

他以為，肯定是司言靈死了之後，《陰陽術》就落在了渾天監的某處，司家想要東山再起，所以才偷偷潛入渾天監尋找。

在魏潛問這番話之前，上官卯就懷疑自己被人耍了，因為陳長壽就是個麵疙瘩，凌薇不大可能會因為怕他謀害而自殺鳴冤。

況且如果一個人真的這麼不怕死，又怎麼會怕謀害？依著上官卯的想法，她們進來是在尋找什麼東西，卻因為這麼莫名其妙的事情自殺，根本說不通。

「你在凌菱死後，可曾威脅過凌薇？」魏潛問。

「沒有。」上官卯道：「那小娘子很是警覺。」

他怕心急吃不了熱豆腐，反正人就在跟前，想找到更好的機會再下手，畢竟她是僅存的知情人了，萬一不小心弄死，不知道猴年馬月才能尋到《陰陽術》。

魏潛側頭問李昂：「李佐令，不如去除他身上的刑再審問？」

「整根針都扎進去了，要想拿出來必須剜肉。」李昂擦拭手中的小刀，笑著問上官卯：「你確定要取出來？」

「不。」上官卯驚慌道。

在看見一絲希望的時候，人往往會爆發出超乎尋常的潛能，然而當以為的希望崩塌時，又會變得格外脆弱。

兩名獄卒把上官卯解開，扶著他坐到椅子上，就這麼簡單的動作，他已經滿頭大汗，渾身止不住的顫抖。

待他緩了一會兒，魏潛才繼續問：「你是否還記得，知曉《陰陽術》時的細節？」

上官卯滿心憤恨。「有一次我撞見一個女生徒私入檔室，她看見我便慌慌張張地從窗戶逃走，我在她停留的地方仔細查看，發現幾本書掉落在地上，其中一本書裡夾著兩張紙，一張上寫：艮其限，列其夤，厲熏心；另一張上面是一封信，是說司家《陰陽術》，沒有落款，也沒有說是寫給誰。那是一封告誡信，言道：司家《陰陽術》乃伏羲一脈相傳之祕術，可通天地鬼神，須謹慎使用，否則會觸怒天地，後果不堪設想，望爾等三思後行。」

魏潛聽罷，問道：「信紙、筆跡新舊如何？」

「看上去並不是新寫的信。」上官卯道。

而後魏潛又問了許多問題，上官卯都很配合，倒是讓李昂不甚高興。

兩個人從獄中走出來，崔凝道：「我看李佐令根本沒有認真審。」

李昂審案從來不說多餘的話，不打心理戰，直奔主題，疑犯不說就直接上刑，他喜歡用強制手段達到目的，這大概與他的成長經歷有一定關係。

崔凝大概明白，也就轉移話題：「五哥怎麼知道凌薇不是自殺？」

「我不知道，只是猜測。」魏潛道。

「啊？猜的？」剛剛說得有鼻子有眼，連她都以為有證據呢。「那你覺得那封勸解信是誰寫的？還有，我原以為是寫給司言靈的信，但信中說『爾等』，顯然指的並不是一個人。」

「也許是司言靈寫給別人的。」魏潛腦海中已經顯現出一個模糊的真相，如果一切如他所想，那真相實在太恐怖了。

崔凝有些迷惑，司言靈寫信告誡司家要慎用《陰陽術》？難道是因為司家為了謀財而濫用陰陽之術？

那個卦辭，崔凝大概知道是艮卦陽爻，意指主客之間有強烈衝突。

兩件無主之物，說明不了太多問題，說不定是有人故意放在那裡的。

兩人在獄前分開。魏潛要去查證一些事情，崔凝則回到官署，坐下後便迫不及待地掏出符遠的信來看。

在司氏老宅發現的瘋婦，約莫三十多歲，可能是司家莊的侍女，目睹了那場屠殺，精神不大正常，晚上躲在地窖裡，白天出來覓食，只要看見有人就瘋跑，被捉住的時候還抓傷了兩個捕快。

符遠請了邢州神醫前來為她醫治，雖然沒有痊癒，但是情緒漸漸穩定下來。

符遠與她聊過幾次後發現，這個女子的記憶還停留在十年以前，也就是司家被滅門的時候。

她慢慢開始信任符遠，開始訴說那天晚上的可怕場景，但始終沒有說出什麼有用的東西。直到半個月後，她凌亂地講了一個故事。

故事的大致內容是：有位郎君疾病纏身，臨死的那晚作了個夢，夢到滿樹桃花化成了血，他在桃林中遇見一墳，墳中有人告訴他，他死後家裡會遭大難，然後帶著他一路走到祠堂屋後，指了幾個位置，那幾個位置上就長出了樹苗，短短時間便成了參天大樹，而祠堂屋後的地方塌陷露出一堆堆白骨。夢的最後，郎君看見自己家的周圍開滿了桃花，落英成雪，樹上很快就結滿了桃子。

符遠聽完故事，就命人去挖司家莊祠堂屋後，結果並沒有挖到白骨，之後又令人去桃林裡挖。

不過當地人認定桃林是個困厲鬼的陣法，說什麼都不肯破壞。

信上全部內容就是這樣。

崔凝沒看出這些對案情有什麼幫助，捏著紙冥思苦想。

「崔佐使！」易君如敲了敲她的桌子。「妳下午去左大人那邊看看吧。」

崔凝皺眉道：「有什麼好看的啊？」

「人家怎麼說都為案子提供了重大線索，現在受了傷，咱們監察司不應該有所表示嗎？其他人都忙著，妳就過去跑一趟，意思一下就行。」易君如道：「再說凶手上次沒得手，說不定還會再次動手！」

這個理由說動了崔凝，她心甘情願地跑腿。

崔凝盤腿坐在馬車上，拿紙筆寫了幾個人的名字，打算仔細捋一捋案情。

司家姊妹接連進監察司找東西，飛蛾撲火在所不惜；上官卯為了得到陰陽術殺人；凌菱被上官卯所害；凌薇卻掛了朱砂幡以死鳴冤，指認陳長壽是司家滅門案的元凶；陳長壽膽小懦弱，卻為了隱瞞某些事情而自殺；姬玉劫在這風口浪尖暗中約見神祕男子，那人究竟是誰……

「娘啊！這些究竟有什麼關係？」崔凝撓頭。

這些事件捋不順，肯定是因為其中缺少了最關鍵的線索。司家姊妹和上官卯是為了《陰陽術》，那陳長壽和姬玉劫有沒有可能也是為了《陰陽術》？司言靈被人殺害是否也與之有關？

可司言靈不是因為那一匣密函被殺嗎？

崔凝心頭一頓，他們尋找的《陰陽術》，會不會並不是真正的陰陽術……

記得有一次，她和二師兄下山幫大戶人家除妖，根本就是糊弄人，回頭還告訴人家已用本派祕術除妖，日後可以放心云云。司言靈手裡有那麼多密函，可以要脅幾十名朝廷命官，如果他讓這些人為自己作弊……

也許從一開始她就想錯了，司言靈被殺，她就下意識地以為他是受害者。若他原本是害人的那個，最終被人報復了呢？

崔凝打了個冷顫，不敢相信自己的猜測，因為她記得很清楚，司言靈的第二個預言是長江水患，有數萬人在那場災難中喪生。

災難是否可以預估？還是可以人為？

此時，魏潛也正在查看長江的相關紀錄。長江漲水有季節性，可以說比較有規律，只是每年多少的問題，參考歷史紀錄，再結合當年的降水量，可以在一定程度上預測水患發生。

倘若司言靈真是蒙蔽天下的大騙子，那他得罪的人可就太多了，這其中就包括左凜。

魏潛查了一下午，終於找到當年究竟是何人負責修築堤壩。

「王臣煥。」魏潛對這個人沒有多少印象。

他立刻去吏部調閱王臣煥的檔案，順帶查了一下他的出身和親友關係。

此人出身寒微，沒什麼背景，能做到江南道一個上縣的縣令，憑的是個人本事和手段。不過，在司言靈留下的那份密函中並沒有關於此人的把柄。

倘若不是本來就沒有，那極有可能是被人銷毀了。

誰最有可能銷毀它？

不是司言靈就是左凜。左凜保存密函多年，一直沒有公諸於眾，是不是另有隱情，尚且不能確定。

剛拿到密函時，魏潛就猜到司言靈並不是偶然得到此物，而對左凜抱著半信半疑的態度。真正讓他開始懷疑，恰恰是因為左凜被襲。

左凜看上去很誠懇，頗有種人到暮年、其言也善的感覺，但似乎有些太過滴水不漏，反而令人生疑。

第一次去拜訪，他已經準備要將一切和盤托出。魏潛閱歷不如他豐富，看不穿他是不是作戲。第二次，他好像又未卜先知一樣，知道魏潛生疑，立刻就被人襲擊報復。

魏潛不動聲色，把東西上交，名義上是派人過去保護他的安危，多半還是為了監視。

是狐狸總要露出尾巴，做過的事情總是會留下蛛絲馬跡。

魏潛查出長安城官員中有幾個與王臣煥同年科舉或曾為同窗，其中一個恰好就是李昂。

李昂與王臣煥是同窗，年紀比他小幾歲，並不是同一屆科舉。

魏潛立即前往李昂處相詢。

「王臣煥？」李昂想都不用想，哼道：「此人不顯山不露水，看著一般，官途卻走得比我順多了。哈，老天有眼，把他給收了，可見狗屎運不能隨便走。怎麼，他也摻和司家案？」

「只是懷疑。」魏潛遲疑了一下，便將自己關於司言靈的猜測說了。

李昂原是散漫地靠著椅子，聞言漸漸坐直身子，神色變得陰冷。「若真是如此，死得那麼輕鬆真是便宜他了。」

「上官卯說的那兩封信可有找到？」魏潛問。

李昂道：「找著了，一封受潮，差不多毀了，只剩下那張卜卦辭。我已經找人確認過，的確是司言靈的筆跡。」

「我推測，司言靈只是個傀儡，背後定有操控者。所謂的《陰陽術》只不過是暗語，他想洗手不幹，寫信勸誡，只是信沒有寄出去就死了。」魏潛輕輕叩著椅子扶手，從頭把三個案件順一遍。「信中稱呼對方為『爾等』，顯見並不是一個人，我覺得很有可能是指司氏族人。」

李昂接著道：「司言靈自殺或被殺之後，凶手發現密函不知所蹤，遍尋不得，於是就殺了所有可能知情的人？」

要是按這種說法，那左凜基本可以排除嫌疑了，因為密函就在他手中，沒有必要多此一舉，除非還有什麼特別的原因。

「我去邢州司家莊看過，覺得滅口的主要原因可能是洩憤，抑或說報復。」魏潛思慮過司家莊慘案的全過程，發現凶手完全有實力一舉滅口，可他們還是故意給了司家人掙扎的機會，讓他們聚到祠堂抵抗。凶手像戲耍獵物一樣，在司家人身上洩憤，祠堂中抵抗的人身上都有無數傷口，但是致命傷只有一處，且都精準無比。

「照你的推測，左凜是殺害司家姊妹的幕後凶手？」李昂反駁他的觀點。「我認為這不可能，這些小娘子皆改名換姓，他又沒有通天手眼，怎麼知道她們來了渾天監？

除非他在渾天監有眼線，可是他離開官場有些年了，在渾天監安插眼線做什麼？你說凌薇不是自殺，這個我可以肯定地告訴你，她的確是被人謀害之後故意偽裝成自殺的樣子。但事隔多年，他完全沒必要故意把事情鬧大。」

「也許司家姊妹發現了什麼？」魏潛仍然覺得左凜有很大嫌疑。

「他又不能一天到晚看著司家姊妹，就算她們發現了什麼，他又如何知道？我賭不是他。」李昂豪爽地掏出一文錢放在桌子上。

魏潛垂眸看了一眼。「敢賭多點嗎？」

「一個包子？」李昂試探地問了一句，見他沒有回答，又道：「一個包子加一個饅頭，不能再多了！」

「好。」魏潛發現，這人是苦日子過怕了，摳得要命。

他們聊了一會兒，沒想到卻意外的投緣。

魏潛回到監察四處，見崔凝不在，便問易君如：「崔佐使去何處了？」

盧仁劍以一種「你攤上大事了」的表情望著易君如，坐在一旁等著看好戲。

易君如理直氣壯，他的下屬他還不能指派了？於是便實話實說：「我派她去看看左凜……」

魏潛臉色倏然一變，黑得嚇人。

「我讓她去看看就回來，派了馬車一路接送。」易君如見他表情突變，心裡有些發毛，想著這已經是當祖宗供著了，什麼髒活累活都不讓幹，還想怎樣？

魏潛一言不發，大步流星地出了屋子。

第十二章　突變

崔凝那邊懷疑司言靈，但她沒有魏潛想得全面，尚未想清楚，馬車便已經停在了左府門前。

左凜比之前看起來像是蒼老了好幾歲，但已經脫離了半昏迷的狀態，燒也退了。

「您精神很好呀。」崔凝笑著道。

左凜微微笑道：「小崔大人請坐。」

崔凝坐到床前的凳子上，詢問道：「您這兩日感覺如何？」

「勞小崔大人操心，老朽已經好多了。」左凜說罷便轉移了話題：「老朽有兩個孫女跟小崔大人差不多年紀，那倆丫頭整日為點雞毛蒜皮的小事吵嘴，小崔大人卻可獨當一面，真是不能比。」

「您過獎了，哪裡能獨當一面，就是跟在各位大人後頭學學東西。」崔凝打算問左凜一些事情，自然不會任由他掌控話題，她也不拐彎抹角，直接道：「我今日來，一則是看看您傷勢可好，二是有些問題想請教您。」

左凜爽快道：「小崔大人直管問。」

崔凝道：「您與司言靈是好友，可知他是個怎樣的人？」

「他很有才華，琴棋書畫、詩詞歌賦樣樣皆精，只不過他的書畫存世極少，因為司家不准。」左凜不無遺憾地道：「如今長安城內，各個人都自命為才子，真應該讓他們看看言靈的學問，必將羞煞他們。」

崔凝奇怪道：「為何不准書畫存世？」

左凜道：「他自幼禁言，禁的不僅僅是話語，連文字亦禁。他平素打發時間的唯一樂趣就是下棋，我們見面多是下棋。」他悵然嘆息。「那時候常常見他一個人坐在觀星臺上，一坐到天明。被天命選中的人，註定一生孤獨。」

崔凝頗為贊同地點頭。「修道尚且孤獨艱苦，何況背負天命呢？」說完不等左凜接話，又問道：「您是如何與他成為好友的？」

「觀星臺完工後幾年間，我經常會過去查看，有次碰巧遇上他。乍一見我還以為是仙人臨凡，差點鬧了笑話。」回想起初遇時的情形，左凜笑容中帶著些許悲傷。

觀星臺是左凜督建的大工程，是他任工部侍郎時最為得意的成就之一。他也會找機會半夜去臺上觀星，不過並不是看天象，而是體驗自己的成果。

有一回，左凜偶然碰見一個人，一襲白衣，銀髮長長垂於身後。待他轉回身來，露出俊美卻略顯蒼白的容顏，白眉修長如劍，眼眸含星。那夜的月光太好，清輝如羽披落其身。他周身泛著淡淡的光暈，仙氣飄渺。

左凜險些衝他跪拜。

崔凝覺得他的言辭無懈可擊，對他的懷疑略減了一些。

「那時我真以為自己建造的觀星臺可以通天了。」左凜自嘲一笑。「不過也因為鬧了這個笑話，與他熟悉起來。」

崔凝問：「您覺得他真會預言嗎？」

左凜頓了一下，答道：「他的預言不都已經成真了嗎？小崔大人為何會懷疑？」

崔凝方才放下懷疑，現下突然又敏銳地察覺到一絲危險的氣息，連忙傻笑著糊弄過去。「也不是懷疑，就是覺得挺神奇。」

「妳可知智一大師？這位高僧亦能預知先機，這世上不乏此等奇事。」左凜言辭間倒像是司言靈的擁護者。

「說得也是。」剛剛左凜表情的細微變化幾乎讓崔凝確定左凜知道內情，但不確定他在其中是怎樣的角色，她很清楚自己那點道行還不夠人家看的，便知難而退。

「您累了吧？我就不多打擾了，您好生休息，待您痊癒之後，我再來叨擾。」

「也好。」左凜道：「恕老夫不能起身相送。」

「沒關係沒關係，您休息。」崔凝說著就要走。

左凜卻道：「旌，你送送小崔大人。」

旌是左府管家的名字，他原是沒名沒姓的孤兒，打小就伺候左凜，後來左凜賜給了他姓名。

左凜暗暗給左旌遞了個眼色。

左旌上前道：「小崔大人請。」

崔凝擺出一副官架子。「你在家裡伺候左大人吧，官署有專門的人接送，不必勞煩了。」

左旌飛快地看了左凜一眼，退而求其次。「我送大人到門口吧。」

左凜笑道：「小崔大人若是再拒絕，可就見外了。」

崔凝起了戒備心，他們越是如此堅持，她越覺得不妥。

「本來就是外人，見外很正常。」崔凝知道皇帝派高手暗中守在院子周圍，可是左旌若是送他出去，與她的距離不到三尺吧？多近啊，這院子裡肯定有許多監視的死角，萬一他們要是鋌而走險把她給殺了怎麼辦？

崔凝身上扛著師門重責，哪能隨便就死？她可是很惜命的！這回就算自己猜錯，不過是得罪個人罷了，有清河崔家這條大腿，也不是多大的事。

然而，她越是這樣防備，左凜便越覺得她發現了什麼。

崔凝正往外疾走，忽聽身後有細微聲音，尚未來得及反應，一隻手便捂到她臉上。

一股刺鼻的香氣直衝腦門，眨眼間她的意識就變得有些模糊，但是她還有習武者的本能，腦子尚未思考，一記撩陰腿就甩出去了。

左旋打算把她弄成意外身亡的樣子，沒有直接用暴力的方法殺人，正打算把她扛起來，沒想這小娘子中了百花散還油滑得跟泥鰍一樣，一扭身，便給了他一記重創。

因離得太近，他雖躲避了，卻還是被掃到，男子那處受一點重力便疼痛不堪，更何況崔凝使出了吃奶的力氣，被餘力踢中也是不得了。

崔凝眼前已經開始模糊，感覺到自己好像踢到了，便拔腿往外跑。

左旋顧不得疼痛，一個飛身上去把人撲倒。

越是危急時刻，崔凝的頭腦便越清楚，如果左旋直接把她殺死在屋裡，那還不如放自己活著出去，至少他們還有機會狡辯。

「來……」

崔凝剛喊了一個字，下巴便被抓住。

左旋一翻手捏住她的下顎，崔凝一驚，猛地抬頭，張嘴便狠狠咬住左旋的脖子，直將一塊肉撕扯下來。

熱熱的血噴了她一臉。

眼前一片血紅，激發了她掩藏在心底的仇恨，在藥力作用下仍舊爆發出驚人的力道。

左旋和左凜也都驚訝至極，原以為神不知鬼不覺地弄死一個柔弱的小娘子不費吹灰之力，就算她比一般人聰明點，也逃不過今日一劫，沒想到這個看起來瘦巴巴的小女孩，在中了百花散之後力道仍不輸一般男子。

只不過，左旌是武功高手，哪能被她制住？

左旌一手卡住她下頷，一手伸入衣兜裡掏出毒藥，就要往她嘴裡倒。

屋門匡當一聲被人踹開，崔凝躺在地上，視線模糊，卻還是看見一條大長腿從眼前掠了過去，一腳將左旌踢飛！

緊接著崔凝被人拉了起來，落入一個溫暖的懷抱，耳朵貼著他結實的胸膛，聽見如擂鼓一般急速的心跳聲。

「五哥。」崔凝嗅著清爽的味道認出了他。

暗衛跟著全都衝進來，但是只有左旌在屋裡，左凜已消失無蹤。

左凜曾是工部侍郎，修築一個巨大的觀星臺都不在話下，在自家宅子裡修幾條密道還不是信手拈來？

魏潛看了一圈，命一名暗衛：「去床榻那邊找密道入口！」

左凜跑得這麼快，密道肯定就在床榻附近。

魏潛現在沒心情去抓人，他抱著崔凝快步離開左府，去太醫院是來不及了，便帶著她去了附近熟識的醫館。

城中策馬，涼風呼呼從耳邊颳過，崔凝嗅著清淡溫熱的氣息安心睡了過去。

這一睡卻把魏潛嚇得不輕，抓著韁繩的手上青筋都爆出來了。

到了醫館門前，馬都沒有停穩，便直接抱著她躍下來衝入館內。

「胡大夫！」魏潛不顧一群排隊的人，直接抓了坐堂大夫到內室。

魏潛曾經辦過一個案子，是病人家屬用藥害死病人，卻推在大夫身上，想訛一筆錢，因那大夫年輕，所有人都認為是他醫術不精害死人，只有魏潛站出來幫他洗清冤屈。

那大夫便是這家醫館的坐堂，名叫胡惟善。

胡惟善瞧見崔凝滿臉是血，也是一驚，連忙把脈。

待確定脈象並無大礙，他又仔細檢查她身上的血跡。「恩公放心，這不是小娘子的血，小娘子只是中了迷藥，若想她醒過來，只需一盆冰水即可，不過最好是讓她睡一、兩個時辰，直接用水激醒對身體不好。」

魏潛懸著的心這才落實，略鬆了一口氣，才發覺渾身已經被汗水浸透。

胡惟善見過魏潛的次數不多，但一直覺得他年紀輕輕，便有種泰山崩於前而面不改色的沉穩淡定，現在瞧他兩鬢的黑髮都已經被汗水浸得溼漉漉，豆大的汗珠順著臉頰一直滑到下顎，可見先前急得不輕。

「勞煩幫我準備一盆清水吧。」魏潛聲音有些沙啞。

胡惟善令藥童去打水，又道：「我先去前堂，恩公有事再喚我。」

魏潛起身拱手道：「我隨你一起去。」

胡惟善不解，但沒有拒絕。

魏潛把胡惟善送到前堂，拱手對排隊等候的病人施禮。「抱歉，方才在下一時情急，耽誤各位診病，今日診金都由在下出，還請各位見諒。」

排隊抓藥的都不是急症，大家得了好處，又見魏潛相貌堂堂彬彬有禮，頓時沒了怨氣，還紛紛出言安慰。

魏潛回到內室，清水已經放在盆架上。

他擰了帕子，幫崔凝細細把臉上的血擦拭乾淨，目光平靜而柔和。

魏潛守著她坐了一會兒，便令醫館的小廝拿了崔凝身上的信物，去國子監尋崔況。

不多時，崔況策馬趕到，一見魏潛便問：「我二姊怎麼了？」

「沒有大礙，只是中了迷藥。」魏潛既然有心讓崔況幫忙瞞著家裡，也就不說那些虛話，直接實言相告。

「放心吧，我會處理，你有事就忙去吧。」崔況道。

魏潛衝他拱手施禮，而後轉身離開。

崔況願意瞞著家人，是因為他知道崔凝喜歡在外頭做事，若是此事被家人知道，父母定然會阻止她繼續留在監察司。

崔況問清楚崔凝的情況，守著她坐了大半個時辰之後，讓醫館小廝去僱了一輛馬車回來，也不讓旁人插手，親自把她背上車。

崔凝這一覺睡得沉，待到天色快黑時還沒有絲毫要醒來的跡象。

崔況這才令人取了冰來，包了一包放在她額頭上。

寒氣滲入，崔凝很快有了意識，抬手把腦袋上的冰袋拿掉。

「醒了就快睜眼，不然一會兒瞞不過去了。」崔況抬手拍拍她。

「我這是在哪兒？」崔凝半晌沒緩過神來。

「我都不希罕說妳，快點起來！」崔況黑著臉把冰袋撿起來。「妳要是不想讓母親知道今日發生的事情，就老老實實按照我說的做，待會兒母親來看我，妳就說我今日在學裡不舒服，妳恰巧遇上，就把我送回家來了。」

崔凝想起之前的事情，一個激靈，整個人都清醒過來，忙問道：「那說你什麼病？」

「暑熱。」崔況把外衫一脫，躺到床上，撿了冰袋放在手邊，隨時準備放腦門上。

崔凝記起自己身上可能有血跡，想換身衣服，低頭一看才發現已經換過了，問道：「你給我換的衣服？」

「是青祿。」崔況蹺著腳，指了指水果盤中切好的梨子。

崔凝用竹籤插了一塊送到他嘴邊。「你不是挺聰明嗎？這都快過冬了，鬧什麼暑熱啊！還有，萬一青祿亂說怎麼辦？」

崔況嚼著梨子，含糊道：「見識短淺，暑熱積毒未必會當時發作，還有那青祿，比妳更好糊弄，她不敢亂說的。別問東問西的，眼瞅著母親就快來了。」

說完又指了指棗糕。

崔凝無奈，只好取了一塊送到他嘴邊。「我真得勸勸裴九娘，不能嫁給你這樣的，吃東西還得人一口一口餵！」

「我現在是病人。」崔況翻了個白眼。「妳要是恩將仇報，看我不揭穿妳老底。」

崔凝把一大塊棗糕全都塞進他嘴裡。「吃你的棗糕吧！」

「夫人。」門口小廝的聲音傳進來。

崔凝忙將冰袋放在崔況腦門上，突如其來的冰冷把他凍得一哆嗦，差點被棗糕噎住。

凌氏急步進來，滿面焦急。「況兒怎麼樣了？」

崔況滿嘴糕點，說不出話。崔凝只能道：「母親放心吧，小弟沒事，大夫說是有點暑熱積毒，幸好不嚴重，發出來就好了。」

崔凝說著，有些心虛，目光四處亂飄，她怕被凌氏發覺，只能轉臉看著崔況。

凌氏好不容易生了個寶貝疙瘩，還處處為她爭臉，他這一病，自然萬分心疼，一時間都亂了方寸。

崔況偷偷嚥下嘴裡的東西，開口安慰道：「母親莫憂心，只是小事，大夫說若是一直不發出來才嚴重呢。您可不能太過擔憂，否則便是兒子不孝了。」

「我哪能不擔憂，我已經去請大夫了，再看一遍才能放心。」凌氏絮叨：「你不舒服才回家來，怎麼不馬上令人告訴我？」接著她又數落崔凝：「妳也是，幫他瞞著！萬一有個好歹呢！」

崔凝緊張地握緊拳頭，崔況仍舊悠然躺著，抽空還把冰袋拿了下來。「冰得腦袋疼，緩緩再說。」

凌氏哪有不依的。

崔凝又說好話哄著，凌氏漸漸平靜了些。

須臾，大夫便拎著箱子趕過來，衝凌氏施禮道：「盧大夫下午被接到城外莊子上看診了，他家藥童託在下代為看診，在下是盧大夫的朋友，姓彭，在朱雀街開醫館。」

泛泛之輩絕不可能在朱雀街開醫館，凌氏一聽，便立刻道：「勞煩彭大夫給我兒瞧瞧。」

彭大夫放下箱子，認真給崔況試了試脈，片刻之後，起身道：「令郎體內淤了暑熱，幸而並不嚴重，發一發便沒事了，我開一劑藥，服下便可大好。」

崔凝心下奇怪，難不成崔況事先還找了個大夫串通？

「多謝彭大夫！」凌氏總算放下心來，令人取了診金交給他，還親自把他送出去。

「你認識彭大夫？」崔凝才不信什麼盧大夫外出問診的鬼話。

盧大夫一直是崔家在長安常用的醫師，與崔玄碧、崔道郁都相熟，請他過來直接就穿幫了。

「忘年之交。」崔況眨了一下眼睛，繼續裝柔弱。

崔凝沒想到，平素像個老叟一樣的崔況還有這樣頑皮的一面，不禁笑起來，壓低聲音道：「多謝小弟！」

「咳！」崔況也小聲道：「妳兄弟病了，妳笑得這麼開心真的好嗎？」

崔凝忙斂了笑，轉而問道：「今天是五哥送我回來的吧？放心，母親回來我能聽見腳步。」

「也差不多吧，是他把妳交給我。」崔況道。

崔凝緊張道：「五哥可有受傷？」

「傷了，渾身都是血，現在還躺著沒醒呢。」崔況顯得憂心忡忡。

崔凝驟然如墜冰窖，臉色霎時間變得煞白。

崔況見狀，知道玩笑開過了，連忙道：「我同妳說笑的，他好好的，一根頭髮絲都沒掉。」

「你是在安慰我嗎？」崔凝顫聲問。

「胡扯，從小到大，我安慰過妳嗎？」崔況哼道。

崔凝這才相信，怒道：「你個小混球！要不是看在你幫我的分上，非揍你一頓不可！」

外面凌氏的腳步聲響起，崔凝忙道：「母親來了。」

崔況譏諷的話到了嘴邊又嚥回去，只得恨恨地瞪了她一眼。

第十三章　塵緣如夢

次日，崔凝一早就迫不及待地跑到官府，親眼看見魏潛毫髮無損，才把心放回肚子裡。

「怎麼不在家裡休息？」魏潛打量她兩眼，見氣色還是如平常一樣，心下安穩不少。

崔凝被崔況嚇到了，哪裡能待得住。「我擔心你。」

其他人都出去辦事，屋裡安靜極了，柔和的晨光從門窗照進來，襯得她眉眼柔和靜好。

魏潛瞧著，眼底便染上了絲許笑意。「我沒事。」

他對她如此直白的言辭已經有了免疫力。

崔凝坐到他身旁，得意道：「我這是立了大功呢，抓到左凜了嗎？」

「魯莽。」魏潛收了笑意，肅著臉。

崔凝不以為意。「就算魯莽吧，讓老狐狸現原形也值當。」

魏潛皺眉。「知不知道倘若我再晚那麼一時半刻，毒藥就餵到嘴裡了！」

崔凝見他是真的動了火氣，連忙道：「我是說笑的，我可怕死了呢，誰能想到左凜竟然真是凶手？我只不過隨口問了兩句，他就急得要殺人滅口，我原想著，如果他是凶手，肯定是老謀深算的那種，絕不會輕易露出馬腳……」

魏潛臉色稍霽。「定是妳做了什麼，讓他誤以為已經得知真相。」

「嘿嘿。」崔凝想到自己當時做的事，頗不好意思。「我太貪生怕死，他非要那個管家送我，我就覺得他要殺人滅口，說話不太冷靜。」

「左旌被抓住了，不過到現在還沒有左凜的消息。」魏潛道。

那天護衛依著魏潛的提示到床榻附近找機關，那機關頗為隱蔽，費了好大工夫，待從密道裡追過去時，左凜早就跑得不見影子了。

崔凝瞠目結舌。「二十多個武功高手，沒追上一個身負重傷的七旬老叟，說出去都沒人信！」

魏潛不置可否地一笑，沒有答話。

左府下面的密道交錯縱橫，像迷宮一樣，也不能全怪那些護衛不濟。

「走吧。」魏潛起身道。

崔凝沒有問去哪兒，直接跟著他走。

兩人再次來到監察司的牢獄，這次去了走道盡頭的一間囚室。

獄卒將厚重的大門打開，崔凝伸長脖子往裡面瞧了瞧。

裡面只有一個巴掌大的通風口，一束陽光落進來，反倒襯得四周愈發黑暗。崔凝略適應了一下，看清裡面的人之後，詫異地睜大眼睛。

裡面關著一個看起來只有十來歲的孩子。那孩子穿著一身玄色寬大衣袍，小臉雪白，眉髮皆是白色。他神色淡淡地坐在牆角的胡凳上，盯著地上的光斑瞧。在他旁邊，鎖鍊捆著一個年輕人，崔凝一眼認出是那天在酒樓巷口遇到的人。

「阿元，不要再看了，當心眼睛受不住。」年輕男子輕聲道。

被稱作「阿元」的孩童聽見開門的聲音，轉眼看過來，目中泛著淡淡的紅。

魏潛看了阿元一眼，對崔凝道：「妳帶他出去走走。」

「不，不能出去！」年輕男子緊張得坐直身子。「不能帶他見陽光！」

「放心吧，就在走道裡轉轉。」崔凝道。

年輕男子猶豫了一下，對阿元點頭。

阿元乖乖起身跟著崔凝出去。

走道兩旁點著火把，沒有一絲陽光，顯得有些幽暗陰冷，但阿元似乎很適應這樣的環境。

崔凝帶著他找了地方坐下，令人上了茶水點心。

阿元沉默著拈了一塊默默吃著。

監察司的點心並不好吃，但他慢慢地吃了三、四塊。

崔凝見他十分淡然，便開口問道：「你有十歲嗎？」

阿元咀嚼的動作頓了一下，看了她一眼。「十三了。」

「啊？你幾月生的？」崔凝很吃驚，這孩子看上去顯得很小，她說十歲都是往大裡猜的。

「三月。」阿元道。

「你比我還大。」崔凝不可思議地嘆道。

許是崔凝的表現太隨意，阿元的神情漸漸放鬆，顯得有些愉悅。

阿元五官很立體，長長的白色睫毛像羽扇一般，及腰的長髮披散在背後，漂亮得不像真人。崔凝暗暗觀察他很久，見他不那麼緊繃，忍不住伸手摸了摸他的臉。「你長得跟我表哥一樣好看。」

阿元先是僵了一下，而後抬手摸了摸自己的臉，表情怔忡，沒想到手上的糕點屑沾在了臉上。

崔凝笑著掏出帕子幫他擦拭掉，又問：「你叫阿元？姓什麼呢？」

「陳。」他臉上泛起了淡淡的血色，便如那銀裝素裹的雪天裡開出了一片桃花。

崔凝怔了怔，道：「陳長壽是你父親？」

陳元搖頭。「他是我三叔。」

崔凝想了想，又問：「那姬玉劫是你什麼人？」

「姬玉劫？」陳元搖頭。「不認識。」

崔凝看他一臉迷茫，行為舉止像個天真無邪的稚兒，心態簡直和崔況南轅北轍，說話間遂不由得帶了幾分哄孩子的語氣：「你可曾去族學裡讀書？」

陳元不解道：「何謂族學？」

「就是很多同齡人聚在一起讀書的地方，你沒有去過？那你平時在家都做些什麼？」

「看書，演算。」陳元平日裡除了吃飯睡覺就只做這兩樣事情。

「那總得有人教你識字吧？」崔凝道。

陳元道：「我五叔教的，就是屋裡那個。」

「那是你五叔？他跟你三叔長得真是一點都不像。」崔凝驚奇道。

陳長壽像個乾巴巴的老叟，平時行事畏縮，毫無氣質可言，屋裡頭那位雖說長得並不是多麼俊美，但算得上器宇軒昂，兩個人不僅不像兄弟，看起來甚至像是沒有血緣關係。

「對了，你都演算什麼？」崔凝問。

陳元答道：「六十四卦問泰否。」

這正是陳長壽擅長的事情，據說他算卦堪稱「鐵口」，從無遺漏出錯。

「你父親或母親是白髮嗎？」崔凝心中疑竇叢生，這白髮是遺傳嗎？可為什麼司言靈的白髮會出現在陳家？

陳元搖頭，看向碟子裡的糕點。

崔凝伸手推到他面前。「你喜歡吃？這裡的點心不好吃，我家裡做的才好吃呢，明日帶給你。」

陳元微微笑起來，靦腆得像個小姑娘，崔凝越發覺得他像五、六歲的孩子。「你害怕嗎？」

「不怕。」陳元吃著糕點，腮幫鼓鼓的，像一隻小松鼠，話音有些含糊：「為什麼要害怕？」

他平時白天也都待在這樣幽暗的地方，最多點兩盞燈，只有晚上才會偶爾出來在院子裡走走，從小到大都是如此，早已經習慣了。

「你能不能幫我卜一卦？」崔凝又殷勤地拿了一塊糕點給他。

離得這樣近，崔凝看見他的眼眸也不似尋常人那樣漆黑，而是灰色，水盈盈的樣子，像是結了冰霜的幽潭。

陳元接過糕點，猶豫了一會兒。「妳要問什麼？」

崔凝道：「我要找一樣東西，不知何時才能找到？可能算出線索？」

「妳身帶血光，那東西會給妳帶來殺身之禍。」陳元把糕點放回盤子裡。「非找不可嗎？」

崔凝原本只是想與他套交情，隨口一問，並沒有抱任何希望，沒想到他連算都沒算便說出來這樣的話，當下震驚不已。「你還會看面相？」

「嗯。」糕點很甜，陳元有些膩了，捧起杯子喝了一口水。

他的表情沒有絲毫變化，彷彿剛才說的只是吃飯喝水這樣的事情一般。

崔凝心裡升起一絲希望，說道：「我非找不可。」

桌上水是涼的，非但沒有把甜膩壓下去，反而讓阿元有些不舒服，他抿抿嘴，忍著難受問她：「那妳的生辰八字是？」

崔凝哪知道自己的生辰八字啊！她想了一下，就把現在的生辰報給了陳元。

陳元垂眼看著自己的腳尖，長長的羽睫垂下，在眼底留下一片陰影。

靜默半晌，陳元抬眼看她，淺色的眼眸中有迷茫之色。

崔凝以為是自己八字給的不對，所以算不出什麼，便笑笑道：「若是不好算便罷了。」

「照著這個生辰，總算不出活路，妳是不是時辰沒記準？」陳元問道。

崔凝更加驚訝。「你的意思是說，如果我真是這個生辰就活不下去？」

陳元迷茫道：「不是呀，倘若是這個生辰，女子活不過十二，男子不僅活不過周歲，還會連累母親。妳方才說與我只差月分，如今已近年底，妳馬上要十三了。按說……」

這會兒她應該早就死了。

崔凝心想，原來的崔凝確實是沒活過十二啊！可見陳元算卦還是很準的，只可惜，她並不知道自己真實的生辰。

「不過妳面相不好，不僅會給夫家帶來災厄，自身亦會飄零，日後得找個八字鎮得住的才行。」陳元很喜歡崔凝的和氣，因此不由多說了幾句。相貌生得過於美麗，眼梢有天生的桃花，是禍主的狐媚之相，好在她眉宇之間疏闊，目光平和清靜，壓住了這些不足。

聽他說得頭頭是道，崔凝沒有擔心自己，反而心下奇怪，方才看著還是個稚童的樣子呢，這會兒說起卦來，老氣橫秋的模樣和崔況十足相像。

「你經常給人看相？」崔凝問他。

陳元抿起嘴，沒有答話。

「你不說話，是沒有看過，還是看過，卻有人不讓你說？」崔凝更相信是後者，因為陳元看上去相當嫻熟，不像是從來不曾給人算過卦，而且他說自己平時沒事就是看書、推演，應該是不僅幫人算過，還經常算！

「是因為你三叔？」崔凝試探道。

陳元瞪大眼睛，吃驚地看著她。「妳也會卜算嗎？」

她不會卜算，但是會根據事情做出合理推測。有才華的人，通常都有傲骨或傲氣，而陳長壽根本就不像是精通推演算卦的，他小心翼翼、戰戰兢兢，身為渾天令，卻連掌管一局的底氣都沒有。她做出一個大膽的推測——陳長壽只是個傀儡！

精通卜卦的另有其人，可陳家為什麼要找個傀儡，崔凝看看陳元的白髮，覺得一切都有了答案。

陳元一站出來，所有人都會看出他和司言靈有關，陳家這是在隱瞞司家滅族案！他們即使不是滅司家滿門的真凶，也一定知道些什麼！司家失蹤了二十多口人，大都是司言靈那一支的女眷，陳家肯定知道這些人的下落。

不過從沒聽說司家與陳家兩族有什麼姻親關係。那麼陳元的存在，就是陳家參與滅門的證據。

陳元見她目光炯炯地盯著自己，不自在地挪了挪身子。「妳在想什麼？」

「沒事。」崔凝有了這個猜測，就開始詢問其他問題：「你母親是個怎樣的人？」

陳元垂首，黯然道：「我很少見她，聽說幾年前過世了。」

雖然很少見面，但他還記得母親是這世上最溫柔的人，對他特別好，他只恨自己沒有早點學好看相算卦，沒有預料到母親的災厄。

「對不起。」崔凝覺得自己觸動了旁人的傷心事，頗為不安。

陳元搖頭，情緒仍舊很低落。「我很小的時候，五叔就帶我來長安了，我一直跟著他。」

五叔對他十分嚴格，嚴格到有些殘酷，儘管在生活起居上從未短缺，但他總被關在一間小屋子裡，沒有玩伴，也沒有人可以陪他說話，在他看來，還不如待在這裡來得快活。

「不管怎樣不如意，只要放寬心，一切都會好的。」崔凝笑著安慰他。

魏潛出來的時候正聽見崔凝說這句話。

她在燈火下笑著的模樣，眉眼之間透出的堅韌，莫名的令人心酸。

她，對自己也是抱著這樣的心態嗎？

魏潛背在身後交握的手緊了幾分。

「五哥！」崔凝喚他，眼睛彎彎如新月似的。

魏潛看她像隻燕子般地向自己奔過來，嘴角不由揚起。

陳元背對這邊，見崔凝跑過去也跟著轉回頭。

「做了官也不持重。」魏潛說教。

崔凝見他面上還帶著一絲笑意，心知他嘴上雖這樣說，卻並非覺得自己這樣有什麼不好，於是也就笑嘻嘻地道：「知道啦，下次注意。」

這樣自然親暱的相處，陳元很羨慕。

魏潛看了他一眼。「你是想住外面，還是和你五叔在一起？」

「可以住外面？」陳元驚喜，但轉眼又有些忐忑。「五叔同意嗎？」

「這裡我說了算。」魏潛淡淡道。

陳元頓時用崇拜的眼神看著他，不住地點頭。「要去要去。」

崔凝笑道：「那太好了，正好帶你去吃小點心。」

陳元乍然一笑，宛如陽光灑在滿樹的冰凌之上，美麗耀眼，不可方物。

「去拿把傘來。」魏潛吩咐獄卒。

獄卒領命下去，不多時便翻找出一把傘，依著魏潛的命令放在陳元面前的桌上。

「出去自己撐。」魏潛道。

儘管他面無表情，看起來不是很好接近的樣子，但陳元感覺他很好，抱著傘站起來，笑得天真無邪。

崔凝上前拿過傘，熱心地道：「看你弱不禁風的，我來幫你撐吧。」

魏潛面上不顯，心裡卻暗想，弱到連一把傘都撐不起來了嗎？八成就是看人家長得好罷了！想著，他已經大步走到前面。

陳元隱隱覺得魏潛不高興，但不知道哪裡惹了他，以為是自己的錯覺，很快拋之腦後，歡歡喜喜地跟著崔凝往外走。

「不擔心你五叔嗎？」崔凝見他從始至終都沒問過一句，覺得有些奇怪。

魏潛心裡冷哼，連腦子都不會動了！

「我算過，他壽命不短。」陳元篤定道。

崔凝一拍腦袋，沒有半點不好意思。「看我，都忘記你能掐會算了。」

她看慣了師兄們裝神弄鬼，一直都不怎麼相信這種事，但自身的經歷又否定了她一直以來的想法，弄得她自己有些混亂。

出了大門，崔凝便將傘撐了起來，陳元眯著眼睛湊在她身邊。

陽光已經不如之前溫和，顯得有些刺眼，陳元的眼淚嘩嘩地流了出來。

崔凝見狀道：「你是不是不能見光，不如把眼睛閉起來吧，我牽著你走。」

陳元聞言，乖乖把眼睛閉上。

崔凝正要拉起他的手，魏潛卻先一步抓了陳元的肩膀。「跟我走。」

說著接過了傘，領著陳元走在前面。

崔凝覺得他像生氣了似的，訕訕地跟在後面，抬眼看見兩人的背影，不禁噗哧一笑，心想幸虧五哥穿著官服，若是照他平日裡的穿法，這會兒她可就大白天看見黑白無常了。

魏潛回頭瞪了她一眼。

崔凝忙收斂笑容，裝著老成持重的樣子。

魏潛把陳元帶到茶室裡，讓他自己玩，想去哪兒都行，但不能出官衙，也必須讓差役跟著。儘管如此，陳元還是很高興，不住地點頭。

崔凝見他眼裡還是紅紅的，便道：「待我回去幫你準備黑紗，覆在眼上就不會覺得陽光刺眼了。」

陳元感激道：「謝謝。」

「妳跟我來。」魏潛看了崔凝一眼，轉身出去。

崔凝衝陳元笑笑，跟了出去。

到了院子裡，崔凝問道：「五哥，他五叔都招了嗎？」

魏潛壓根兒就不是想說這件事情，擰眉看著她。「妳幾歲了？」

「啊？」崔凝愣了愣，見他情緒不好，心裡一緊，磕磕巴巴地道：「快、快十三了。」

時下男女之間倒也沒有什麼大防，女子與男子一塊飲酒縱馬也不算事，但像崔凝這樣沒有男女之分，還是有些不妥。

「就沒有人告訴妳男女有別？」魏潛坐到石凳上。

崔凝不敢坐，揪著衣袖垂下腦袋，乖乖地答話：「說了……」

說是說了，但都是一帶而過，因為這是件人人都知曉的事情，崔凝總是被關禁閉，也接觸不到幾個男子，誰也不會整天拿這件事耳提面命，於是到了與人接觸的時候，崔凝就不大記得，仍和以前在山上一樣。

「說了怎麼不記得？」魏潛的語氣有些嚴厲。

崔凝頓時覺得事情好像很嚴重，急忙表示。「我錯了，我再也不這樣了！」其實她心裡並不明白為什麼不能這樣，也想不通男女之間到底有什麼差別，純粹只是不想讓魏潛生氣。

魏潛心下無奈，指著對面的凳子道：「坐下。」

崔凝聞言，忙不迭地坐了上去。

「妳日後在外行走，不准隨便觸碰男人，管好自己的手。」魏潛說著，心下自嘲，自己這是操的哪門子心，丫頭心裡更在乎符遠，郎有意，妾有情，怕是沒自己什麼事。

他說得比那些教導侍女直白，崔凝聽懂了，連連保證，以後絕對不會這樣。

魏潛聽著，心放下一半。

崔凝見他似乎沒有之前那麼生氣了，就大著膽子問：「為什麼呢？碰一下有什麼關係？也沒見誰少塊肉。」

魏潛語塞，這是常識，需要什麼解釋？他也不好太深入地告訴她，只道：「妳記住就行了，這是規矩。」

崔凝不禁腹誹，你們山下規矩真多。

崔凝以前自由自在，師門的規矩多是要求守住「道心」，不似崔家規矩這麼繁雜詳細。她自從來到這裡，聽了祖母的話後就覺得學規矩是件很要緊的事情，她也一直在學，但規矩卻似乎總是不停地冒出來，而且越來越多。

崔凝很苦惱。

魏潛沉吟道：「妳在懸山書院的那些朋友，有空可以在一塊多處處。」

崔凝一直在忙著案子，她們也需要上學，她接到幾次帖子，因著時間湊不上就都回絕了。崔凝心裡其實很珍惜這幾個朋友，只是她還有更重要的事情要做，二師兄捨命把她送到這裡來，她不能把時間都花到交際上。

「勞逸結合，腦子才會更清楚。」魏潛見她糾結，有些不忍心，遂安慰道：「俗話說，在家靠父母，出門靠朋友，妳若是不交朋友，在這世上勢單力薄，想辦什麼事都不容易。」

崔凝對他的話一直堅信不疑，況且她想起來二師兄也說過同樣的話。

魏潛見她小臉上的表情如撥雲見日般晴朗起來，不禁微微笑著把這個話題放了過去。「說說妳從陳元那裡都問出了什麼？」

「陳元小小年紀就精通易理，卜卦可準了，我推測陳長壽只是陳家擺在明面上的傀儡，真正的渾天令是陳元。」崔凝說罷，把方才問到的一切事無巨細地對魏潛說了一遍，又問：「阿元的五叔說了什麼？」

魏潛沒有回答，而是取出一封已拆開的信給她。

崔凝看了一眼落款，是符遠寫來的。

待她看完，微驚。「怎麼會這樣？這麼說來，陳元與司家沒有關係？」

信上寫，在司家祠堂發現密室，裡面有二十餘具屍骨，全都是老弱婦孺，仵作檢查後確定他們都是被活活悶死的。凶手屠戮之後，發現了密室，但是他們沒有進去，而是將所有入口出口全部封死，將人生生困死在裡面。

「司家莊究竟有多少人，至今仍未能確定，或許還有漏網之魚。」

「這麼說來，陳五沒有說這件事情。」崔凝道。

陳五名叫長生，十五歲就中了舉人，之後沒有繼續考，而是帶了還在襁褓中的陳元來到京城，負責教導陳元。或許是因家族如此安排令陳長生心有怨氣，故而對待陳元十分苛刻，等閒不讓他出門，就算是晚上出來也都是為了觀星，只有在給人看相的時候陳元才有機會外出。陳元為了多出門，便拚命地學易理。

這些細節，旁人自是不知，魏潛觀陳元的秉性，卻輕易猜出。「陳五只推脫自己不知，不過我本意也不是想從他嘴裡撬出真相來。」

崔凝見他笑容中透出幾分狡黠，不禁一愣，她還是第一次看見這樣的五哥呢！

「妳先與陳元接觸兩日，若是套不出什麼話，我再詢問。」魏潛道。

這是在給她機會！

崔凝精神一振，立刻保證。「我一定好好查！」

「記住我說過的話。」末了，魏潛還是不放心地叮囑一遍。

「五哥說的話，我都會記住的！」若不是她小臉肅然，魏潛肯定又會臉紅。

崔凝得了任務，便立刻行動起來，出去買了幾樣自己覺得好吃的點心，又去裁縫那裡請人用黑紗縫製了一條遮眼的布條。

陳元用黑紗覆上眼，即便是在陽光刺眼的正午也能四處看看景色。

「這綠豆糕不甜膩，你嘗嘗。」崔凝笑得像條大尾巴狼。

不過落在陳元眼裡卻覺得她溫柔可人，心中難免又生出幾分親近，他已經吃得很飽了，又不忍拂了崔凝的「好意」，捏了一塊塞進口中。

這時已經接近傍晚，陽光柔和，崔凝便建議道：「我帶你去衙門西邊的花園走走吧，那裡挺好看。」

「可以嗎？」即便沒有人拘束，陳元仍舊不敢四處亂走。

崔凝肯定地回答他：「我領著你去，自然可以。」

陳元歡喜地點點頭。

魏潛從外面回來正與兩人迎面碰上，打了聲招呼便讓他們走了。

監察司的官署最早是皇宮別苑，聖上親臨三省六部時歇腳的地方，本身就以景色為主，後來在此基礎上改建成監察司，屋宇房舍不夠，又重新建了很多，破壞了不少景致，但西邊因有個小湖，花園大致都還保留著。

崔凝帶陳元划船去了湖心亭，看到亭邊鳧水的鴨子，喜道：「草叢裡或許能撿到鴨蛋，咱們一起去找。」

陳元興致勃勃地跟著她到草叢裡尋找。

府裡這些鴨子是為了添幾分致趣隨便放養的，自是沒有誰專程跑來撿鴨蛋，兩人像尋寶一樣，不一會兒便撿到了六個。

「拿到廚房裡讓他們炒了吃。」崔凝想著，肚子便不爭氣地咕嚕一聲。

陳元失笑。「妳方才也吃了不少糕點，怎麼還會餓呢？」

「糕點是糕點，怎麼能和飯菜一樣。」崔凝瞪他。

一直以來，魏潛總是時不時地給她帶吃的，她這是給餵成習慣了，飯前飯後吃些點心是尋常事，根本不耽誤吃飯。

陳元不好意思道：「要不回去吧？」

「一會兒不吃也餓不死，咱們說會兒話吧？」崔凝道。

陳元沉默了一下，隔著黑紗看向她。「妳問吧，我都會回答妳。」

湖風微冷，他的白髮與黑紗輕輕揚起，漂亮的臉上帶著洞悉一切的淺笑，彷彿一瞬間褪去了所有稚嫩。

崔凝瞪眼，難不成她之前看走眼了？這廝是和崔況一樣的貨色？不能夠啊！她好不容易才有一點成熟穩重的優越感！

陳元靜靜等著。

「為什麼要裝成那樣！」崔凝有點憤怒，明明是一隻狐狸，偏要裝成兔子！

陳元迷茫又無辜。「裝成哪樣？」

崔凝見他又露出那種人畜無害、天真無邪的神情，更是覺得胸悶氣短。既然他說要回答，她便不客氣地問了，想到他的身世，她不禁放軟了語氣：「就說說你的經歷吧。」

陳元有一瞬的失神，之後才道：「我自小就跟著五叔，他教我識字讀書，帶著我學習易理。不過，他並不是很精通易道，後來都是找了書籍讓我自己參悟。有時候，他會帶我去給人看相，如果我表現好了，晚上可以出來看星星。」

他從懂事到現在所有的經歷就是這樣了。

陳元並不是裝作天真無邪，也非故作深沉，只是精通易理，看過不少悲歡離合，骨子裡就有幾分洞悉世事的清明洞達；然而因為一直以來大多時間都在黑屋裡度過，他的確又十分單純。

「我卜過自己，只有四個字，塵緣如夢。」陳元開玩笑道：「我想我父母應該也是精通易理吧，才給我取了這麼個名字。」

崔凝問道：「塵緣如夢？是什麼意思呢？」

陳元沉吟道：「大概是一生便如那鏡花水月般易碎而又不真實吧。」

崔凝聽了，頗為憐憫。「就沒有什麼辦法改改嗎？」

「災禍易避，本命難改。」陳元隔著黑紗，依舊能夠瞧見她臉上露出的關心，遂笑得更開心。「我自己不在意。」

陳元十幾年都生活在一間屋裡，人生之於他來說，最大的精彩不過是一晚漫天的星斗，是否鏡花水月又有什麼關係？

「你之前住在哪裡？」崔凝此刻早將之前小小的憤怒拋於腦後，語氣不由自主地透出關懷。

陳元道：「在西市一家賭坊的地下，前些日子五叔突然決定帶我去揚州，只是還未出城我就生了一場病，我們只好臨時找了個落腳的地方。」

「是河西賭坊？」崔凝問。

陳元嗯了一聲。

這就對上了！陳長壽與魏大聯繫，多半是為了從陳元那裡取得消息。

崔凝問道：「魏大與你是什麼關係？」

「他是五叔的僕從。」陳元把玩著手裡的鴨蛋，看見自己的指頭上染了汙泥，覺得很好玩似的，用指尖搓了搓。

「你為幫會的人算過命？」崔凝認為，魏大雖然有點名頭，但也只不過是個混混，憑他一個人的實力絕對鎮不住那些幫派。

「可能吧，五叔要我算卦看相，卻極少說那些人的身分。」陳元把手伸出去給崔凝看。

崔凝正要說他弄得滿手都是泥，卻發現他用泥在掌心畫了一隻栩栩如生的鴨子，奇道：「你還有這等本事！」

陳元靦腆地笑了笑，掏了帕子擦拭乾淨。

崔凝再見他這樣的神態，也不敢把他當作什麼都不懂的小孩子了。

「咦？」餘光瞧見似乎有船過來，崔凝轉眼看去，正見一個差役拎著食盒站在船頭。

小船靠岸，那差役拎著食盒走到庭外，拱手道：「崔佐使，魏大人差小的來送晚飯。」

崔凝眼裡染上笑意。「有勞了，快進來吧。」

差役把食盒擱在几上，將裡面的菜一樣樣端出來。

只是簡單的三菜一湯，但一看菜色就不是官衙廚房裡能炒出來的。

「您用完膳之後，盤盤碗碗的放著就行，小的會過來收拾。」差役道。

崔凝道：「多謝。」

差役拱手施禮後，便自行離開了。

崔凝遞了筷箸給陳元。「吃飯吧。」

陳元吃了一肚子的點心，現在半點不餓，但還是接了筷箸跟著湊個熱鬧。只是他瞧崔凝吃得香，不覺間胃口好了很多，竟也吃了多半碗飯。

吃飽喝足，兩人仰在美人靠上消食。

倒仰著頭看天邊彤彤霞光，風裡帶著淡淡的水草味道。

「妳叫什麼名字？」陳元問。

崔凝這才想起來，認識一整天了，竟然連名字都沒有告訴他，遂坐直身子，正經道：「我姓崔，叫崔凝。」

陳元也坐直，淡粉的嘴脣微微一抿，衝她笑道：「崔娘子，我是陳元，妳若不嫌棄，便喚我阿元吧。」頓了一下，他身子微微前傾，小聲道：「我說得對不對？話本上都是這樣說。」

崔凝哈哈一笑，爽快道：「對對，阿元，你喚我阿凝就好。」

陳元鬆了口氣。

崔凝望著他精緻的臉，銀白的頭髮，不禁想起另外一個人，問道：「你知道司言靈嗎？」

「知道，我那裡有許多他的手稿。」陳元遺憾道：「只是無緣見到他。」

崔凝聽他的語氣，似乎不知道司言靈早已經過世，心道，八成陳元也只是陳家的一個工具罷了。

她想了想，又問起他的父母：「令慈是不是姓司？」

「我母親姓姬。」陳元答道。

崔凝倏地站起來，聲音拔高：「姓姬！」

陳元被嚇了一跳，手足無措地跟著站了起來。「怎麼了？」

「沒事沒事。」崔凝安撫他。「我們回去吧。」

「好。」陳元聽話地跟著她。

上了小船，崔凝問：「你可還記得令慈的模樣？」

陳元點頭。

崔凝想起來他畫在手心上的鴨子，問：「能不能畫下來？」

陳元沉默著，又點了一下頭，見她欣喜，不由得跟著高興。

兩人回到屋裡，崔凝幫他準備好紙筆。

此時已經日落西山，光線微暗，正是陳元覺得最舒適的時候，他便將黑紗帶解下別在了腰間。

風從窗外吹進來，將他披散的銀髮吹得紛亂，他不住地拂開。

「你把頭髮綁起來吧。」崔凝道。

陳元把黑紗帶抽出來，笨拙地把頭髮抓成一把繫上。

自小就沒有人伺候他，什麼都是自己動手，一切都是陳長生教授。陳長生作為一個男人，也只會把頭髮隨便一綁。

崔凝看著鬆鬆散散的黑紗帶，自告奮勇道：「我來幫你吧，我綁得可好了。」

陳元赧然。「好。」

崔凝飛快地把他頭髮理整齊，準備綁一個「道士頭」，這是她最擅長綁的髮型，誰料黑紗在頭髮上太滑，綁上去很快又會散開，她只好把他頭髮挽了一半，只讓前面不遮眼睛，後面仍舊披在背後，卻意外地很適合他。

崔凝打量一下，對自己的手藝很滿意。

她毫不委婉的目光，令陳元很不好意思。「阿凝莫要這樣看我。」

「誰讓你長得好看！」崔凝見他羞澀的樣子，忍不住逗他。

陳元如雪一般的面容浮現出淡淡的桃花色，令他整個人愈發鮮活。

綁好頭髮，陳元提筆畫畫。

崔凝站在旁邊認真地看他作畫。

陳元的筆像是有靈性一般在紙上遊走，線條的粗細力道控制得恰到好處。

約莫兩盞茶的工夫，一名姿容出色的女子便躍然紙上。

崔凝仔細辨認，覺得與姬玉劫真有幾分相似。

她本來已經有點清晰的思路，一時間又混亂了，如果陳元的母親是司家女，那姬玉劫豈非也是？她難道也是為了尋找那樣東西而潛入渾天監？既然她和凌薇、凌菱是一家人，為什麼任由別人殺了她們？

崔凝抓了抓腦袋，抬眼看見陳元鼻尖上滲出汗水，一副十分疲憊的模樣，便道：

「你累了吧，我讓人給你準備浴湯，洗好就歇下吧。」

「嗯。」陳元有氣無力地應了一聲，但眼眸中帶著笑意。

崔凝吩咐差役侍候陳元，自己則攏了畫急匆匆去尋魏潛。

她疾步進了堂內，見魏潛坐在桌前，一襲玄色便裝，長眉微蹙。

魏潛在核對這段時間積壓下來的卷宗，聽見腳步聲，飛快地看了她一眼，繼續忙活，嘴上卻道：「急匆匆的做什麼。」

「五哥，你看這個。」崔凝把畫遞到他面前。

第十四章　局中局

魏潛擱下手頭的事，接過畫。

「阿元說自己的母親姓姬，這是他母親的畫像。」崔凝眼睛亮晶晶。

魏潛抬眼看見，忍不住想抬手摸摸她的頭，但想起幾個時辰之前還嚴肅地教育她男女有別，此刻這手是怎麼都伸不出去，心裡頗有點搬起石頭砸自己腳的感覺。

一念閃過，令他羞慚萬分，怎可因自己一時喜好便不顧崔凝？

崔凝如此信任他，不管將來如何，他都應當盡力往好的方向引導才是。

想到這裡，魏潛輕咳了一聲，說起案情：「碎屍案的關鍵，恐怕還是在姬玉劫身上。」

崔凝注意到，他說的只是「碎屍案」，遂問道：「那司言靈案呢？陳元分明與他有血緣關係，你說他們會不會是父子？」

陳元今年十三歲，從時間上來看，是有可能的。

如果司言靈留了一個遺腹子，說不定就落到了陳家，可是魏潛仔細查過，司言靈一生未婚，身邊也沒有任何服侍他的女人。

「是不是，問問姬玉劫就知道了。」魏潛見她興致勃勃，就沒有將這個消息告訴她。

崔凝道：「姬玉劫會招嗎？我看這些人嘴巴一個比一個緊。」

「那就跟我一道過去問問吧。」魏潛把東西收拾一下，整齊地放在書案的左上角，起身拿衣架上的大氅遞給崔凝。「入冬天寒，披上。」

「五哥不冷嗎？」崔凝遲疑道。

她的身子漸漸養起來，加上常年習武，已經不像之前那麼畏寒了，青心給她帶的大氅，她都扔在馬車裡沒有拿進官衙。

「不冷。」魏潛道。

崔凝瞅著他俊朗的臉，明明沒有什麼表情，卻總覺得滿臉的不容置疑，於是只好披上。

魏潛身材高大，他的大氅裹在崔凝身上有點像被子，很快便將身上的涼氣驅走。

此時天色已暗，崔凝心裡略有不安，正要開口請魏潛派人去知會她家裡一聲，便聽他道：「我已經派人告訴妳家裡人了，不需擔心。」

崔凝嚇了一跳。「五哥，你也能掐會算吧！」

魏潛看了她一眼。「妳什麼都寫在臉上，需要掐算嗎？」

崔凝摸摸自己臉，心道，就這麼明顯？

目前還沒有確鑿證據證明姬玉劫與殺人案有關，所以她只是暫時被禁足在自己宅子裡。姬玉劫明顯是渾天監中最擅長經營的人，除了在地段不錯的永寧坊有個宅子之外，在東市還有兩間鋪面，城外有一個面積頗為可觀的莊子。

兩人乘車去永寧坊，下車時天上星星點點地落起了雨。

崔凝進了姬玉劫的宅子，不由心生感慨——人家這才叫過日子呢！

宅邸不算大，但亭臺樓閣、花草樹木、流水假山應有盡有，布置得巧妙至極，一步一景，絲毫不顯得擁擠。管家僕婦也一應俱全，從進來到坐下，崔凝明顯感覺到了和左凜府中的不同。

侍女上了茶水點心，不多時，姬玉劫便過來了。

這還是崔凝第一次認真看這個女子，瞧上去還不到三十歲的模樣，一身水藍色的衣裙，簡單又不失禮。因此儘管她的容貌比陳元畫像上那位遜色很多，卻仍讓崔凝覺得那份從骨子裡透出的氣韻，令她顯得十分美麗。

她落座之後，看向魏潛。「魏大人這麼晚過來有何指教？」

魏潛道：「指教不敢當，有幾個問題想請教姬大人。」

姬玉劫意味不明地嗯了一聲，魏潛就把它當作表示同意。

出乎意料的是，他沒有問司家、陳家，而是道：「姬大人把司家祕本的事情洩漏給上官卯，是為了借刀殺人吧。」

篤定的語氣令姬玉劫的表情有一瞬僵硬，但旋即浮現了淡淡的微笑，坦然問道：「此話從何說起？」

魏潛沒有在這個問題上糾纏，轉而道：「妳早就知道凌薇、凌菱的真實身分。」

姬玉劫只是微笑地看著他，並未言語。

魏潛也沒有想從她那裡得到什麼反應，繼續道：「戶部查到她們的祖籍就沒有再繼續查下去，她們平空出現，沒有過去，加上跟司家滅門案扯上關係，所有人都以為她們是司家後人，上官卯也說她們在找關於司家的東西，似乎又一次證實她們的身分。」

他頓了頓——「我命人在戶部調查的基礎上繼續查下去，結果令人大吃一驚，她們竟然和司家沒有半點關係。」

崔凝微驚，她還是第一次聽到這個消息！難道又是誆騙姬玉劫的話不成？

「我回過頭又查了司言靈。他之所以出名，並不是因為擅長陰陽通靈之術，而是因為天生的預言能力。他一生禁言，除了在渾天監中的公文之外，平時幾乎連畫都不畫。其實根本就沒有什麼《陰陽術》，凌氏姊妹找的也並不是陰陽術，而是妳。」

姬玉劫笑問：「她們找我做什麼？」

「因為妳知道得太多。」魏潛盯著她，目光彷彿能夠看穿她笑容背後掩藏的一切。「若不是左凜暴露，我一時還難以查到這條線索。左凜能瞞這麼多年，並不是因為他多聰明，而是因為這裡面牽扯得太多太複雜，沒有人敢輕舉妄動。凌氏姊妹進入渾天監，本來很難查到他身上，但是偏偏他生性過於謹慎小心，多此一舉地為她們安排了身分。」

左凜自以為做得天衣無縫，但其實恰恰挖了一個最大的漏洞。

姬玉劫的表情有一瞬的詫異，但很快又恢復如常。

魏潛把畫像遞給身邊的侍女。「拿去給姬大人。」

那侍女小心翼翼地看了姬玉劫一眼才上前接下，呈了過去。

姬玉劫慢慢展開畫像，看著熟悉的眉眼呈現在眼前，面上的笑容漸漸褪去。看了半晌，她將畫掩上。「魏大人給我看這幅畫是何意？」

沒成想，到了這一步她竟然還能鎮定地否認！崔凝不禁屏息，等著看事情如何發展。

「邢州那邊傳來消息，尋到了一名司家莊倖存的婢女。」魏潛不急著拆穿她，只道：「這世上所有事情都有脈絡可尋，順著線索查下去，終有一天真相會大白於天下，不過是或早或晚的問題，到那時，事態的發展就不由人控制了。姬大人好生想想吧，我等就不打擾了。」

崔凝見他起身，也跟著站起來。

姬玉劫坐著沒動，面上笑容更盛，只是隱約帶著些許悲戚。「魏大人果然名不虛傳。」

魏潛逕直走了出去。

崔凝以為姬玉劫要說什麼，在原地停頓兩息，卻見她垂眼端起茶慢慢地喝了一口。她忙去追魏潛。

外面的雨更大了，嘩啦啦地從屋簷傾瀉而下。

好在姬府的遊廊一直通到大門，不需撐傘。

崔凝抬頭看了魏潛一眼，發現他的唇緊抿，下顎微斂，整張臉繃得緊緊的，看起來情緒很糟的樣子。

魏潛不是那種會因為疑凶不招供而心情不愉的人，肯定是因為姬玉劫說了什麼。可方才的對話基本都是魏潛在說，姬玉劫話很少，哪一句聽起來都不像能惹怒別人。

那是……

崔凝一怔，想起姬玉劫說「魏大人果然名不虛傳」，是不是間接承認了魏潛所說的話都是事實？

她認真地理清思路，直到坐上馬車，才有了一點點眉目。「五哥，姬大人是不是不知道左凜的事？」

當時，魏潛說起左凜暴露，姬玉劫有一瞬的驚訝，好像根本不知情。再回想一下案情，也就能解釋通，為什麼凌薇死時，觀星臺卻掛了鳴冤的朱砂幡直指陳家，這是因為凶手以為陳家是司家滅門案的元凶。

「或許吧。」魏濳道。

崔凝想不通他為什麼情緒不好。「五哥是不是查到了些什麼？」

她下午帶著陳元去湖心亭之前遇到過魏濳，只是匆匆打了個招呼，沒太在意他的表情，那時候他剛從外面回來。

「左凜有一幼子，叫左宸，天資聰穎，盡學他之所長。」魏濳望著窗外的大雨，聲音沉沉。「司言靈說江南水患，朝廷便派人前往檢修堤壩，左宸也是被派往江南的官員之一。」

彼時，左宸只領了個不入流的官職，跟過去是為了積累經驗。

距離堤壩被沖毀最近的地方是梅鎮，而左宸正巧跟著上峰在那一段勘測江水、檢修堤壩。有經歷那場水患的倖存者稱，左宸是個很俊俏的少年，性子好、才華橫溢，很快便被梅鎮的百姓熟知，人人都稱他為左玉郎，一些小娘子常常跟著他「玉郎」、「玉郎」的叫。

在堤壩決口的前一天，有人追問左宸是否真的會發生水患，少年笑著道：「只要堤壩不垮，何來水患。」

傍晚的時候，左宸想起白天看見有一段新修的堤壩，因著上峰匆匆離開，他也只好跟著走，並沒有仔細查看，心裡有些不安，便披了蓑衣冒雨前去查看。

這一去就再也沒有回來。

「他在水患中喪生？」崔凝問道。

魏潛道：「大水沖破堤壩是在半夜，他在傍晚出去，怎麼會死於水患？」

那半個月裡降水不斷，水位飛快上漲，但是倘若堤壩牢固，就算再下半個月也不會發生嚴重水災。

梅鎮堤壩沖垮的那夜，電閃雷鳴，大雨瓢潑，直到大水沖過來，人們都還在睡夢之中。

「這麼說來，堤壩被毀是人為？」崔凝脊背發寒，怎麼能有人喪心病狂到這種地步！

左宸不是死於水患，那麼他肯定是在冒雨出去檢查的時候看見了什麼不該看的事情，被人滅口了！

他能看見什麼呢？可以想像，大概是有人破壞堤壩，他年少衝動，上去阻止。

左凜因為兒子的死而懷恨在心，遂故意接近司言靈，殺了他之後取得那些「把柄」……

如此一來，關於司言靈的預言，真相已經呼之欲出。

他手裡有那麼多官員的把柄，可以操縱他們為自己辦事，不惜以數以萬計的生命來成就名聲和地位。

這種人，死都是便宜他了！

姬玉劫肯定知道這件事，不然她怎麼不去報官，反而生怕別人知道似的？

「五哥沒有逼問姬玉劫，是不是怕她要求你不要聲張此事？」崔凝問道。

魏潛莞爾。「傻孩子。」

崔凝癟嘴。「我才不傻。」

「她沒有資格和我講條件。」他以陳述的語氣說出這句話，宛若真相就在手中。

崔凝覺得他這樣說實在是理所當然，又追問道：「那你為什麼不高興？」

魏潛怔了一下，眼底慢慢染上笑意。「妳看出我不高興了？」

崔凝察覺到他的變化，立即傲然道：「那當然。」

她這副小模樣，若是有尾巴，此時都能翹到天上去了。

魏潛瞧著不免覺得有趣。「我不高興是因為有人因一己私欲草菅人命，還有人為私利而千方百計地隱瞞，在我看來，這同樣可惡。」

「五哥，我最喜歡你這一點。」崔凝感慨。

這句話如旱天雷一般直擊魏潛的心頭，震耳欲聾，又令他猝不及防。他鬼使神差地道：「只喜歡這一點？」

他的聲音因喉嚨乾澀而顯得有些沙啞，卻分外好聽。

四目相對，崔凝只覺得他的目光與平時格外不同，原本黑是黑白是白的眼睛，此刻變得柔和很多，宛如平靜無波的幽潭，吸引著人墜入其中。

崔凝呆呆看了一會兒，喃喃：「五哥……」

話到嘴邊，突然想起來魏潛曾經告誡過她，以後不許誇他，可是真的好看呢……而且是不同尋常的好看。

崔凝說不出來他此刻與平時有什麼區別，但見到他那種眼神，總想伸手上去摸一摸，然而又記起他說男女有別，怕他不高興，心裡掙扎，在摸與不摸之間竟然分外緊張，心都要從喉嚨跳出來了。

「想說什麼就直說吧。」魏潛話音裡不自覺地帶了一絲絲誘哄的味道。

崔凝頭回聽到他用這種語氣說話，覺得又歡喜又安心。

「五哥，我想摸摸你的眼睛。」崔凝話一出口，臉刷的一下就紅了，真正上手去摸的時候未必會感到羞澀，怎麼經嘴裡說出來就感覺味兒不對呢？

一瞬間，車內寂寂，外面大雨滂沱，如擂鼓一樣急急砸落在車棚頂上，便如此刻兩人的心跳聲。

崔凝偷眼瞧魏潛，他滿面通紅的模樣，不輸十里桃花的顏色。

不知怎地，她竟然情怯，並沒有如平時那般自然而然地親近，腦海中一片紛亂，一會兒一個想法，弄得她不知如何是好。

魏潛瞧著她懵懂迷茫的樣子，覺得可愛之餘，也漸漸冷靜下來，不禁有些自責，這是在做什麼？引誘個尚未及笄的小女孩？可念頭一起便遏制不住，心中萬分羞慚。

崔凝見他眉梢眼角的笑意淡了下去，又如往日一樣嚴肅，亦隨之平靜下來。

天色已黑，下著大雨，街上空無一人。

外面風雨交加，而車內那人卻不動如山，讓崔凝覺得溫暖安全，默默朝他身邊挪了挪。

魏潛藉著推窗的動作，遮掩了忍不住露出的笑容。

而此時崔玄碧的書房裡，同樣是沉默，氣氛卻截然不同。

崔道郁正梗著脖子與崔玄碧理論：「我不是反對凝兒出仕，只是她還小，又是女孩，整日東奔西走也就罷了，還經常天黑才回家！這怎麼行！」

相對於他的激動情緒，崔玄碧顯得格外平靜，端正地坐在圓腰椅上，連眉毛都沒有動一下。「我隔三差五地還要值夜，怎麼不見你擔心我？」

崔道郁沒料到自己父親居然一本正經地不講理，不由氣結。「那怎麼一樣！」

「怎麼不一樣？且不說我，況兒比她還小幾歲，開春便要下考場，接著也得入仕，你難道也要這般操心？」崔玄碧淡淡道。

崔道郁道：「她是女子！以後嫁出去少不了得受婆家磋磨，在家能嬌養幾年？況兒將來可是要扛一家子的責任，而且他一向老成持重，我放心得很；凝兒懵懵懂懂的，我怕她被人騙。」

崔玄碧盯了他半晌，沉沉一嘆，頗為歉疚地道：「是我沒把你教好！你正需要人指引的時候，我卻和你母親負氣，你能長成今日這番模樣也算是自己的造化。」

崔道郁傻眼，這都是哪兒跟哪兒啊！何況他哪裡有這麼不堪？

「不服氣？」崔玄碧看著他道：「我就不說你的仕途了，就是作為父親，你連自己孩子的秉性都看不清楚。況兒老成持重？凝兒懵懵懂懂？」

「不是嗎？」崔道郁覺著自己說得沒錯。

「況兒早慧，自小就和別的孩子不一樣，你可知為著這份不一樣，他那麼小需得承受什麼？哦，我忘了，你打小就和一般孩子一樣，自是不知。」崔玄碧不鹹不淡地道。

崔道郁聽著臉漲得通紅，心頭憋了一股氣，覺得來找父親說話真是自虐行為。

偏偏崔玄碧還很淡然。「況兒因為早慧，在同齡人中不合群，同年長些的人相處仍是不合群。他想有朋友知己，就不得不逼自己變得老成持重，拚命汲取知識、經驗，只為了補上旁人比他多活的那十幾年。你看著他以稚子之姿做老成之事時，覺得有趣可笑？他需要鼓勵的時候，你不以為然地笑笑；他最需要引導的時候，你卻覺得放心？」

崔玄碧說著，語氣漸漸嚴肅起來：「我沒有做好一個父親，可你這個父親，當得比我差遠了！」

崔玄碧對兒子們少有關愛，可至少他能夠看清自己兒子的本性，給予他們相應的教導和幫助。

崔道郁神情漸漸沉重，他知道父親看事情一向比自己通透。

「再說說凝兒。你覺得她懵懂，只不過是因為她在規矩禮數上有所缺失，就認為她過於天真，可是她骨子裡的剛強隱忍，怕是連我都比不上。她如今便如一隻鯤鵬雛鳥，明明可以乘風翱翔於海天之間，卻因為有個不識貨的父親，折了她的翅膀，斷了她的筋骨，當金絲雀似的養在籠子裡。你是她父親，她信任你，自會乖乖任你擺布。」崔玄碧痛心道：「可是，待到她有一天明白自己是鯤鵬，而她卻沒有垂雲之翼，那時她會如何？」

「是……是這樣？」崔道郁很驚訝父親對崔凝評價如此之高，他怎麼就沒有看出那個天真活潑的小女兒會是隻鯤鵬？

崔玄碧頓了一下，起身從身後的箱子裡取出一卷東西遞給崔道郁。「我原想毀掉，但思慮再三，還是暫時保存下來。」

崔道郁滿心疑惑，打開帛卷，入眼便是密密麻麻的蠅頭小字，他不禁定神細看。

崔玄碧端起茶慢慢喝了幾口，靜靜等他看完。

「這……」崔道郁看罷，滿目震驚，脊背發寒。

父子倆沉默半晌。

崔道郁把帛卷整理好，放到父親手邊，而後認真道：「日後便勞累父親多多教導凝兒和況兒了。」

「我帶著他倆，也是出於方方面面的考慮，最主要的是，我和你母親都覺得對不住你。」崔玄碧很少說這樣直白的話，感覺有些不自在。

恰好這時外面響起小廝敲門聲：「郎君，二娘子回來了，正去西院正房請安。」

這聲「郎君」喚的卻是崔道郁。

「你回去吧。」崔玄碧道。

崔道郁也有幾日沒見著崔凝了，便依言回去。

他到的時候，看見屋裡的人笑語晏晏，崔凝身上的官服還沒來得及換下，端坐在一旁，表情卻是豐富得很。

不知什麼時候，那個只會闖禍的孩子竟然變得沉穩起來，變化如此明顯，可若不是父親提醒，恐怕到現在他也看不真切吧！

「父親。」崔淨看見崔道郁，起身施禮。

崔凝和凌氏也隨之起身。

崔道郁見兩個女兒並肩而立，若是以往，他一定會認為大女兒溫婉，小女兒天真，可今日卻一眼就看出了兩個女兒的不同。

崔淨和妻子凌氏一樣，是大家族精心教養出來的女子，大氣卻不失溫婉；而崔凝乍一看會覺得不諳世事，規矩學得也不大好，可那份從容，卻是旁人難以企及。

「都坐吧。」崔道郁坐下，笑著問道：「在說什麼呢，這樣熱鬧？」

「凝兒在說休沐的時候要請幾個朋友來家裡玩，正央求淨兒幫忙。」凌氏言語之間，盡顯對崔凝的寵溺。

崔凝苦著臉道：「誰知道姊姊直說自己忙，就是不答應。不過更麻煩的是，前幾次她們邀請我，我都推辭了，也不知道她們還會不會記得我。」

「我看妳那幾個朋友都是好的，不是小肚雞腸的人。」崔淨安慰她道。

崔凝馬上又開心起來。「那是，俗話怎麼說來著，物以類聚。」得意的樣子讓人不禁捧腹。

崔道郁笑罷，又問她：「聽說妳最近在查幾樁大案，可有眉目了？」

崔凝嘟著嘴，鬱悶道：「先前亂七八糟的關係理也理不清，現在稍微理清點頭緒，待我們逮到凶手之後，我再好生跟您說道說道，現在叫我說，我也說不清。」

崔道郁問這話不無試探的意思，在他心裡崔凝性子跳脫，只要引個頭，她就會把新奇的事情一股腦地說出來，可出乎他的意料，她說話的樣子雖然幼稚，卻知道什麼能說什麼不能說，不會把官衙裡的事情拿出來當噱頭。

之前崔玄碧也說過類似的話，崔道郁並沒有太放在心上，直到此時才真正相信父親的話，自己真的看走眼了。

「好。」崔道郁鼓勵她道：「跟著魏五好好學。」

凌氏看了他一眼，接著話道：「不過也不能總是回來得這樣晚，到底是個女孩子，我放心不下。」

「我日後定然盡早回來，明日我去跟祖父說說，把平香調到我身邊，萬一回來晚了，也有人保護我，您看如何？」崔凝笑咪咪地問。

這是最妥當的安排了，崔凝現在主要由崔玄碧教導，凌氏作為媳婦不好指手畫腳，也不能總是慫恿夫君出頭，在崔道郁面前說一、兩次，那是擔憂，說多了就是不賢良。

況且，崔玄碧在家裡說一不二，自從婆母去世之後，就更沒有人敢質疑他的決定。而且凌氏也很清楚，崔玄碧身為六部主官，眼界自是一般人不能比。

次日，崔凝早早去了崔玄碧那邊陪他一起吃早飯。

崔玄碧見她穿了常服，問道：「今日不去官署？」

「今日我休沐，不用去得太早。」崔凝給他盛飯。

「嗯，不要對自己太過苛責，來日方長。」崔玄碧對崔凝的動向瞭若指掌，她自從入了監察司就沒有休息幾天，節假休沐都在忙案子。

崔凝笑嘻嘻地道：「那是，我還念著和朋友們一起玩呢。」

這並不是哄騙崔玄碧的話，她年齡尚小，天性貪玩，怎麼可能會不惦記玩耍？只是每次一想起師門，就立刻收起了心思。

祖孫兩人落座吃飯，便沒有再說話。

直到飯罷，漱口之後，崔玄碧才道：「再兩個月妳就十三了，說大不大，說小也不小，妳婚事並不怎麼著急，但祖父瞧上眼的幾個年齡都不小了，符長庚和魏長淵之間，妳更中意誰？」

崔玄碧從來不無的放矢，他會這麼問，是因為把崔凝對這兩個人的態度看在眼裡。

崔凝心裡一跳，不知道他為什麼忽然又提起此事，忙道：「祖父不是答應我，不急著把我嫁出去嗎？」

崔玄碧話說得很白：「如今我也不放心早早把妳嫁出去，什麼時候嫁還是妳說了算，但這兩人年紀可都不小了，妳若中意誰，祖父做主先幫妳訂下來。」

他一面說一面觀察崔凝的反應，見她縮著腦袋，並沒有像往日那樣火急火燎地回絕，心裡便有數了。

「我還是暫時不想考慮這件事。」崔凝道。

崔玄碧點頭。「行了，去玩吧。」

崔凝如蒙大赦，行了禮便歡歡喜喜地退出去了。

崔玄碧倚著靠背，沉思了片刻，吩咐身邊的小廝：「拿我的帖子送到魏祭酒府上，就問他何時有空，我請他吃酒。」

魏潛的父親正是國子監祭酒，育有四子，長子已是而立之年。他的年齡比崔道郁大很多，差不多可以和崔玄碧稱兄道弟了。

小廝拿了帖子，飛快地送去了魏府。

魏祭酒當值並不在家，帖子便被遞到了書房。

而魏夫人那邊立刻得了信。

前一刻她還在發怒，此時一聽說崔尚書來了帖子，忙招了接帖子的小廝來問：「你可知道崔家因何事來帖子？」

「送帖的小廝只說，郎君何時有空，崔尚書想請郎君吃酒。」小廝答道。

魏祭酒與崔玄碧只是點頭之交，並不相熟，肯定不會無緣無故地邀請，魏夫人想到崔凝，頓時高興起來，令那小廝退下，對貼身侍候的侍女道：「還是崔尚書有慧眼。」

魏潛這麼大年紀還沒有成親，魏夫人急得厲害，原本覺得魏潛和崔凝有希望，但等來等去也沒有個動靜，心想崔凝到底是年紀太小，門第又高，這樁婚事怕是沒有什麼把握，於是便私下裡找了娘家的嫂子給留意一下好姑娘。

結果半個月下來，娘家嫂子委婉地告訴她，合適的好姑娘多的是，就是人家都有點擔心魏潛那方面不行，險些把魏夫人氣出個好歹來。

這會兒聽見有崔府的帖子過來，氣都順暢了。

侍女心想人家也未必是奔著婚事來的啊，不過嘴上可不敢這麼說，順著魏夫人的話道：「奴婢看郎君對崔二娘子也頗為上心，如今崔家有意，那是一準成的了。崔二娘子出身好，又是江左謝氏親自教導出來的娘子，配咱們家郎君再好不過。」

「若是能成，我定日日茹素感念菩薩保佑。」魏夫人嘆氣。「五郎攤上這樣的運數，怎麼能讓人不操心。」

監察司中。

崔凝發現大部分人都在，只有魏潛的位置上是空的，心裡奇怪。

最近所有人都為著司家案忙得腳不沾地，平時這裡沒有幾個人。

崔凝走到自己位置上，看見案上如往常一樣擺了一個精緻的點心盒，轉眼又見易君如端著茶盞，正悠閒地啜著，不禁問道：「大人，案子都查完了？」

易君如派崔凝去左府致使她險些慘遭毒手，心裡頗為後怕，因此對她格外和藹。

「魏佐令讓查的消息查清了，證據也都交上去，總算有些空閒。」

「案子破了！」崔凝不敢相信，一晚上的工夫就發生了這樣的變化。「難不成姬玉劫招了？」

「沒破，只是陳五交代了點。」易君如笑道：「昨晚李佐令與魏佐令一併審案，那陳五又不是鐵打的人，怎麼能不招？」

「您跟我說說吧！」崔凝殷勤地給他添水。

易君如很受用。「妳也坐，不必如此客氣。」

崔凝從善如流，一副洗耳恭聽的模樣。

「據陳五說，陳家並沒有參與滅門案，司家莊出事那晚，陳家二房的郎君正好就在青山縣……」

陳二名叫陳癸，打從十八歲便在外遊歷，每兩年才回來一趟。

那日一大清早，他途經青山縣，坐在郊外一個路邊茶館裡歇歇腳，聽聽來往行人閒談。

因昨夜剛剛發生駭人的慘案，茶館老闆便說與眾人聽，許多耳聞過的茶客便議論起來。陳癸聽得起勁，不知不覺喝了一壺茶，忍不住跑了兩趟茅房。待第二次從茅房裡出來的時候，發現三個衣著襤褸的少女，其中一個還從頭到腳裹得嚴嚴實實，只露出幾根欺霜賽雪的手指頭。

三人見到陳癸，如驚弓之鳥，急忙避開。

這裡距離司家莊也不過就是十多里路程，陳癸想到關於司言靈的傳說，再看那裏得嚴嚴實實的小娘子，心裡便覺得八成是從司家逃出來的人！

他對司言靈的神通很感興趣，撞上這等好事，豈能放過？

陳癸模樣長得頗能入眼，早年也考過秀才，雖然沒考上，但身上卻有幾分書卷氣，他這些年走南闖北，憑著一張嘴翻雲覆雨，哄騙三個涉世未深的小女孩實在是手到擒來。

詳情無人可知，最終司氏三姊妹被陳癸騙回陳氏。

「據說那陳癸後來將其中兩個司家娘子收了房，陳元不知道是哪一位娘子所出。」易君如撫著鬚，嘆道：「不過這兩姊妹都沒活長久。」

崔凝道：「還有一位娘子呢？」

「從陳氏逃跑了。」易君如沉吟道：「說來也怪，據說那位小娘子逃跑後不久，另外兩位娘子就死了。」

「這麼說來那位娘子也在陳家過了一段時日。」崔凝頓了一下，問道：「您覺得陳長生的話可信嗎？」

易君如笑道：「這妳得去問問魏佐令。」

崔凝看了一眼魏潛的座位。「他怎麼不在？」

魏潛在這屋裡官階最高，他去哪兒根本不需要向誰請示，易君如怎會知道，只得含糊道：「這案子還有得查呢，估計是找線索去了。」

四個監察處，也只有魏潛一個佐令親自跑出去查案。

崔凝回到自己位置上，整理一下已知案情資料，這麼複雜的案件作為她的首次試煉，實在是有些難為她這個新手，現實的複雜程度遠遠超出她的想像，越查下去，她越覺得自己的想像力實在太貧乏。

而且，她一開始認為理所當然的事情，結果卻大相逕庭，譬如司氏姊妹被害，所有人都以為她們是受害者，可她們竟然和凶手是一夥的！

她本以為，殺害凌薇、凌菱的凶手是司言靈案的關鍵，沒想到卻只是個被利慾薰心的無關者。

還有風燭殘年的左凜，明明是提供線索的人，搖身一變成了凶手……

很多線索崔凝並非親自查證，不過她跟著魏潛，也懂得了一件事情，就是誰去查證並不緊要，重要的是得知道從哪裡開始入手。

迄今為止，魏潛都沒有去查司言靈究竟是怎麼死的，也沒有著重去查司氏滅門案中的線索，但是隨著越來越多的人暴露，崔凝曉得，真相也將會慢慢浮出水面。

用魏潛的話來說，如果抓著十年前的舊案不放，這輩子都破不了案。可是他怎麼知道什麼該查，什麼不該查呢？

這個問題只要問問魏潛就能知道答案。崔凝並沒有多想，而是開始細細思考這個案子。

三個案件相隔十多年，司言靈是這三個案子的起始，他以通神之能被世人所熟知。隨後原本名聲不顯的司氏因他而聲名鵲起，扶搖直上，一躍成為勢力最大的易學家族，許多王公貴族趨之若鶩。

司言靈一生最著名的事，便是三句預言，以及他的離奇死亡。

在他死後不久，整個司氏便被滅門。

如今，被滅門的原因就在眼前——司言靈是欺瞞天下的騙子！

他手裡握著那一匣密函，輕易就可以控制數十名朝廷命官幫他賣命。他相繼製造出了「瘟疫」和「水患」的預言，累累屍骨堆就了他的名聲。

而左凜是其中一個受害者，他的幼子在江南水患之前發現驚怖真相，被人滅口。

崔凝想到這裡，不禁沉吟。

有些事情仍然說不通，若司言靈是左凜所殺，也算報了殺子之仇，就算他覺得這樣還不夠解心頭之恨，為何非要僱人去滅司氏滿門？他掌握的證據完全可以上交給朝廷，就憑他們製造出「江南水患」這麼喪盡天良的事情，也足夠被滿門抄斬了！

記得第一次見左凜時，他說司言靈被人追殺，死亡前夜將那些隱祕寄放在他手裡，因為裡面有妻族的把柄在其中，加上害怕被牽連，所以一直猶豫沒有交出去。

崔凝當時並沒有發現什麼不妥，現在回想起來，覺得這個解釋真是有些牽強，怕是從那時起魏潛就已經把他列為疑犯了吧？而她卻傻乎乎地覺得，左凜只是個心懷愧疚的老者罷了。

左凜僅僅是工部侍郎，絕對沒有那麼大的本事悄無聲息地滅掉司氏滿門。

崔凝有兩個推測。

其一，左凜在拿到那些密函之後，利慾薰心，不僅想報殺子之仇，還想和司言靈一樣，利用它們獲得更多，卻又生怕被司氏找到，所以便脅迫這些官員合夥滅了司氏滿門。

其二，那些被司言靈脅迫控制過的官員見他死了，便立即報復，哪怕找不到司言靈要脅他們的把柄，也要先把司氏全族給滅了，這樣便沒有人知道那些東西的存在，他們可以慢慢找。

至於假冒的司氏姊妹，恐怕除了要找這些密函之外，同時也知道司氏倖存者改名換姓混入了渾天監，卻不知是哪一個，左凜怕暴露身分，所以令她們接近渾天監官員，找出此人。

這個人便是姬玉劫。

也許她幾年前就知道有人在找自己，便故意設了個圈套給上官卯，借刀殺人，除掉了左凜派來的人。

姬玉劫隱藏了這麼多年，突然借凌薇之死鳴冤，是不是因為身分已經暴露？她親身經歷滅門案，應該比誰都清楚當年的事情，崔凝看她像是挺精明的樣子，這麼多年之後仍然針對陳氏，要麼陳氏確實參與了滅門，要麼就是當年陳癸把她們姊妹騙回去之後，做了什麼不可原諒的事情……

崔凝聽魏潛的意思，姬玉劫很有可能知道「水患」背後的真相，所以她才隱姓埋名，不敢鳴冤。崔凝推測，她報的不是家仇，而是自己的仇恨。

整理好一個新的卷宗，崔凝稍微休息一會兒，嗅到點心盒裡的奶香味，忽然就想到了陳元。

她因為司言靈的緣故，不自覺地便對陳元也有些偏見，然而方才理順了思緒，她才想明白，那時候的司言靈才多大年紀？他憑一己之力，怎麼可能搜集到這麼多官員的把柄！若非偶然得之，便是司氏全族搜來密函，想利用司言靈的特殊，製造出驚天動地的「預言」。

這麼重要的東西，沒有道理隨便亂放吧？司言靈偶然得到的可能性很小，他恐怕只是司氏推出來的傀儡。

這麼一想，崔凝又覺得他也挺可憐。

她嘆了口氣，抱起點心盒，慢慢朝陳元住處走去。

崔凝沒有穿官服，但門口守衛的差役都認識她，便直接放行了。

屋裡門窗緊閉，光線昏暗，陳元穿著寬鬆的玄色袍服，端坐於案前靜靜寫字，頭髮還是昨日她為他挽的那種，銀絲垂落肩頭，帶著珍珠般的光澤。

「阿凝。」他聞聲抬起長長的白睫，笑看向她，面上布滿不自然的紅暈，一雙銀灰色的眼眸如秋水般盈盈。

崔凝愣了一下，待走近才發覺他額上滿是細密的汗珠，整個人看起來十分虛弱。她放下點心盒，隔著案几抬手摸了摸他的額頭，皺眉道：「好燙。」

「你不知道自己病了嗎？怎麼不告訴差役？」崔凝將他手裡的筆抽出來放在筆架上。「快到榻上躺著吧，我讓人去請御醫。」

陳元望著她急匆匆的背影，站著始終未動。

崔凝回來時見他才走到矮榻前，不禁催促道：「怎麼還不去躺下？」

陳元乖乖躺下。

「喝水嗎？」崔凝問。

陳元搖頭。「不想。」

依崔凝的經驗，燒起來會覺得特別口渴，不過他不想喝，她也沒多問。

不多時，御醫便趕了過來。

崔凝知道傳言的可怕，陳元這樣特殊的長相實在不適合暴露，因此不敢隨便去外面請大夫，而是藉著魏潛的名頭，去請了他相熟的御醫。

御醫把脈後，說陳元只是過度勞累，偶感風寒，崔凝才放下心來。不過御醫接下來的話卻令崔凝又皺緊眉頭。

「這位小郎君先天不足，容易勞累，日後要多注意。」

「多謝穆御醫。」崔凝拱手施禮。

穆御醫，名叫穆存之，不到三十歲，與魏潛關係不錯。崔凝聽說過他的名字，卻是頭一次見到人。穆存之生得白白淨淨，眉眼平凡，但身材卻很高大，看著讓人覺得分外舒服，有種溫和敦厚的感覺。

穆存之顯然也對崔凝有所耳聞，拱手回禮。「小崔大人不必多禮。」

但凡認識崔玄碧或崔道郁的人，客氣一點的都會喚她一聲「小崔大人」。

崔凝笑著將他送到門口，轉身又讓人去抓藥熬藥。

待藥端過來，陳元已經昏昏沉沉地睡醒一覺。

他顯然是經常吃藥，崔凝聞著味兒都覺得苦，他卻一飲而盡，連眉頭都不曾皺一下。

崔凝把點心遞給他。「吃點緩緩。」

陳元燒得一點胃口都沒有，但他不大會拒絕人，便勉強捏了一塊送進口中。

魏潛不知道是在何處給崔凝買的點心，和一般點心鋪子裡賣的都不一樣，吃著沒有那麼甜膩，陳元忍不住又吃了兩塊。

「吃了藥，睡一會兒就好了。」崔凝道。

「嗯。」陳元多看她兩眼，聲音沙啞：「妳最近似有血光之災，要小心。」

崔凝見他疲憊不堪，便沒有多說，點頭道：「謝謝，我會的。」

陳元輕輕嗯了一聲，長長的睫毛又慢慢垂了下去。

崔凝見他睡著的樣子像個奶娃娃似的，伸手輕輕戳戳他鼓鼓的腮幫，笑著起身幫他把薄被蓋上。一轉身，見一個身形修長的人站在身後，嚇得她猛退了兩步，待看清楚來人，不禁撫了撫心口，低聲道：「五哥怎麼走路悄沒聲兒的？」

魏潛看了她一眼，示意她出去再說話。兩人前後腳出了門。

「五哥去哪兒了？」崔凝問。

「抓左凜。」魏潛聲音微啞，略顯疲憊。

「抓到了嗎？」

「差點。」魏潛看著她，黑沉的眼眸中神情複雜，似乎想說什麼，卻欲言又止。

崔凝沒看明白是什麼意思，只看出他有事，便問：「五哥想說什麼？」

「妳……」魏潛嘆了口氣。「罷了，日後再說吧，我一夜未睡，先去休息一會兒。」

「哦。」崔凝瞧著他的背影，心中奇怪。

她瞭解魏潛，他平時不大愛說話，但從不會做這種「欲語還休」之態，這麼一想，心裡就更好奇了。

不過她並沒有追問，今日好不容易給自己放個假，還有許多事情要做。

崔凝正往外走，天上忽然毫無預兆地落雨，她抬頭看了看，太陽還沒有完全被雲遮住，半點沒有陰天的樣子，下得哪門子雨啊！

她用大袖遮了腦袋，一路奔到茶室，讓差役去幫她叫崔家馬車過來。

「崔大人今日休沐哪！」門房熱情地給她施禮。

崔凝眉眼彎彎。「是啊，也不知道怎麼突然下起了太陽雨。」

「是要陰天的，我這老寒腿昨夜都犯了。」

門房老周是從戰場上退下來的伍長，落了渾身的傷病，陰天下雨時最是難熬。

崔凝自然而然地與他聊了起來，待到差役來通報馬車已經停在門口，才笑著與他告辭。

這衙門的官員，就屬崔凝最平易近人，不管是門房老周，還是廚房大嬸，沒有一個不說她好，只有些自恃身分的人看不過眼，私下裡常常議論，說她有辱崔氏門楣。

崔凝同掃地的小婢女都能說上幾句話，自然也有很多人偷偷跟她告密，不過她也從不放在心上。

上了馬車，沒多時，天色徹底陰沉下來，雨也變成了雪粒子，落在車棚上發出窸窸窣窣的聲音。

第十五章　血光

這還是今年的頭一場雪，崔凝不禁撥開簾子向外看。

這一看，不由愣住，喚了一聲：「平香？」

馬車行駛的方向與崔凝要去的地方正相反，崔凝才試探著喊一聲。

外面無人答應，崔凝覺得自己很有可能是被綁架了，她故作微怒，道：「又不知道跑哪兒去了！我知道她是祖父的人，有本事就跟祖父說不要過來啊！」

她一邊說，一邊悄悄打開車門。

馬車跑得飛快，駕車的人似乎很熟悉長安的道路，很快就拐進了無人的巷子，崔凝覺得不能再等了，對方連平香都能放倒，想制伏她根本不在話下！

她腳下一蹬，躍下馬車的時候在地上翻滾了兩圈作為緩衝。儘管如此，腿腳還是被震得發麻。

略緩了一下，崔凝頭也不回地拔腿就跑。

駕車那人聽見重物落地的聲音，立即停車，隻身追上來。

崔凝不知道這是在什麼地方，但肯定距離監察司不太遠，她在小巷裡一路狂奔，想尋個出口找到人多的大路，可那巷子跑來跑去像迷宮似的，就是不見人影，急得她在心裡暗罵。

窄巷兩邊都是青磚高牆，看起來就不是一般的人家，崔凝腳步一頓，兔子一樣蹭蹭地躥上牆，想也不想便跳進了這戶人家。

這裡靠近皇城，很可能是官員府邸聚集之處，就算潛入某個官員家裡被人發現，事後賠禮也總好過被人捉去。

「嘶！」崔凝痛得齜牙咧嘴，環顧四周才發現自己恰恰落在一叢月季中！這個季節，月季的葉子泛黃，也沒有花兒，但那些尖銳的刺都還在呢！

這家人可能是為了防賊，院牆周邊種了大片的月季，密密匝匝，掉進來根本就不能輕易出去。

崔凝耐心地一根一根折斷花枝，給自己打開一點可以挪動的空間，而後望著前面還有半丈遠的月季花樹，吸了口氣。

聽著捉她的那個人腳步聲漸近，她心裡急得不行，弄出更大的動靜，希望能夠引來這家的下人。

恰在這時，忽然聽見幾個腳步聲經過。崔凝連忙看過去，只見幾個華服的年輕男子說笑著往這邊走。

待這些人過去，她肯定會被抓住！

崔凝一急，脫口便喊道：「表哥！救我！」

那幾個人的說笑聲戛然而止，紛紛轉頭看過來。

崔凝方才跳車的時候在地上翻滾一圈，弄得灰頭土臉，小臉又被月季花的針刺刮花幾道，瞪著一雙眼睛，就像是落難的小動物，令人難起戒備心。

那幾個男子都以為這真是誰的表妹，其中一位青衫郎君令幾名僕從過來幫忙劈開花枝，三下五除二便將崔凝解救出來。

崔凝剛才喊得理直氣壯，出來之後反倒訕訕，拱手道：「多謝搭救。」

她雖身著男裝，但五官生得十分柔美，又是正在抽條的年紀，所有人一眼便看出是個女子。

那位下令解救崔凝的青衫郎君笑道：「這是誰家的表妹呀，還不快站出來認領。」

「嘿嘿。」崔凝忙笑著賠禮：「真是對不住，方才有人抓我，我情急之下胡亂喊，其實我表哥不在這兒。」

「咦？看著有點眼熟。」青衫郎君嘀咕一句，不由多看了崔凝幾眼，一拍額頭，恍然大悟。「莫不是謝子清的表妹？」

崔凝愣了一下，迷茫道：「郎君認識我？」

「是是是！」

其他幾位郎君興奮地附和。

崔凝詫異，見著她有什麼好高興的啊？

「是貓兒表妹啊！」其中一人大笑道：「真是人生何處不相逢！表妹這是又在辦案嗎？」

崔凝想了想，大概是上次在酒樓見過他們吧，不過上次宴席上的人太多，她又一心盯著姬玉劫，完全沒有注意到謝飈以外的人，可是……

「為何喚我貓兒表妹？」

「上次表妹的英姿，我等記憶猶新。」那人道。

崔凝一窘。她能從那個窗子看見姬玉劫進了院子，其他人也能從那裡看見她翻牆！這……這可怎麼解釋好！

「妳身上有傷，我令侍婢幫妳清理一下吧。」青衫郎君笑容溫和。

崔凝本想拒絕，但想到抓她的人很有可能還沒走，便爽快應了，拱手道：「多謝仗義搭救，還未請教諸位大名。」

青衫郎君道：「鄙人姓王，字介之。」

「鄙人姓趙，字陸興。」

其他人也都一一報了姓氏和字，崔凝一一施禮道謝之後，跟著侍女去了廂房。

王介之令人準備了乾淨的衣物，侍女請她沐浴之後換上，不過她覺得隻身一人不好在別人家裡洗澡更衣，只換了件外衣便作罷。

整理好之後，崔凝出門便看見負手站在廊上的謝颺。

他聞聲回頭。「妳怎麼跑這裡來了？」

「表哥。」崔凝尷尬地咳了兩聲。「我差點被人綁架，一路奔逃，慌不擇路……」

謝颺今日穿了一件繡深藍暗紋的廣袖，看起來十分冷峻，就連笑容都難以避免地染上清冷。「走吧，我送妳回家。」

「謝謝表哥。」崔凝道。

謝颺撐開傘，看了她一眼。「不過來？」

崔凝踩著小碎步跑過去，雙手交疊矜持地放在腰際，十分的大家閨秀，若不是穿著這一身男裝不太合時宜，怕是連謝颺都要讚一句。

「表哥，你是在這裡作客？」崔凝仰頭問。她很納悶，為何自己每一次出醜，他都在？掀翻屏風那次是她自己的錯，不算在內，但酒樓相遇還有現在，也太巧了吧。

「我正好在附近，介之令人告訴我，我的表妹在此處落難了。」

今日王介之請人過來小聚，謝颺原藉故推辭，卻因為崔凝的緣故，莫名欠了人家一個人情，待會兒少不了又要應酬一番。

兩人走到前堂的時候，崔凝看見一群人圍在一起，聽起來是在寒暄。

她踮起腳尖看了一眼，恰對上一雙黑沉的眼眸。

崔凝驚訝道：「五哥！」

魏潛走過來，仔細看了崔凝幾眼，見她只是一點小傷，這才放心地與謝颺打招呼。

謝颺在這裡應酬，崔凝一點都不驚訝，但是魏潛出現在這種場合，簡直太出乎她的意料。「五哥怎麼也在這兒？」

兩個如珠似玉的俊美青年面對而立，一人身披玄色大氅，一人身著暗藍廣袖，均若淵渟嶽峙，兩人之間彷彿隔了萬丈懸崖，一瞬間奪去了周遭所有的光彩，令人不自覺屏息，不能有一瞬移開眼去。

一陣風雪忽急，吹得衣袂獵獵翻飛。

風過之後，衣裳慢慢垂落。

謝颺脣邊勾起一個淺淺的弧度。「久仰大名。」

魏潛一如往常的面無表情，微微頷首。「幸會。」

兩個都不是特別喜歡應酬的人，說完一句之後竟然陷入尷尬的沉默之中。

這兩人的目光分明與尋常時候沒有兩樣，但崔凝總有一種錯覺，彷彿任由他們盯著久了會燒起戰火。

被晾在一旁的崔凝小心翼翼地喘著氣，生怕城門失火殃及池魚。

「今日真是十分難得，子清與長淵都在，咱們待會兒定要痛飲三百杯。」王介之出言打破了僵局。

若是平時，魏潛絕對是想都不想就直接拒絕，但想到王介之畢竟救了崔凝，眼下拒絕倒是顯得不近人情。

恰好，謝颺也是這麼想。

王介之見兩人都沒有反對，立即道：「雪越下越大了，咱們去閣中觀雪飲酒賦詩鬥棋，豈不絕妙？」

有一瞬的寂靜，隨後其他人連忙表示贊同。

謝颺亦笑著點頭。「你們先去，我送表妹回家便回。」

如此難得的聚會，王介之哪裡肯放謝颺離開，於是看向崔凝。「我家裡有個妹妹，崔二娘子若是不嫌棄，不如去我小妹那裡坐坐？」

「王大哥真是及時雨，我正缺人搭救，你就搭救了我；我正缺閨中朋友呢，你這就給送來了！大恩不言謝啦。」崔凝笑道。

王介之稍作安排。

崔凝由侍婢引領，往後院走去。

離開謝颺和魏潛的視線，崔凝長長地舒了口氣。她大概能猜到魏潛恐怕是因為發現她出了意外，追蹤而來，她離開監察司沒多久，這裡距離跳車的地方也不遠，雪地上又容易留下痕跡，他很快便能尋來。

而看謝颺不怎麼愉快的表情，怕也是因為她才被叫過來……

萬一兩人都說送她回家，那她到底是選表哥還是選五哥？這麼多人在場，落了誰的面子都不好，想想都頭皮發麻，還是能躲一時是一時。

那邊，王家的三娘子得了侍婢的消息，已在二門處候著，遠遠看見崔凝過來，便迎了上來。「崔二娘子。」

崔凝見了王家三娘子，目露驚豔之色，讚道：「王娘子像仙女似的。」不誇張地說，崔凝長這麼大，見過最好看的女子便是她了。

王家三娘子皮膚白皙勝雪，眼眸清澈，瓊鼻微翹，唇紅齒白，面容清中帶豔，既不讓人覺得過於寡淡，也無半點俗媚之色，說是冰肌玉骨並不為過。她身上一襲簡單的鵝黃色束腰裙，更是襯得她穠纖合度，美得沒有絲毫距離感。

「崔二娘子謬讚。」王家三娘子也不扭捏，笑著道：「我閨名映雪，小字明之。崔二娘子喚我映雪或明之都行。」

崔凝見她說話爽快，略略放下心來。「我名字只一個『凝』字，尚未及笄，還沒有字呢，妳喚我阿凝便是。」

「那妳可要喚我一聲姊姊了。」王映雪邊說邊抬手請崔凝進屋。「外面冷，咱們屋裡說話。」

兩人進屋坐下，侍女便立即上了紅棗薑茶。

「不知妹妹嘗不嘗得慣這個味兒。」王映雪說著又吩咐侍女上了一杯尋常的茶水。

崔凝見她如此熱情，不好意思地道：「謝謝姊姊，我不挑嘴的。」

「那敢情好，我最近琢磨了幾種小點心，妹妹幫我嘗嘗吧？」王映雪道。

崔凝感興趣道：「姊姊還會做點心？」

「微末小技而已。」王映雪讓人把點心送上來，接著道：「聽聞妹妹在監察司供職？」

「就是抄抄寫寫罷了。」崔凝一點都沒說假話，進監察司這麼久，主要任務就是謄抄。

「家裡怎麼會放妳去官署呢？真是讓人吃驚。像我姊姊也是很有才華的人，家裡就不讓出仕。」王映雪語氣中透出一絲自己都沒有察覺的鄙夷。

大家族會精心培養女兒，若是能有才名在外，家族也增光添彩，但是他們大多不願意女兒出仕，覺得只有破落戶才會讓女人扛起家裡的重任。

崔凝愣了一下，旋即笑吟吟地道：「我覺得很有趣，便央求祖父放我出來玩幾年，祖父認為女孩子出去長長見識也好。」

這話說得實在，卻顯得很微妙。

這種長見識的方法可不是誰想用就能用，得有足夠的實力才能如此輕飄地帶過。

琅琊王氏如今已經沒有幾個在朝為官之人，論起實力，豈能比得上風頭無二的崔氏？只是畢竟曾經煊赫，底蘊尤存，再加上太宗極其推崇王羲之的字，王家不斷被人提起，就名聲而言，王家並沒有因為退出政治中心而變得沒沒無聞。

王映雪微驚，這才真正在意起崔凝。

剛開始她心裡對崔凝頗不以為然，甚至覺得一個小娘子莫名其妙地落入別人家花叢中，實在有欠教養，若不是哥哥相託，她壓根兒就不願意理會這樣的人。但直到現在，崔凝的表現都與她見過的大家閨秀沒有兩樣，反擊迅速又不給人捉到把柄，面上不顯山不露水，竟然讓人無法覺出她的話是無心還是有意。

王映雪打算再試一試。「聽說妹妹與魏長淵交好？」

若是從前，崔凝可能立刻就點頭承認了，可是她被人耳提面命地教誨「男女有別」，此時再聽這話便感覺出了一點異樣，笑答：「我表哥、符大哥，還有五哥是自小一起長大的朋友，他們自然待我如同親妹一般。」

「表哥？」王映雪第一反應便是謝飀，再一想才記起來，笑道：「是凌探花吧。」

崔凝點頭。

在世家眼中，這些新興士族順應女帝的意思，忙不迭地跑去參加科舉，實在諂媚至極，一點士族應有的骨氣也無。

崔凝在佛堂關禁閉的時候，被灌輸的全是關於士族的東西，對此了然，也就沒有繼續說話。

她真心覺得這樣端著很累，說話都要思前想後半天，免得被人捉去了話柄，傳出什麼不好的名聲，有辱崔氏門楣。

過了一會兒，她便興致缺缺，對方再說什麼她也只是禮貌性地笑著附和兩句。

王映雪察覺到崔凝的變化，覺得她脾氣不好，不過是委婉地試探兩句而已，又沒怎麼著，這就不高興了。

兩人算是話不投機半句多。

王映雪奇怪，怎麼這半晌點心還沒有上來，便命侍女去問，可是侍女出去之後也好一會兒沒有回來，她又派貼身侍女去催，誰料這回還是一去不復返。

崔凝疑問的眼神，讓她覺得頗為尷尬。

可崔凝沒有半點取笑的意思，只是暗暗心驚，難道抓自己的人還是不死心？她也沒有得罪誰吧？對方竟然不惜暴露，在王家動起手了？

「府中可有護院？」崔凝問。

王映雪蹙眉。「自然有。妹妹問這個做什麼？」

「我覺得有些不舒服，姊姊陪我去前面找表哥吧。」崔凝根本不容她拒絕，說話間已經起身往外走了。

王映雪上前幾步攔住她。「前面都是些郎君聚在一處，我們過去恐怕不方便……」

崔凝聽見有腳步聲靠近，臉色微微一變。

那腳步聲極輕，絕對不是侍女！

王映雪見她臉色突然變得難看，以為是自己說的話讓她生氣，心頭也冒出一股火氣，心道這小丫頭也忒任性了點，竟容不得旁人說一句！

崔凝餘光看見王映雪又要說話，倏地伸手捂住她的嘴，順勢帶著她往後退。

王映雪比崔凝年長兩歲，但是個頭相差無幾，生得柔柔弱弱，力氣遠遠比不上崔凝，硬是被她生生拖進了內室。

崔凝在她背後壓低聲音道：「不要鬧，找個地方藏起來。」

王映雪大概猜到是怎麼一回事，但仍是半信半疑，這裡貴人聚居，距離長安府衙很近，就算家裡十幾個護院不頂用，也從沒有出過什麼事，誰不要命才會跑到這個地方作亂？

「快！」崔凝鬆手，冷冷看向她。

王映雪倒是不怕，只覺得崔凝的目光讓人發慌，無奈轉身去了屏風後面。

崔凝簡直要氣瘋了，站到屏風後面能算躲藏嗎！

她本想藏起來，但擔心萬一她藏起來之後，那些人對王映雪不利怎麼辦？畢竟禍是她招惹來的，王家還幫過她……

崔凝聽著外面的聲音似是上了屋頂，估計已經在六丈以內，也來不及讓王映雪重新躲藏。她見笸籮裡有女紅用的剪刀，迅速拿起來，隔著屏風低低道：「來了兩個人，我拖住他們，妳趁機跑到前面去找魏長淵。」

王映雪聽她聲音凝重，不似作假，便也慎重地點了點頭。

崔凝閃身到外室，不等屋頂上的人做出反應，便衝出了房間。不過她並沒有跑到院子裡，而是順著走廊往右邊走，一邊扯著嗓子喊：「來人哪！」

她心知對方多半要活捉自己，並不是想殺人，但她心裡有陰影，因為見過師兄們被埋伏在院子四周的箭雨射中，所以在這種情況下便有些猶豫。

就是這一瞬間，兩條人影如閃電般撲了過來。

崔凝早就聽見聲音，握著剪刀回身便揮了過去。

衝在前面的人尚未來得及做出反應，便被剪刀深深刺入咽喉。

另外一個人沒有絲毫停頓，一拳襲來，正中崔凝額頭。她腦中嗡的一聲，眼前突然模糊，耳朵裡全是噪音，一瞬間有種魂魄出竅的噁心感，但是感覺有人抓住她的腰，求生本能讓她反手便將剪刀拔出來往後刺。

然而這一回崔凝的力道比之前弱很多，被人輕易抓住了手腕，將剪刀奪去。

稍微緩了片刻，她眼前又慢慢變清晰。

驚喜的是，侍衛將四周圍得水洩不通，魏潛等人正站在她對面七丈之外。

「放我走，不然殺了她！」

崔凝聽見身後的人道。

王介之哪能讓崔家的人在自己家出事，不禁焦急地看向謝颺。

「不行。」魏潛決然拒絕，冷聲道：「她是個女子，被你帶走再放回來，名聲必會受損！用我換她，你只有這一個選擇，否則就算魚死網破，你也出不了王家大門半步。」

那人微微一頓，立即道：「好！不過別以為我不知道你會武功，讓人把你綁上，綁死結！」

魏潛微一挑眉，道：「拿繩子來。」

王介之立即令人取來麻繩。

魏潛並沒有伸手讓他綁，而是拿了繩子遞給謝飀。「綁吧。」

謝飀接過繩子，像是跟魏潛有仇似的，不僅將他整個上半身都捆住，末了還把他雙手拉到背後捆起來打了個死結，綁得既複雜又結實。

崔凝看著眼睛都急紅了。「五哥，你不要過來，讓他綁我，我不怕！」

魏潛看了她一眼，抬步走過去。

不知道為什麼，他的目光與平常並沒有什麼不同，崔凝的眼淚卻抑制不住地往外湧，腦子裡嗡嗡地一片雜亂。

「五哥……」崔凝知道阻止不了他，想說些什麼，卻又覺得說什麼都是廢話。

魏潛過來後，那人立即抓住他，將崔凝推遠。在他看來，崔凝比被縛住手腳的魏潛要棘手得多。

「讓開！」他把匕首橫在魏潛脖子上，這時候才發現魏潛比他高一個頭，挾持起來並不方便，不過危急時刻也只能將就了。

崔凝這時才看清楚那個凶徒。他體格粗壯，額頭上有一道長長的疤痕，看起來是新傷，眼睛細長，白眼珠多黑眼球少，目光陰狠，一看就知道是見過血的人，殺人絕不會手軟。

「讓開道。」魏潛淡淡道。

侍衛得了命令，慢慢讓開一條道路。

那凶徒見狀，又道：「再退，都退到牆邊去！」

「退。」魏潛道。

崔凝腳下生根似的，無法挪動。

謝飀扶住她瘦削的肩頭，把她帶到牆邊。

見凶徒挾持著魏潛快速出了大門，謝飀才道：「放心吧，我給他繫的是連環扣，只要找到方法，瞬間便能散開。」

崔凝眼淚還掛在腮邊，轉眼看向他，急道：「那他知道方法嗎？」

「妳這麼小瞧他，他知道後不知會不會生氣？」謝飀笑問。

崔凝抬袖抹了抹眼淚，勉強笑笑。「我是關心則亂。」

經謝飀提醒，她冷靜下來仔細一想，魏潛帶了這麼多侍衛，明顯是有備而來，並不是一時衝動、意氣用事，想必他會有脫身的辦法，可她還是忍不住擔心。「表哥，五哥料到我會被挾持？」

如果沒有料到，那現在的情況就是意外，危險更大了幾成。

「妳想聽到什麼樣的答案？」謝颺抬手拍拍她的肩膀。「別想了，魏長淵不是第一次遇到這種情況，他會沒事的。」

如果說一切都在魏潛預料之中，那他是安全了，不過難免有點不顧崔凝安危的感覺，她想必一時聽著安心，但事後回過味兒來又會難受；倘若說不在魏潛預料之中，則會讓她更加不安。

再說，謝颺並不能確定魏潛究竟知不知道，又怎麼能信口胡說？

第十六章　追蹤

「崔佐使，方才魏大人命我等送您回府。」侍衛頭領過來道。

崔凝急道：「你們不去救他？」

「大人只交代咱們護送您回去，別的沒有說，我已經命人去將此事稟明監察令。」

崔凝皺眉。「那怎麼行，晚一刻就多一分危險！」

「崔佐使，縱使現在去追也來不及了。」侍衛頭領為難道。

謝颺安慰她：「放心吧，凶徒的目的是挾持，不是殺人，他們挾持人質必然是有要求，只要耐心等候便是。」

崔凝點頭。「我不回家，先去官署吧，你幫我派個人去崔府知會一聲。」

她以命令口吻說來，頗有幾分氣勢。侍衛習慣了聽命行事，魏潛被挾持，他們正覺得沒有主心骨，如今聽崔凝一發話便立即聽命。

「崔二娘子。」王映雪上前給她施了一禮。「方才多謝妳了，若不是妳捨身相救，怕是……」

她姿態從容，神色平靜，只是臉上沒有一絲血色，暴露了她內心的恐懼。

魏潛被帶走的那一刻，崔凝心中慌亂，現在已經漸漸冷靜下來，不想浪費時間與王映雪閒話，只微微點頭，轉而看向王介之，客氣道：「王家因我而平白遭難，應是我向你們致歉才對。今日還有事，恕我失禮，先行告辭，改日定當上門賠罪。」又與謝飃道：「今日多謝表哥，改日請你吃酒。」

她雖然跟謝飃一點都不熟，但在王家人面前還是表現出十分親厚的樣子，說話也多幾分親暱。

王介之亦擔心魏潛有什麼差池，遂道：「既然崔二娘子有要事在身，在下就不再挽留了，改日再敘。」

「自己小心。」謝飃囑咐道。

崔凝衝眾人施了一禮，俐落地轉身離去。

王映雪看著崔凝背影消失在二門處才收回目光，想到謝飃就在身邊，不由臉一紅，偷偷瞧了他一眼。

謝飃自是發現了她的小動作，只是裝作未見，轉身代崔凝向王介之道歉。

崔凝匆匆回到官衙，見易君如還在，便問道：「大人，您知道佐令被挾持之事嗎？」

易君如是回到家又被叫了回來，身上微帶酒氣，聞言咂嘴道：「沒想到左凜竟然狗急跳牆，連魏大人都敢綁。」

「是左凜幹的？」崔凝猜到是他，只是不十分確定。

「是啊，前兩天全城戒嚴捉他，估計是逃不出去才想到這個辦法。」易君如說罷，唏噓道：「魏大人十幾年前被綁走的那回可是差點沒命，希望這次沒事。」

崔凝心驚肉跳。「呸呸呸！一定會沒事！」她頓了一下，又問：「五哥事先就沒有什麼布置嗎？」

「布置？」易君如咂了口茶，瞟了她一眼。「妳真當他是半仙啊？說到半仙，咱們不是有一個嗎？要不去問問陳元能不能掐算出魏大人的位置？」

崔凝一聽，心都涼了半截。

也對，全長安這麼多人，隨便綁架個高官、王公貴族都可以威脅官府，就算知道左凜可能會狗急跳牆，可誰能想到他放著那麼多人不綁，偏偏來綁崔凝啊！

如果崔凝處在左凜的境地，肯定會綁架一個家族背景弱的實權高官，譬如符危這樣的，綁架她是個什麼路數？還是覺得人生尚未跌入谷底，乾脆用崔氏的仇恨送自己一程？

崔凝見易君如老神在在地端著茶盞，也幫不上什麼忙，嘆道：「您來這裡做什麼？」

「既然左凜想出去，肯定會派人來提要求，我正是奉監察令之命在等他提要求啊。」易君如放下茶盞，安慰她道：「放心吧，現在連羽林軍都出動了，料這左凜插翅也難飛。」

他飛不飛，崔凝真是半點不關心，她只是想讓魏潛平安回來。

她在屋裡轉來轉去，看著外面的雪越下越大，若鵝毛一般密密實實地傾瀉而下，彷彿都塞到了她喉頭，堵得喘不了氣。

她剛剛遭遇過危險，怕出去被抓住反而添亂，只能眼巴巴地蹲在衙門裡等著。

近兩個時辰過去，還是沒有任何消息傳來，崔凝撥著手腕上圓滾滾的兔子，心裡急躁得要命，不斷向易君如確認左凜是不是真的只想出城。

易君如倒也不煩，每次都耐心回答。

「妳這樣乾等心裡發慌，不如去找陳元算算。」易君如再次建議。

崔凝覺得有道理，又想起陳元之前發燒，也不知道有沒有好，便火急火燎地過去了。

到得地方，崔凝遠遠便看見一頭銀髮的陳元裹著玄色披風臨窗而坐，眼上覆了黑紗，靜靜看著雪幕，彷彿全世界剩他隻身一人般孤獨。

陳元看見崔凝，如雪的面上綻開燦爛的笑。「阿凝。」

「怎麼坐在窗口吹風？」崔凝走過去，想抬手試試他的額頭，忽然想到魏潛的話，訕訕垂了手，問道：「燒退了嗎？」

「下午魏大人帶御醫過來給我看了，說是已經好了。」陳元起身把桌子上的食盒拎過來。「魏大人還帶了小食，我見都是兩份，想必有一份是給妳的。」

當時魏潛說要瞇一會兒，可是閉上眼之後，滿腦子都是父親對他說的話。魏祭酒一貫不愛拐彎抹角，叫了魏潛便直接問他對崔家二娘子感覺如何，而後又將崔家隱約透露出結親的意思同魏潛說了。

他想問問崔凝，這是她的意思還是崔家的意思，但是看著崔凝清明的眼眸，才發現自己心裡其實早已有了答案。崔凝對這種事情尚且懵懂，不可能對家裡說要嫁給他。

睡不著又待不住，他便出去透透氣，順便去買了點吃的東西送過來，才知崔凝獨自一人出去了。

魏潛想到最近左凜被人圍堵，怕他狗急跳牆，傷害到崔凝，便帶了兩個侍衛跟出去找她。

找到崔府被丟棄在巷子裡的馬車的那一刻，魏潛覺得自己心跳都停止了。

就算小時候遭遇那種恐怖的虐待，他都沒有這般恐懼過。

「魏大人，又見面了。」短短幾日，左凜不復之前的精神矍鑠，彷彿行將就木一般。

魏潛冷眼看著他。「你倒是有膽。」

「這不都是魏大人逼的嗎？」左凜說兩句話便連連咳嗽，臉色越發青黃。

這些年左凜用匣子裡那些東西為自己積攢錢財、收攏勢力，即便是在天子腳下，想要全身而退也是有可能的，若不是因為魏潛總能料到他的藏身之所，屢次將他逼得走投無路，他又怎麼會想到挾持人質？

左凜緩了緩，怒道：「老夫一想到如今一切都因為那個小娘子，就恨不得把她碎屍萬段！」說著，忽然又笑了。「不過能抓到你確實是意外之喜。」

那幫羽林軍和衙役若是沒有魏潛的指點，也無法步步緊逼，縱使他們能把長安城封成銅牆鐵壁，左凜也有辦法鑽出一條路來。

魏潛皺眉，這話他可不愛聽。「走到今天這一步，完全是因為你自己蠢，何必把罪過都推到一個小娘子身上。」

左凜眼神一變，站在旁邊的打手便抬腿猛地踢上魏潛腹部。

這一腳力道不弱，但是魏潛站在廳中好像腳下生根一般紋絲不動，面上表情亦半點未變，那人一怔，抬腿又是一腳。

他見魏潛仍像木樁子一樣，忍不住加大力道再踢，直到左凜出言阻止：「夠了。」

那人退到一邊，目光還是繼續打量魏潛。

「小子有種。」左凜抬手，旁邊的侍女忙躬身將他扶起，緩步離開。

走到門口，他又頓住腳步回頭看向魏潛，道：「老夫知道你不在乎傷痛，所以會為你準備點特別的東西。你聽說過喪失散嗎？」

傳說江湖中有一種奇藥，人吃下去之後，剛開始半年記性會變得越來越差，一年以後絕大部分記憶都會喪失，變得又瘋又傻。

左凜仔細留意魏潛的表情，想從那張冷峻沉靜的面容上看出哪怕一絲一毫的恐懼，但他失望了。

魏潛回視他的眼眸中晴朗如昔，彷彿能將這世間的一切混沌斬開。左凜原只是想嚇唬他，可是現在瞧著這雙眼，心底忍不住生出一種恨意，想要用最殘忍的辦法將它揉碎踩在腳底下！

「喪失散一定要下足量才有效，聽聞此藥一錢萬金。」魏潛勾起嘴角。「您想要看見想像中的結果，怕是得給我頓頓當飯吃才行，盼您到時莫心疼錢財才好。」

魏潛看出左凜殺心已起，倘若今晚不能脫身，自己怕是凶多吉少，此時就算跪地求饒，大概也起不了多大作用，索性放開了挑釁激怒他。

從左凜因一點懷疑就想殺崔凝滅口這件事來看，他是個敏感多疑，又易衝動的人。

不過他說話也注意了一點分寸，若是他想把人氣瘋，就不會言辭這麼收斂。

儘管如此，左凜也氣得夠嗆，冷笑道：「沒想到魏大人也會逞口舌之快！」

魏潛不語，方才被踢那幾腳著實不輕，一口血硬生生被他嚥了下去，餘下滿嘴的血腥味，眼下雖然面色平靜，但若是走近，便能發現他鬢髮之處滲出汗來。

好在左凜說罷就帶人出去了。

魏潛鬆了口氣，向後退了幾步，將整個身子倚在牆壁上，半晌才慢慢有所緩解。謝飈給繫的連環扣，他只看了一眼便知道解法，隨時都能逃脫，他原本想在半路脫身，誰知左凜藏身處竟然距離王家頗近，他們一出王府便進了一條暗巷，從密道裡到了現在所處的地方。

魏潛微哂。這個左凜真是將自己所長發揮到極致，四處修建密道，也怨不得全城戒嚴好幾日都不能將他挖出來。

現在也好，畢竟知道了左凜所在之處，否則恐怕真可能讓他給逃了。

魏潛一點都不擔憂自己的處境，他早已冷靜分析過，左凜十幾年來可能無時無刻不在擔心自己的下場像司言靈一樣，所以才準備了如此多的宅院、密道和密室。如果他足夠聰明，沉得住氣，完全可以在這裡躲上一、兩個月，畢竟全城戒嚴的時間不可能太長，否則因為一個逃犯，把天子腳下鬧得人心惶惶成何體統？

左凜為官多年，不可能不知道這些，可他還是動手了，為什麼呢？除了自己多次找到左凜藏身之所，給他帶來心理上的壓力之外，多半是因為他能利用的資源不多了，譬如密室、密道，還有人手……

魏潛自小時候被綁架之後，多年來悉心習武，雖從未和武林高手比試過，但徒手放倒五、六個壯漢不成問題，方才他又故意激得左凜身邊的人動手，便是想試一下他們實力如何，心裡好多少有點數。

將夜。

風越來越急，雪也越來越大。

崔凝讓陳元掐算魏潛的位置，也只是抱著一絲絲希望尋找些安慰，以撫平自己心中的焦躁而已。

現下陳元去休息了，崔凝孤身站在廊上看著雪花，仔細回想今天從王家出來之後的事情，突然一愣，旋即想到一條很重要的線索，心裡不由狂喜，拔腿便往監察處跑，跳下走廊的時候因腳下太滑，一個踉蹌摔到雪地中，她卻絲毫不在意，爬起來繼續跑。

崔凝一路連滾帶爬地跑到監察處，發現屋裡聚集了很多人，連監察令都在。她匆匆行了禮，急問道：「是不是有五哥的消息了？」

「有人用弓箭射了封信進來，要求我們撤去城中所有巡夜羽林軍。」因著崔氏和崔玄碧的關係，連監察令對崔凝也十分和顏悅色，否則若是別的監察佐使貿貿然插話，必定會被斥責。

「大人可否先暫時拖一拖，下官可能知道五哥在哪裡。」崔凝暗恨自己到現在才想起來，拖了這麼久，也不知道他們有沒有轉移地方。

那些人綁架她之後便駕車直奔一個方向而去，也不擔心她發現，沒有把車門從外面鎖上，除了怕多此一舉被人發覺之外，肯定還因為要擄她去的地方不遠！

若不是因為當時恰好下了雪粒，她掀開簾子看了一眼，恐怕也不會那麼快發現。而且王家當時那麼多侍衛在，那個人也沒有說要馬匹，只是挾持魏潛出去。而侍衛們跟出去後，竟然已經不見蹤跡。

崔凝思來想去，覺得藏匿之處定然距離王家不遠！

監察司不是一幫吃乾飯的酒囊飯袋，早已猜到魏潛被困處距離王家不遠。兵馬司、羽林軍，還有監察司的人手在那附近盤查了一下午，卻毫無線索。

監察令心裡也非常著急，長安城戒嚴這麼多天已經鬧得人心惶惶，陛下早把他叫去訓斥過一回了，大理寺都在翹首等著看他們的笑話呢！監察令不想放過一絲希望，聽了崔凝的話，忙道：「崔佐使且說，我立即派人過去。」

崔凝道：「下官請命，親自帶人過去尋找魏大人！」

監察令能得到聖上信任，除出能幹外，決斷力也極強。只略一猶豫，他便道：「好，本官派二十鷹衛供妳驅使。」

為了更好地完成聖上交代的任務，監察司在聖意默許下暗中培養了許多高手。監察司的差役分三六九等，最高等的便是鷹衛，雖比不上聖上貼身近衛，亦相差不遠。

崔凝不知道監察司總共有多少鷹衛，但也明白，二十人著實不少了，監察令不會那麼天真地把所有希望都放在她一個小小的監察佐使身上。

「多謝大人！」崔凝領命，待召集人馬之後，立即前往宣陽坊。

一群人騎馬穿過雪幕。

崔凝不會騎馬，只好同一名鷹衛共騎，在她的指引下，一行人趕到她跳車的地方。

地上已經被一寸厚的雪覆蓋，看不出任何痕跡。崔凝看了看四周，轉頭低聲問身邊的鷹衛：「這附近十年內動過土的宅子有哪些？」

左凜曾主管工部多年，擅長築建眾所周知，她相信監察司的人也早已經猜到此處肯定有密道，並且查探過。

果然，鷹衛回道：「下午屬下隨張大人來過一趟，盤查了幾座動土的宅子，並未發現不妥之處。」說著，從懷裡掏出一張紙。「就是這幾間。」

宣陽坊幾乎年年都有人家翻修宅子，可是大多數不會大動干戈。畢竟這一帶寸土寸金，宅子炙手可熱，基本都是富貴人家住著，房屋自然用料極好，又有人氣養著，一般也就是小規模翻修。而且動土不是小事，要看風水，還得請卦算良辰吉日吉時。

崔凝藉著附近人家透出的微弱光線看紙上內容。這方圓十里最近七、八年動過土的人家確實不多，只有不到十戶。

崔凝皺眉沉思須臾，開始帶人在附近亂轉。

而此刻，魏潛正與左凜坐在密室裡喝茶聊天。

當然，喝茶的只有左凜，魏潛還是被綁著，左凜十分忌憚他，甚至不放心地令人把他雙腳捆在椅子上。

左凜能去而復返，實在出乎魏潛意料。

「你知道多少？」左凜問。

魏潛頓了一下才道：「不多，但足夠定罪。不過，如果不是你突然對崔佐使發難，不會這麼快暴露。」

「我知道，也有些後悔，但我既然敢這樣做，就不怕承擔後果。」左凜淡淡笑道。

「看來你這些年用那一匣子密函做了不少事。」魏潛面色不變，語氣裡卻滿是諷刺。

左凜不以為意，只是怔怔出神。

沉默須臾，左凜突然沒頭沒尾地說了一句：「下雪了。」

魏潛微微挑眉。

「下得很大，讓我忽然想起了十多年前那場大雨。」左凜渾濁的雙目中透出一絲悲戚，也不管魏潛有沒有在聽，自顧自地道：「我這輩子確實對不起一個人，那人卻不是司言靈！如果沒有他，如今我兒子還活得好好的！」

只這一句話，魏潛便已猜到大概。「你參與了決堤之事。」

自從懷疑司言靈的預言之後，魏潛就確定必然有工部某人協助，也是從那時起就加深了對左凜的懷疑。

「不錯。」左凜竟一口承認。

魏潛立即明白，他這樣肆無忌憚地傾訴，八成是沒打算留他活口。但他並無絲毫懼意，反而因他之前的那番話怒火中燒。「你對不起的何止是自己的兒子？那幾萬人命在你眼中全都是螻蟻！」

「那也是司氏的錯！」左凜一改之前的平靜，突然暴躁起來，怒吼道：「我早就告誡他們不能損壞河堤，是他們一意孤行，害死了梅村的百姓，還有我兒子！當年我派人去探查了情況，一切盡在我預料之中，所以哪怕有把柄在司氏手裡，也極力勸阻此事！」

「可是司氏認為司言靈的話已經放出去了，他們好不容易培養出這樣一個能撐起門楣的人物，根本不肯放棄。」

左凜喘息急促，雙目通紅，面目有些扭曲，彷彿要吃人似的。

司氏不管左凜將後果說得多可怕，一味認為是他不肯配合才故意危言聳聽，他們認為只將江堤鑿開一個豁口，弄出點水患的意思就行了，之後再立即堵上，哪裡就能釀成大禍？

「我相信你所言非虛，但這不過是一部分罷了。」魏潛豈是那種好糊弄的人。「莫要說得這般無辜，那個告知你水情的人，不是別人，正是你的兒子吧！你肯讓自己的兒子跟著前去，不也是因為認為不會有事才會配合司氏？」

這樣一來，即使事發，左凜也能擺脫嫌疑，畢竟若如此危險，誰會讓自己最疼愛的兒子以身犯險？

起初他預估水量可在控制之內，但是連續暴雨，江堤已不容半點損壞。僅存的一點良知和對兒子的疼愛，使得他立即前去勸阻。

「況且十六年前江堤大修時，你也參與其中，你會被司氏拿住把柄，正是因為此事。」魏潛目光銳利，彷如洞悉一切。「你貪汙修築江堤的錢財，其中一段堤壩偷工減料，不想，幾年之後你的兒子便死在自己的貪念之中，這不是天道輪迴報應不爽嗎！」

左凜痛苦地閉上眼睛，身體癱軟地靠在椅背上。

魏潛目光一閃，被捆縛在背後的手抓住瞭解開連環扣的繩頭，不過並沒有動手。

「司言靈是自殺，還是死於你手？」魏潛問道。

左凜緩了口氣，情緒很快平復，蒼老的面上露出複雜的情緒。「我未曾殺他。之前告訴你的並不是謊話，我與他的確是忘年之交。他極有才華，不管是學識還是道法都非常人能及，哪怕司氏不鋌而走險，將來他也必有成就。」

只不過像司言靈那般奇特的形貌，很容易便被人視為妖孽，這也是他進入官場的最大阻力。他一生註定坎坷，將來就算有成就，也多半是成為學者或道學大能，滿足不了司氏對於權勢的渴望。

司氏瞞著司言靈為他宣揚了虛假的名聲，被一旨招入渾天監，從此便走上了傀儡的不歸路。

「司氏不知從何處得到疫毒，散播疫症，待病情開始擴散時才通知司言靈。你說，他到底說是不說？」左凜嗤笑道。

司言靈是個聰明人，豈能甘心被人控制於股掌之中？於是他也暗中培養自己的勢力，開始反擊，不久便查到了司氏的祕密。

而司氏嘗到了那次「瘟疫預言」的甜頭後，又立即籌謀了一個更可怕的計畫。司言靈寫信勸司氏收手，一方面是隱晦地告訴他們，他知道了一些事情；另一方面也想試探他們，看看他們把那些官員的把柄藏在何處。

不過那封信尚未寄出，司氏就用司言靈的父母兄妹脅迫他說出第二句預言。

司言靈妥協了，不過他趁他們略微放鬆警惕時，將那一匣東西偷了出來。司氏很快就發現了，再次用他親人的生命作為威脅。

一場梅村水患害死了許多人，司言靈覺得自己難辭其咎，就算即刻便死也無法彌補，只是他到底不能不管生身父母的死活。

那天晚上，他拿著那盒東西登上觀星樓。看著浩瀚的星河，想通很多事情，司氏犯下彌天大錯，他們都是司氏人，如何能夠苟且偷生？

巧的是那天晚上左凜去觀星臺找他，那段時日左凜因幼子身亡，憔悴得頭髮都白了一半。

司言靈見狀，十分愧疚，將一切告之於他。

拿到那匣密函後司言靈沒有心情細細觀看，並不知道左凜竟然也參與其中。

左凜聽司言靈說要將此物交給聖上，不禁大驚失色——這裡面也有他的把柄！

不過他發現司言靈好像沒有看其中內容，遂略微放下心來。

梅村大水釀成大禍，倘若此事被抖出去，不僅左凜完蛋，左府上下一個都活不成！他怎麼可能讓這種事情發生？

左凜毫不猶豫地動手將司言靈砸暈，取了密函匆匆逃離。跑到觀星臺甬道時，他曾想折返回去殺人滅口，然而一念閃過，還是放了司言靈一條生路，只從他身上拿了鑰匙把他反鎖在觀星臺上。

左凜回府後第一件事，便是找出關於自己的東西丟進火盆裡，親眼看著它燒得一乾二淨，心中總算放下一塊大石！

那時，他本沒有想過要將密函據為己有，可是當他要把東西呈給聖上的時候，竟然聽聞司言靈的死訊！也知曉他最後一個預言：蒼天有眼。

其實左凜留司言靈活口，還有一個原因，就是打算把東西呈上去，將一切都賴在司言靈和司氏身上，就說自己無意間發現司言靈藏了這些，因喪子之痛，衝動之下動手搶來想要呈給聖上，為兒子報仇。左凜瞭解司言靈的秉性，他一定會承認，可是現在他死了……

大理寺全力偵查司言靈一案，左凜心中惶恐不安，生怕司言靈的死牽扯到自己身上，又怕聖上懷疑，只好把此物留了下來，靜觀其變。

結果司言靈的案子不了了之。

左凜又想到自己那晚去渾天監，沒有人知道，也沒有留下任何線索，不由放下心來。

可是如此一來，東西是不能交出去了，但左凜又不甘心兒子白白被害，於是待風聲一過，便暗中要脅這些官員集體買凶殺人，並命令各家都派一人前往。

甚至左凜自己都冒險參與，對其他人聲稱也是被逼而來。

這些人不疑有他，以為他和他們都一樣，畢竟幕後凶手不會貿然暴露自己，否則豈不是讓自己陷入危險之中？

這些人貪贓枉法，豈是好相與之人？心裡早就恨死司氏！

起初他們在司氏手裡的都是一些不大不小的把柄，就算被抖出去也不過是丟了前程，不一定危及身家性命；可是與司氏同流合汙，讓他們越陷越深，就憑河流決堤死亡數萬人這一件事，就足夠他們死無葬身之地了！這等於是斷了他們的回頭路，眼下又不知自己的把柄落到誰的手裡，一腔憤恨全部都發洩在司氏身上。

剛開始他們怕司家莊人太多，不敢肆意虐殺，只令那些殺手悄悄暗殺，然而暴露之後，司氏族人被逼進祠堂，他們便開始無所忌憚，盡情發洩自己情緒。

左凜走出回憶，眼眸中還殘留著興奮。「那場景，真是令人難忘。」

司氏族人絕望的哭喊聲，成了渡他成魔的咒語，從那以後，才是他瘋狂的開始。

魏潛發覺他的精神似乎有些不正常，便沒有繼續激怒他，轉念問道：「你痛快了嗎？你覺得左宸的仇報了嗎？」

「怎麼沒報！」左凜怒吼。

可是吼完他又頹然。是的，儘管殺了司氏全族，他心中對兒子的愧疚感卻絲毫未減，而隨著他擁有的越來越多，在深淵裡越陷越深，他想起兒子的時候便越多。

「你跟他有點像。」左凜喃喃道。

並不是長相，而是那種正直凜然不可侵犯的氣度。

第十七章　脫難

面對魏潛，左凜覺得自己最不堪的那一面暴露無遺，令他恨不得撕碎面前的人，可是偏又觸動了他內心最深處的一絲柔軟。

魏潛很瞭解這種人。左凜極為疼愛幼子，但是遠遠比不上他內心對權勢的欲望，他這些年來在權勢和愧疚中反覆，也是罪有應得。

不管左凜承不承認，左宸是死在他手中的。他貪汙了修建河堤的錢財，他明知河堤不牢固，還因為一己之私讓左宸前去江南道。可以說那場水患，至少有一半是他的責任。

只要尚未完全泯滅人性，數萬條人命背負在身上的感覺肯定不好受。正是因此如此，左凜這些年才會那麼煎熬。

「你為何要找姬玉劫？」魏潛頓了一下。「或者說，你為何要殺她？」

「陳家人一定告訴你們，他們是偶遇司氏姊妹，才將她們帶回家的吧？」左凜嗤笑道：「司家非欺世盜名之輩，莊外設有八卦陣，單這八卦陣一關，進去的人沒有十天半個月出不來，若沒有陳家人幫忙，我們能夠輕鬆穿過？」

如果不是有這個八卦陣，司氏也不會那麼疏於戒備。

「他們要的報酬就是司言靈的嫡妹和兩個庶妹，不過混亂中我們來不及去捉這三人，讓她們跑了。結果還是被陳家人偶然間碰上，可見冥冥之中自有天意。」

真相已經全部擺在眼前。

司言靈案、司氏滅門案、朱砂幡案……整個案子裡，最無辜的就是在大水中死去的數萬災民。

「你挾持我順利出城，之後呢？」魏潛問。

左凜哈哈一笑。「你覺得我還會留著你嗎？」

「不管我與左宸是否相似，你都沒有打算讓我活著，畢竟你連親生兒子都能捨棄，更何況一個不相干的人？我想知道的是，你安排好一切，日後可以縱情山水，再也沒有人能尋得到你，可你心裡會舒服嗎？」

這些年，左凜一直苦心經營，成果斐然，五湖四海皆有他的勢力和產業。一旦出了長安城，就是掘地三尺也未必能將他找出來。

然而當他再無追求的時候，唯一能做的就是不停地追憶，那數萬無辜死者和親生兒子的冤魂便會越來越重。

「你和我說這些是想得到救贖？」魏潛諷刺地看著他。「別作夢了。」

左凜臉色鐵青，冷哼一聲霍然起身。

「雪還在下嗎？」魏潛忽然問。

左凜看他一眼，沉默著離開。

雪還在下，紛紛揚揚，密密壓壓。與十年前的暴雨相比，卻是寂然無聲。

左凜望著這些雪，腦中刺刺的疼，在他眼裡，每片雪花都彷彿是一條冤魂，無聲無息地朝他逼近。

外面，崔凝帶著人把所有可疑的宅子都查了一遍，卻一無所獲。

羽林軍已經全部撤到皇城附近，兵馬司的人也在一隊一隊地撤走。

崔凝站在一個宅子的牆外，仰頭看著院內的亭子。

這個宅子與王家只隔了五戶人家，不過這裡的宅子占地面積都很大，因此也有相當一段距離。

「佐使，此宅並未動過土。」旁邊的鷹衛出言提醒。

崔凝抬手拂去睫毛上的雪。「你們看那個亭子。」

所有人都抬頭看去，只瞧見一個亭子頂，並沒有看出什麼特別的地方。

「你們有沒有覺得那亭子比別處高？」崔凝問。

這麼一說，大家都看出來了，那戶人家的屋脊高低與別處並無不同，相比之下，亭子就顯得有些高，粗略估計也就一、兩尺的差別罷了，不仔細看看不大出來。

崔凝解開大氅，丟給身邊的鷹衛。「進去看看！」

說著已經俐落地攀上牆。

崔凝是女子，又如此年幼，這些鷹衛本就沒抱多大希望，跟著乾轉了一個多時辰已經有些不耐煩了，眼下看著她跟隻兔子似的蹭蹭竄上牆，心裡均有些微妙，也說不清是什麼感覺，遲疑了一下也陸續跟著她跳入院內。

院內只點了幾個燈籠，但因有積雪，光線尚可。

崔凝見雪地上還有淺淺的腳印，便順著這些腳印走到一處房屋外面，將耳朵貼在外面聽動靜。

「輕點，輕點，夫君饒了我吧……嗚……」

間歇還伴著床榻搖晃的吱呀聲，動靜可不小，別說聽力極佳的崔凝，就是站在她身後的鷹衛們都聽得一清二楚。

崔凝納悶，聽這女子話中意思是被夫君打了？但聽著婉轉的音調也不大像啊？罷了，說不定人家就這個愛好，她現在急得火燒火燎，哪有工夫管這等閒事！

崔凝貼著牆根走了一圈，聽了滿耳朵的嗯嗯啊啊，只好轉去了別處。

她倒是沒有什麼感覺，只是苦了那些鷹衛，大半夜冰天雪地裡聽得口乾舌燥。

差不多兩刻左右，便將整個宅子轉了個遍。

崔凝看過那個亭子，並非建於假山之上，而是那處地勢確實比別的地方高。她略懂一些地形、風水，那處凸出倒是不會影響風水，但地形上不大對頭，四周幾個坊都是一馬平川，偏偏這裡有個小土丘！

若平時崔凝見了，不一定會多想，但現在不得不多思慮。

倘若不是這個宅子，那很有可能是左右兩邊。

崔凝翻身上了牆頭，站在上面俯視四周，發現方才翻進來的那邊，兩戶人家之間有條窄巷，而這邊只有一堵牆，而且整體地勢要略高一些，院牆內外的高度差距約有一尺左右。

整個宅邸的占地面積約莫有四、五畝地，如果後來才用土鋪出這個高度差，除非是從地底掏出幾個密室。

崔凝思緒一定，躍入旁邊的院子，順著牆根悄悄摸索前進。

這邊院中也留了兩盞燈籠，光線與那邊差不多。

崔凝盡量提氣放輕腳步，轉頭壓低聲音對身後的人道：「去幾個人到別處探查，這院子裡可能會有密室、密道，或許還有隱藏護院，小心別被發現。」

鷹衛隊正略作部署，分派了兩組人執行，每組三人。

崔凝一邊沿著牆根走，一邊凝神傾聽，各處細微的聲音都逃不過她的耳朵。

然而整個院子靜悄悄的，連雪隨風輕輕砸在牆壁上的窸窣聲都顯得格外清晰。

崔凝發現鷹衛們只跟著她亂走，知道他們根本不相信自己能找到左凜的藏身地，便壓低聲音肅然道：「我有六、七分把握，左凜會藏在這裡，各位比我更精通搜查，便由你們做主查探吧。」

搜查密道密室什麼的，崔凝著實不在行，當年師門藏了那麼大一個密道，她整天在那裡抄書也沒有發現。

鷹衛隊正聞言，便留下自己等五人跟著崔凝，保護她的安全，其餘人全部派出去。

崔凝仔細觀察著四周。

她看到一間屋子前面有一排腳印，被風雪覆蓋了大半，只隱約能看見些痕跡，但臺階前的一對腳印十分清晰，看上去似乎是有人在這裡站了一會兒。

大雪一直在下，若是間隔時間超過半個時辰，腳印便會被覆蓋。這裡的腳印有出無進，定是因為此人進去的時間不短，來時的腳印已被雪掩埋。

崔凝踩著腳印站了一下，揣測這並不是小廝僕從留下的。這個位置能被雪打到，若是候在外頭的僕從，定會站在靠門處，既能躲風雪，又能聽見屋裡的動靜，防止漏聽主人的吩咐。再說這世上，有多少小廝僕從會有這種雅興，寒冬臘月的站在屋簷下觀雪？

崔凝靠近房門，從門縫往裡面瞧。

屋裡黑漆漆的沒有一絲光線，眼睛稍微適應一會兒，也只能模模糊糊地看到裡面大致的擺設，看起來像一間待客用的茶室。
這就更奇怪了，風雪夜怎會有客人？這會兒坊門怕是都關了吧！
崔凝指了指房門，給鷹衛隊正使了一個眼色。
隊正點頭，揮手令兩名下屬潛入查探。
兩人推了推房門，發現屋子從裡面拴上了，頓時更加小心，放棄了從門口進入，而是悄無聲息地打開窗子探身而入。
崔凝抄手蹲在門口，耳朵貼在門邊細細聽著裡頭的動靜。
約莫兩息，裡面便傳來打鬥聲。
鷹衛隊正顯然也聽見了，見崔凝示意他們進去幫忙，便立即踹開房門衝進去。
屋裡光線很暗，人影憧憧，目測大約有八、九個人，顯然對方人數不少。
鷹衛隊正不敢輕敵，立即打了一聲呼哨召集其他人，而後一直站在崔凝身側保護她。
不多時，便趕來兩組鷹衛。
令崔凝心驚的是，鷹衛隊正的呼哨應該是無差別召喚，怎麼只有兩隊人趕過來？
這麼一想，她就有點焦急，眼看鷹衛迅速將對方制伏，便過去就近抓住一個人問道：「密室入口在哪兒？」
那人吐了口血，猛地抬頭，看向她的目光凶狠，彷彿恨不能將她拆骨啖肉。屋裡光線不足，那人的眼睛白眼球多黑眼球少，看起來十分突兀。

莫說是尋常人，便是鷹衛被突然看了這一下也覺得汗毛直豎，崔凝卻毫無所覺。

「你說不說，於我們來說只是時間問題，於你來說卻是性命攸關的大事。」

那人沒聽見似的，崔凝見他嘴巴緊，便道：「殺了他們。」

鷹衛隊正愣了一下，懷疑自己聽錯了。

「我說了殺了他們。」崔凝平靜地重複。

鷹衛的主要任務並不是暗殺，一般情況都是制伏罪犯，雖說難免殺人，但那都是逼不得已，現在既已制伏對方，再下手的話，就有點超出他們的職責範圍了。

他們都沒想到，這個看起來沒有經歷過世事的柔弱小娘子，竟然會如此漠視人命。

「隊正方才的哨聲是只召喚這兩組侍衛？」崔凝看向鷹衛隊正。「如果是，那就當我方才的話沒說。如果不是，想想為什麼到現在才回來這兩隊人。」

鷹衛隊正瞬間便明白了她的意思，眉頭蹙起。「殺。」

那幾名被制伏的人露出些許慌張，其中一人道：「說出密道位置就放了我們？」

崔凝立即坐地起價。「除了密道位置，還要說出這院子裡有多少守衛！」

那人猶豫起來。

崔凝哪會給他考慮的時間。「不說就趕緊殺，又不是來審案。」

「我說，我說！」那人慌張道：「院子裡有好幾個密室，其他的位置我不清楚，這屋裡的密室入口就在屏風後面的牆壁上，直接用手去推即可。院子裡總共多少人不清楚，我猜至少有五十人左右。」

「打暈他，其他殺了。」崔凝道。

「妳說話不算數，說好放了我們的！」那人急急道。

其他被制伏的人冷哼，似乎根本不屑此人的做法。

鷹衛也看出來了，遂沒有再多說，直接提劍抹了那些人的脖子。

血四處噴濺，落到崔凝腳前的地面上，屋裡充滿腥甜之氣，她目光晦暗，很快便從屍體上移開。

鷹衛隊正看了她一眼，令人去尋密室。

從那人說的位置果然尋到了密室，裡面有光線透出。

密室裡只有一桌兩椅，魏潛正坐在其中一張椅子上，抬眼看見穿著鷹衛服的人進來，微微一笑。「來得挺快。」

「魏大人！」幾人齊齊施禮。

其中一名鷹衛正要上前幫他解開繩索，卻見他已自己解開，彎腰一面解開綁著腿的繩子，一面問：「誰帶你們找到此處的？」

鷹衛怔了一下，答道：「是崔佐使。」

前。

魏潛揚起嘴角，起身道：「走吧。」

他剛走出密室便聞到了血腥氣。「怎麼回事？」

崔凝見著他，本已快步上前，聽聞他問話卻戛然止步，扯著自己的衣袖不敢上前。

魏潛看了一圈便大約知曉此事必與崔凝有關，沒有多問，上前抬手揉揉她的頭。「先離開。」

一直神情淡定的崔凝眼圈一下紅了，也不顧這許多人，抓住魏潛的衣袖亦步亦趨地跟著他。

魏潛此時自是沒心情同她講男女有別，一心只想著先把她送離此處。「現在情況如何？」

崔凝喉頭哽了一下，穩住聲音，盡可能言簡意賅：「外面羽林軍和兵馬司的人都撤得差不多了，我就帶了二十名鷹衛前來尋你，不過之前派出去的幾個人突然失去聯繫。」

聽了這些話，魏潛想要送她離開的心就更迫切了，急道：「現在立即走。」

他話音方落，周圍光線乍亮，令人忍不住瞇起眼睛。

崔凝往外一看，院子角落裡的火堆已然全部被點亮，許多人影交疊，將他們圍攏在中間。

「想走？」左凜撐著傘緩緩踱步而出。「恐怕晚了。」

「你到底想做什麼？」崔凝怒目而視，如果說左凜之前意圖挾持她或許是有私怨在其中，現在的架勢，哪裡是想逃走，分明是要魚死網破！

「妳很快就會知道。」

左凜話音剛落，魏潛大喝一聲「進屋」，而後一把摟住崔凝，閃身進屋，一拂手將門帶上。

緊接著，崔凝聽見砰砰砰的聲音，無數箭矢落在門板上。

箭雨如蝗，有許多穿透窗子射到屋內。

隊正緊繃著聲音：「大人，怎麼辦！」

「此處距離街道太遠，我們若是集中在一起怕是攻不出去……」魏潛突然看向某處。「有個他們的人未死？」

「正是。」隊正道。

魏潛快步走過去，打量昏迷在地的這個人和隊正的身形差不多，便道：「你和他換下衣服。」

隊正聞言，二話不說便將那人拖過來，迅速換裝。

魏潛從地上撿了一根箭猛地刺入那人的右胸，又點了他的穴道令之昏睡，最後往他臉上抹了血，模糊面容。

「我帶其他人投降，你潛伏於此，伺機逃出去報信。」魏潛道。

隊正心知此事關係重大，一旦他暴露，魏潛他們凶多吉少，當即道：「必不辱命！」

魏潛回頭看向崔凝。「怕不怕？」

見他並沒有像二師兄那樣推開她，崔凝不禁目光微亮，抓住他的手，堅定道：「不怕。」

魏潛頓了一息，默默回握她的手，眼底溢出一絲微笑，突地揚聲道：「左大人！請停手吧，我們這就出來。」

外面箭矢慢慢停下。

魏潛將崔凝護在身後，第一個走出去。

左凜還站在原地，看著他們微微笑道：「識時務者為俊傑，魏大人很識趣。」他看見魏潛身後露出的衣角，面上笑容愈發深了。「小崔大人，別來無恙？」

魏潛道：「錯過這個時機，你再想出城怕是不容易。」

左凜在皇城之中如此囂張，已然惹惱了聖上，皇權遭到挑戰，在聖上心裡究竟是臣子性命重要還是天威重要，尚未可知。

左凜亦不再浪費時間，命令道：「去綁了幾位大人。」

魏潛道：「棄兵刃吧。」

鷹衛心裡還存著一絲僥倖，心想說不定能夠尋到機會逃走，所以出門時手裡還握著兵刃，眼下看清對方人數，不用魏潛說也已經死心了。

刀劍匡匡落地，二十多個蒙面黑衣人上前將他們捆起來。

魏潛本已將生死置之度外，此刻卻多了些牽掛和擔憂，可是他不能表現在臉上，以防左凜故意為難崔凝，用她威脅自己。

一行人被押上馬車，崔凝挨著魏潛坐。

旁邊的鷹衛見她不但沒有驚慌，反而眉眼帶笑，不由納罕，再見魏潛沉著冷靜，心道莫非是有什麼法子脫身，遂也慢慢平靜下來。

「五哥。」崔凝喚了一聲，欲言又止。

魏潛瞧著她，目光了然。「無需多言。」

她果然不再說話，只是瞧著他的眼睛仍然亮晶晶的。

他的心忽然變得柔軟至極。

經歷過許多事情之後，魏潛明白人與人之間的信任是多麼不堪一擊。這個時刻，他在心裡做了一個決定，這世上有這樣一個全心全意相信他依賴他的人，他必用全部的智慧和能力回報。

崔凝行動的時候留了一個心眼，她猜到監察司並不會把所有希望都放在自己身上，便沿途留下了許多線索。

除了刻意留下的不算，就是進府的時候，她也沒有令鷹衛隱藏行蹤，因此在雪地裡留下了大片腳印，想來其他人很快就能發現他們的蹤跡。

崔凝想告訴魏潛的便是這件事。

她很信任魏潛，他說不必多言，那就肯定不必多言，不過心裡還是忍不住擔憂，鷹衛隊正應該能夠順利脫身吧？

本來鷹衛以為要帶上那個「傷患」，卻被魏潛阻止，直接將人丟棄在屋裡，而隊正也躺在屋裡裝屍體。

崔凝略想一下也就明白了，中箭的傷患不適宜移動，留在這個院子裡說不定一會兒就會被援兵發現，生機反而更大一點，如若他們投降還帶上傷患，才真正惹人懷疑。

他們被押上馬車的時候，左凜很快發現少了一個人，於是立即派人進屋查看，而現在尚不知結果。

「五哥，左凜到底是怎麼想的？」崔凝打破沉默。

左凜看上去十分平靜，她卻總覺得他整個人透出幾分歇斯底里的感覺。

「人一旦無所求，便什麼都不會顧忌了。」魏潛理解左凜的心態。當初他被歹徒制住，以為自己必死無疑的時候，腦子裡什麼都不會再想，只是瘋了一樣的反抗、報復，甚至將凶手的脖子咬爛。

魏潛長這麼大，那是唯一一次失去理智。

左凜如今不求生，做事自然無所顧忌。

「不過，他未必就在這裡。」魏潛道。

崔凝正要說話，馬車卻猛然停下，她一頭撞進魏潛懷裡。

突如其來的驚嚇令她有些慌，可是聽見他勻速而有力的心跳聲，很快便平靜下來。而後，她聽見外面傳來打鬥聲。

魏潛不知道何時已將自己的繩索解開丟到一旁，就勢伸手繞到她背後解繩子，這個動作便如將崔凝抱在懷中一般。他們不是沒有過親密接觸，而這一次卻不知為何竟然令她耳朵發燙。

好在也只是一瞬間，魏潛很快轉身去幫其他鷹衛解開繩索。

崔凝有一點患得患失，不過她沒有浪費時間多想，也趕緊去解鷹衛們的繩索。

這時車門被人打開，幾個黑衣蒙面人衝了上來。

他們雖然有幾個人已經自由，但是架不住對方拿了武器！一眨眼的工夫，便有兩人被砍傷。

不過車廂內空間狹小，有利器也難以施展，不利的形勢很快逆轉。

魏潛一直把崔凝擋在最裡面，她身上連一滴血都沒濺到，也沒看見方才慘烈的戰況。

魏潛奪了一把劍，飛快地將其餘被綁的人的繩索都割開，而後朝外面看了一眼。馬車被黑衣人圍在最中央，他們一邊死命抵抗周邊的羽林軍，一面又心急如焚地想要衝進馬車裡面抓人質。兩下一分心，應對起井然有序的羽林軍就有點捉襟見肘。

魏潛估算了一下羽林軍的人數，便道：「暫時待在車裡。」

鷹衛聞言，抵抗之餘，想辦法把馬車門關了起來。

外面的羽林軍將領慧眼如炬，立即令人後撤，換上弓箭手，開始放箭射殺黑衣人。

不過那馬車看上去並不能擋箭，因此刻意避開。黑衣人很快便發現了這一點，開始拚命朝馬車周圍聚集。

羽林軍將領便令弓箭手停止，改為繼續近身廝殺。

魏潛聽到外面的聲音，當機立斷。「殺出去！」

僅剩的幾個鷹衛早憋著一口氣，拿到武器的幾個人率先衝出去，其餘人跟在後面找機會奪得兵刃，很快加入廝殺。

黑衣人被羽林軍剿殺大半，因此區區不到十個鷹衛也足夠他們手忙腳亂。

車外橫屍滿地，鮮紅溫熱的血將地上的白雪浸化，冒著騰騰熱氣，彷彿人間煉獄一般。

魏潛一手持劍，一手攬住崔凝的纖腰，縱身躍出馬車。長劍寒光遊走宛若游龍，所到之處必有死傷，密不透風的劍光將她護在其中。

崔凝不禁抬頭看他，那張冷峻的面上一如既往的冷峻，目光中含了令人膽顫心驚的殺意，映著劍光，冷冽刺骨。崔凝還是頭一次見到他如此。

崔凝也會武功，原本還躍躍欲試，想要拿劍上去大幹一場，但看著眼下的情況，她很識趣地縮在魏潛身邊。她那點功夫，拿出去怕是不夠現眼。

她安全無虞，便有閒工夫四處看，發現除了囚禁他們的馬車之外，還有十幾個黑衣人聚集在另外一輛馬車周圍。

那輛車看上去很樸實，也不算大，卻用四匹馬拉著，想必是車壁上夾了鐵板。

魏潛無心戀戰，見有機會脫身，便帶著崔凝飛快撤離到安全之處。

羽林軍將領一見兩人脫離戰圈，行事便更加大膽。

隨著援兵越來越多，幾十個黑衣人不夠看了，僅僅一盞茶的工夫便被清除乾淨，只剩下左凜還躲在馬車裡。

這時，整條街上已經血流成河。

羽林軍將領騎在馬背上，揚聲道：「左凜，你是自己出來還是讓我將你拖出來？」空曠的街道上只有他渾厚的聲音，之後便陷入一片死寂。

羽林軍將領揮手示意下屬強行破開車門。

羽林軍都知道左凜是前工部侍郎，如今已經一把歲數，根本沒有什麼武力，所以看見指令便爭先恐後地破車門，打算立個頭功。

在暴力摧毀之下，再結實的車門轉瞬間也被踹了開來。

然而待看清馬車裡面的情形，眾人傻了眼——

「大人！馬車裡沒有人！」

魏潛微微挑眉。果然不出所料，人質只是左凜的障眼法，他也有點好奇，左凜究竟是怎樣「消失」的呢？

從黑衣人的表現來看，左凜應該是上了車的，否則他們明知主子不在，不會這般拚命。當然，也不能排除一干人都是死士。

現在有不少權貴暗中偷養死士，但數量極少，並不是因為養不起或者害怕被人察覺，而是因為死士實在難得。

想培養死士，無非兩種方法，一是忠心，二是用各種殘酷的方法控制。可是想得到另外一個人完完全全的忠誠談何容易？所以大部分人都用後者。控制死士的常用辦法是餵毒藥，簡單省事。只是凡事有利必有弊，倘若掌控者本身沒有足夠的實力，輕易就會被養的死士反撲。

左凜絕對沒有能力養這麼一大批死士。

這些想法從魏潛腦海中一閃而過，他道：「看看車內是否有暗格。」

附近的羽林軍聞言，立即上車探尋。

崔凝忘記自己還在魏潛懷中，伸長脖子張望車裡的情形。

一名羽林郎在毯子邊緣摸到縫隙，用匕首撬起，直接掀開了一塊板子。原來那毯子竟是直接黏在車板上的。

馬車下面露出暗格，鬢髮雪白的左凜躺在其中，神態安詳，嘴角溢出血跡。羽林郎探了探他的鼻息，揚聲道：「反賊已死！」

左凜所為種種無不挑戰權威，早已經被朝廷視為反賊。

崔凝鬆了口氣，這才發覺自己像是被抽乾力氣，腥鹹的血氣沖鼻而來，她轉頭看見遍地的屍體，小臉一下子變得雪白。

一隻大手按著她的後腦杓，將她的臉埋進自己的胸膛。

鼻端腥鹹的血腥氣，被淡淡的皂角香氣取代。

「還能走嗎？」魏潛的聲音響在她耳邊。

崔凝點點頭，感覺到魏潛動了，便頭也不抬地隨著他的腳步前行。

「趙將軍，我們可以走了吧？」魏潛邊走邊道。

「自然可以。」不管是死是活，叛賊已經找到，也算是大功一件，趙將軍心情大好，語氣不中免帶了幾分調侃。「魏小弟亂戰之中閒庭信步，真漢子！」

那句「真漢子」說得意味深長，明顯是調侃魏潛打個架還帶紅袖添香的。

魏潛面色不動，彷彿沒聽出來一般。「趙將軍謬讚。」

崔凝聽出兩人似乎相熟，便抬頭看向那已然下馬的趙將軍。

趙樸是羽林軍右衛神策將軍，看上去約莫三十多歲的模樣，身材魁梧，眉似懸犀，雙眸如星，凜然有光。他看見崔凝抬起頭來，友好地衝她笑笑，而後派人護送他們離開。

「趙將軍好生威武！」崔凝臨走之前，不忘誇讚一句。

趙樸聞言哈哈一笑，連道了幾句「不敢當」，可那神情明晃晃的就是「老子確實很威武，妳很有眼光」。

魏潛攬著崔凝上馬之後，回頭淡淡地衝趙樸拱個手便驅馬離開。

崔凝被他圈在懷裡，剛開始覺得很暖和，忍不住朝他身上靠了靠，旋即又想到男女之別，忙又趁著他沒有出言訓誡之前小心地往前挪。她以為自己做得不動聲色，殊不知這樣輕微的扭動撩得魏潛難受至極。

他是個二十多歲的正常男人！別人的娃娃都能打醬油了，他卻連女人都沒有碰過，又不是什麼都不懂的懵懂少年，哪堪這等折磨！

馬背上統共就這麼點位置，再挪也挪不到哪兒去，崔凝覺著距離應該差不多了，放鬆地嘆了口氣。「總算把左凜給捉到了，能安安心心過個好年。」

「嗯。」魏潛緊張得喉嚨緊繃，聲音便透出濃濃的沙啞。

馬走得不快，隨著一晃一晃的前行，崔凝不知不覺便滑得離魏潛更近，臀部接觸到一個硬邦邦的物什，她想著剛才分明沒有硌人的東西，沒再深思，反手將它撥到一邊去。

可是沒想到轉眼間那玩意兒又回到原處，崔凝好奇，伸手摸了摸。

「咦？」崔凝抓住那東西，卻發現隔著布料，再想仔細摸索一下，卻猛地被魏潛捉住手腕，力氣大的像要捏斷她骨頭似的。

崔凝吃痛，握著那東西的手忍不住一緊。「五哥？」

「鬆手。」他沉沉道。

不難聽出言語中的忍耐和警告，崔凝從來沒有聽過他用這種語氣同自己說話，當下驚得鬆開手，回頭看向他。「怎、怎麼了？」

她沒有來得及想個中緣由，便被魏潛俊顏上不正常的紅暈嚇到了。「五哥，你可是著涼了？」

魏潛簡直像是剛剛從滾水中撈出的蝦子，連脖子都染上了紅暈。

羞恥！太羞恥了……

他竟然在馬上被個什麼都不懂的小丫頭摸了！

魏潛長這麼大都沒有這般窘迫過，甚至連氣都生不起來，而且更鬱悶的是對方什麼也不知道！

這麼一想，魏潛覺得不能白吃這個悶虧，於是他幹了一件這輩子最後悔的事兒。

他低聲在她的耳畔道：「阿凝，我、我可以的。」

崔凝愣了一下，腦子有點亂。「啥？」

魏潛其實是想解釋一下，他並不像外界傳聞那樣不能人道。

崔凝一聽，放下心來，問道：「五哥揣了什麼東西？」

魏潛很想跳下馬刨個雪坑把自己埋起來。

崔凝看他臉色越來越紅，彷彿能滴出血似的，抬手試了一下他的額頭。「莫不是燒起來了？」

「妳老老實實坐著，我快馬送妳回家。」魏潛不容分說，一手將她固定在懷裡，加快速度。

不到一盞茶的工夫便將她送回了崔府。

崔凝想叮囑他幾句，卻見魏潛連馬都沒下就風馳電掣般離去，身影轉眼便消失在雪幕裡。

護送他們的羽林衛也是看得一愣一愣。

已經快到子時，崔府上上下下都沒有睡，門房留意到外面的動靜，忙問道：「是二娘子回來了？」

「是我。」崔凝道。

門吱呀一聲打開，門房急急迎出來，看見崔凝全鬚全尾地站在門口，才雙手合十叨咕了幾句。

崔凝轉身與羽林衛客氣了幾句，目送他們離開，這才進門。

偏廳裡，崔道郁歪在小榻上看書，崔淨和崔況在一旁擺了棋局對弈，凌氏則是在屋裡轉來轉去，不時到門口張望。

「夫君，凝兒……」話說了一半，凌氏就開始哽咽。

崔道郁嘆了口氣，放下書。「我已經問過父親了，不會有事的。」

凌氏心裡不無怨言，好好的女兒家為何非要去出生入死，家裡又不是養不起。剛開始崔凝出去做文吏的時候，凌氏覺得出去長長見識挺好，現在出了這樣的事，她得想辦法把崔凝帶在身邊親自教導才行！

崔凝入官場是父親決定的，凌氏不好反駁，只能哀求崔道郁，可是這一家老小看書的看書，下棋的下棋，竟沒有一個人贊同她的想法！

凌氏束手無策，只能把怒氣撒到眼前人身上。「凝兒身陷險境，你們還有心思看書下棋！」

「母親，我們哪能不擔憂。」崔淨心裡也是七上八下，但她覺得外面羽林軍和兵馬司的人數眾多，自己也幫不上什麼忙，反而越想越嚇人，還不如轉移注意力去做點別的事情。

崔況也道：「母親，二姊在監察司供職，要想得到重用，這些都是必須的，妳要相信她能辦好。」

「二娘子回來了！二娘子回來了！」

外面掀起一陣小小的喧鬧。

凌氏愣了一下，疾步迎出去。

方才還老神在在躺在榻上的崔道郁連鞋子都沒顧得上穿，跑得比凌氏還快。

崔凝聽侍婢說父母都尚未歇下，便來了這邊，一進院子，呼啦啦的一群侍婢婆子湧了過來，七嘴八舌地關心她。

崔凝好不容易安撫了這一群，一抬頭便看見凌氏淚眼朦朧地站在廊下，還未來得及上前安慰，崔道郁已大步衝過來，拉著她的手上上下下打量幾遍，發現下顎有個小傷口，便大驚失色地令侍女去請醫者。

崔凝摸了摸那處，也不知道是什麼時候磕的，都已經結痂了，忙阻止道：「莫去莫去，我好著呢，不過如同小時候隔三差五的事兒！」

她說罷，心頭一突。怕是要露餡吧！原來的崔凝大家閨秀一個，就算調皮了點，也不會隔三差五受傷吧！

不過凌氏和崔道郁好像都沒有注意到，拉著她進了屋。

「今晚暫就不去請吧，還是要抹點藥，明早再看。」凌氏仔細看了看傷口，見並不大，才略微放下心來。「到底是露出來的地方，萬萬留不得疤。」

「嗯。」崔凝乖巧應下，又問：「怎麼大家都還沒睡呢？」

以前她也不是沒有晚歸過，家裡也沒有這樣興師動眾地等候啊？莫非是知道她今晚的遭遇？

崔凝所料不差，監察司派出了九十名鷹衛，崔凝被困時正有一隊鷹衛在院牆外面，只不過眼見對方人數太多，又不知他們武力深淺，不敢貿然攻擊，只好派了兩個人去通知兵馬司和羽林軍。

這兩個衙門雖不是兵部直轄，但調兵遣將瞞不過崔玄碧，況且他親孫女有難，萬一有個三長兩短誰能擔得起？因此早就有人將此事稟告他了。當時他正與崔道郁在書房裡說話，也就沒有刻意隱瞞，崔道郁畢竟是崔凝的父親，有權知道自己女兒的安危。

「監察司沒有人了嗎？偏派妳一個手無縛雞之力的小娘子去捉凶徒！」凌氏想到這個就生氣。

崔凝道：「不關旁人的事，是我自己堅持要去的。」

「明知如此危險，監察令也不該讓妳過去！」

崔凝看出母親又氣又怕，遂解釋道：「母親有所不知，下午女兒就被歹人挾持了，要不是五哥用自己換下了我，我現在怕是不能毫髮無損地站在您面前，女兒又豈能心安理得地回家乾等？」

凌氏雖然擔心女兒，但終究算是個講理的人，聽了這話之後也不再嘮叨監察司的不是，只嘆道：「妳去又能幫上什麼忙？反倒把自己搭進去，盡添亂。」

崔凝摸了摸鼻子。

崔況見凌氏還要說什麼，立即插嘴道：「沒事就好，有話明兒再說，我睏了。」「給妳祖父報個平安就回去歇著吧。」崔道郁提醒。

崔況道：「我陪二姊去。」

見崔道郁和凌氏都點頭，姊弟三人一起告退。出了房門，崔淨安慰崔凝幾句便回屋了，崔況則陪著她一起去東院。

「二姊，母親的話，妳莫放在心上，她也是關心妳。」崔況道。

崔凝看著他緊皺的小眉頭，笑道：「多大點事兒呢，我怎麼會往心裡去？況且母親說得也沒有錯，我確實是把自己搭進去了。」

想到失蹤的那幾名鷹衛，崔凝面上笑意斂了起來。「跟著我一起辦差的幾名鷹衛可能折損了。」

崔況道：「自古一將功成萬骨枯，妳不必太苛責自己。」

「我明白，就是心裡還是很難受，而且我今天下令殺了幾個人。」崔凝望著雪幕，深吸了一口氣，寒冷入肺，壓下心頭幾分痛楚。

她不認識死去的鷹衛，也不認識被殺的幾名凶徒，只不過大家都是有血有肉的人，她失去過，也經歷過最親近的人慘死，所以更能以己度人。

「妳覺得自己做錯了？」崔況抬頭看她。

崔凝這才發現，不知不覺間崔況的個頭快趕上她了，想起初見時那個邁著小方步充著小大人的孩子，聽著他溫言安慰，心中暖暖的。

她摸摸他的腦袋。「我後來被綁在馬車裡的時候想過，倘若我一發現問題便去通知羽林軍，可能不會死那麼多人。」

崔況嫌棄地拂開她的手。「聽妳的意思，那左凜手裡人馬很多？」

「嗯，粗略估計得有兩、三百人吧。」崔凝難以想像，左凜竟然能在長安藏了這麼多人，且各個身手都不弱。

「那算暴亂了。平息暴亂怎麼可能會不死人？不是跟著妳的鷹衛死，就是別人死。」崔況這話倒不是為她找藉口，而是事實，不過接下來的話就不盡然了。「監察令雖然相信妳，給妳指派了人手，可妳的年齡閱歷畢竟擺在這裡，手下人不可能全服氣，就算當時妳派人去通知其他人，別人也未必會重視。」

「你別安慰我了，我心裡很清楚。」崔凝知道魏潛是人質，暫時不會有性命之憂，她之所以下令進去查看，還是因為自己並不自信，潛意識裡也懷疑自己會猜錯。

除此之外，還有很重要的一點是，當時左凜一直在觀察外面羽林軍和兵馬司的動向，如果突然調兵過來，必定會打草驚蛇，萬一他狗急跳牆傷害魏潛怎麼辦？

第十八章　回帖

雪密密地落下，崔凝躺在暖暖的被窩裡，很快便陷入夢鄉。

夢裡也下著雪，魏潛一襲玄衣站在她身後，俯首貼著她的耳朵，聲音沙啞地說「阿凝，我可以的」。她感覺到他的呼吸炙熱，彷彿要把她燒著了一般，臉上滾燙。

可是，究竟可以怎麼樣呢？崔凝還是不大明白。

她糾結地睡了一覺，醒來的時候發現頭有點疼。

「娘子！」青祿滿臉喜色，伸手扶她起來，俐落地把靠枕放在她背後。「您燒了半宿，可把奴婢幾個急壞了。」

「我發燒了？」崔凝這才發現喉嚨乾澀，聲音嘶啞。

青祿忙給她倒杯水。「是啊，夫人守到快天亮，等您燒退下去才被奴婢勸去歇下了。」

凌氏嫁到崔家這些年過得十分幸福，上邊沒有婆婆壓著，雖然沒有分家，但妯娌分開住，後院沒有一個妾室，早晨想睡到日上三竿都沒人管，這幾年來，最讓她鬧心的恐怕就是崔凝了。

崔凝懶洋洋地看了一眼外面的天色，臉色突然一變，急得蹦下床榻。「我點卯要遲了！」

「娘子，這都下午了。」青祿無奈道。

「我睡了一天一夜？」崔凝動作頓住。

青祿拿了薄被給她裹上，青心領著幾個侍婢端了洗漱用具進來，道：「娘子洗漱一下用晚膳吧？」

崔凝裹著被子坐在妝臺前，頂著一頭亂糟糟的頭髮。「有人幫我去監察司告假嗎？」

「夫人一早便吩咐前院小廝過去告假了，您放心吧。」青心拿著梳子慢慢給她梳頭。

崔凝的頭髮又細又軟，摸著手感很好，卻不太好打理，容易翹起短短絨絨的小毛毛，用頭油又會使髮量顯得特別少，真是愁煞幾個貼身侍女。

洗漱完畢，先用了點溫胃的粥，青心便給她端上一碗核桃芝麻糊。

崔凝不挑嘴，就是剛起床的時候不能吃太油膩的東西，那芝麻核桃無一不油，青心、青祿花了很多心血才做得清甜可口。

伺候崔凝用完膳，青祿問道：「娘子，衙門快年休了吧？」

崔家沒有那麼多糟心事，但是奴婢私下裡還是有些攀比的，崔凝平日上職的時候不會帶侍婢過去。青心、青祿閒在家裡，這麼一來，地位自然就比不上崔淨身邊的侍女。

這些，崔凝自是不太清楚，不過她早就覺得好好的人手浪費不用很可惜，她沉吟道：「我如今官階低，身邊最多只准帶一個人伺候。打明兒起，妳們輪班隨我上職吧。」

青心、青祿大喜，立即蹲身道：「是。」

崔凝見她們高興，笑著點了點頭。

之前崔凝專門找符遠請教過馭下之道，雖只聽了個皮毛，但聊勝於無，總還是能明白她們或忐忑或欣喜的原因。

飯罷，崔凝去給凌氏請過安，便溜達到了崔淨屋裡。

「今兒吹的什麼風？把妳這個大忙人吹來了？」崔淨笑著把她迎進屋裡。

「哪裡哪裡，姊姊才是大忙人。」崔凝意味深長地看了看屋裡的繡架。

那是崔淨給自己繡的嫁衣，已經接近完工，再有幾日便可以送到裁藝坊做成嫁衣了。

「姊姊還有幾個月就嫁了，真有點捨不得呢。」崔凝抱著她的手臂道。

崔淨臉色微紅。「我又不是遠嫁，日後想我了便到凌府來看我。」

姊妹兩個坐下之後，話題自然而然地便扯到了崔凝身上。

崔凝便將近來發生的事情，挑著能說的講給她聽。

崔淨看著妹妹，不知怎地，心裡生出一些羨慕來。以前她覺得女子出去拋頭露面，就好像把與生俱來的尊嚴和矜貴都扔了，崔家也沒有這個先例，所以她從未想過有朝一日出去做官。

在清河的時候，崔凝顯得笨拙極了，什麼都不會，經常稀裡糊塗地闖禍；而如今，她仍舊不是一個標準的貴女，身上卻有了尊貴之氣。

那種灑脫、篤定、神采飛揚，崔淨知道自己可能一輩子都不會擁有。

除了羨慕之外，崔淨還有一點點羞於啟齒的挫敗感，那個一向被她遠遠甩在身後的妹妹，竟然漸漸地要超過她了。

「怎麼想到要去做官呢？」崔淨一直想問這個問題。「妳難道不曉得做了官之後，嫁人便難了嗎？」

就像之前有意求娶崔凝的謝家，那麼渴望東山再起，也不會想要一個在外頭做官的媳婦，除非她嫁了人之後便安心在家操持家務、相夫教子。

崔凝沒有回答前一個問題，而是順著她的話道：「我生在崔家，又不是做了什麼道德敗壞的事，怎麼都能嫁出去。」

崔淨嘆氣，無奈道：「妳當然不會愁嫁，可是世家大族卻不會接受。」

「我從來沒有打算嫁入世家，姊姊看我適合去世家過日子嗎？」崔凝問道。

崔淨臉色微變。「妳可明白這意味著什麼？」

出身高貴的女子一旦嫁到一些沒有根基的人家，就已經算被家族放棄一半了，除非夫君真是有不世之材。世家在皇權的打擊之下慢慢衰落，也有衰敗的世家收取高昂的聘禮，把自家姑娘嫁入商賈之家，被人恥笑。

於崔家女來說，就算嫁給符遠那樣的相門之後，也不如嫁入其他世家，因為這些高門大族都十分團結護短，妳在這個圈子裡，背後便有所有世家撐腰，沒有人敢得罪妳，否則就是與世家作對，走出去底氣比公主還要足。

「我知道，但我不後悔。」崔凝堅定地道：「我的路，只有我自己去摸爬滾打才行。」

不會因為要找個依靠，就把一切綁在別處，至於這些助力，有更好，沒有也不怕。崔凝從心底認為，自己有能力給自己撐腰，才算完整的一生。

而崔凝，也沒有資格去過和崔淨一樣的日子。

她的仇恨，崔家不能幫她報。

崔淨默然，心裡一方面對崔凝的說法十分抗拒，一方面又覺得好像挺有道理。

崔凝無意繼續這個話題，便直接說明了來意：「姊，我過幾日休沐，想請朋友出去玩，妳可知道哪裡有好玩的地方？」

崔淨平時跟凌氏出去參加各種宴會，也結識了不少人，這方面比崔凝知道的多，便介紹道：「雪天賞梅最好不過了，聽說城南有個玉梅坡景致不錯，那邊也有幾家酒樓，妳不妨過去看看。」

「嗯，到時候妳也一塊去玩吧？」崔凝道。

崔淨笑道：「我這還有幾個月就要過門，哪兒有工夫出去玩呀，妳約著小姊妹們去玩吧。」

崔凝能感覺到，不知從什麼時候起，她和崔淨之間的關係越來越疏遠了。雖然有不經常碰面的原因，但她也明白，崔淨在刻意地迴避她，每次都找各種藉口拒絕她的邀請或者請求。

不過崔凝也不在意，只當道不同不相為謀。「那行，妳先忙著，我去祖父那裡請安。」

「去吧，天色晚了，路上滑，小心著點。」崔淨叮囑道。

崔凝鼓著腮幫。「知道啦，我又不是小孩子。」

「說起來，妳也能說親了呢。」崔淨把她送到門口，半開玩笑似的問道：「錯過謝表哥，妳真的不後悔？」

崔凝轉眼，輕易便看出了崔淨表情中小心隱藏的試探，突然就覺得十分厭倦，她一貫討厭這種藏藏掖掖、拐彎抹角的做法，當下噙著笑意道：「姊姊怎麼就知道我錯過了？」

如果不是姊妹，崔凝早就直言不諱了，哪裡還需要打太極？

崔淨怔了一下。「妳不是拒絕了謝家求親嗎？」

崔凝哼哼道：「劉備請諸葛孔明出山還三顧茅廬呢，也沒見劉備被拒絕一次從此就不去臥龍崗了呀。」

倘若崔淨沒有那些陰暗的小心思，聽這話，最多是覺得她孩子氣、任性，可是崔淨卻覺得這是在堵自己。

崔凝不想再繼續說下去，催促道：「姊姊，風大了，妳趕快進屋吧。」

「嗯，我就不送妳了。」崔淨心思多了點，但作為姊姊，明面上仍舊做得無可挑剔。她在門口目送崔凝，直到看不見身影才轉身進屋。

走出很遠，青祿見周圍沒有人，才小聲道：「二娘子，大娘子也太小心眼了。」

「嗯？」崔凝看了她一眼，示意她繼續說下去。

「奴婢聽其他人說，大娘子可不只一次問這件事了，聽說還曾私下裡打探過謝家的態度。」青心撇撇嘴。「本來奴婢以為她是覺著可惜，想幫您促成這段良緣。但方才看大娘子聽完三顧茅廬的話好像不太高興。」

青祿不算精明，但整日都混在內宅，內宅婦人的心思，她比崔凝要更清楚。

「這話以後不要再說了，免得挑撥咱們姊妹感情。」崔凝淡淡道：「這些事情，我心裡有數。」

崔凝沒有發火，也沒有誇獎，因為以後她不能兩耳不聞窗外事，宅內的許多事情都要青心、青祿告訴她，但這種搬弄是非的話也不值得獎勵。

崔淨變了。不，應該說，她更瞭解崔淨了。

那一次，凌策沒有中狀元，謝飅拔了頭籌，之後謝家有意求娶崔凝，崔淨伏在她的榻前哭得傷心。

崔凝什麼都知道。相比之下，她更喜歡那時候的崔淨，最起碼心思坦蕩。

到了東院，崔凝被小廝領到崔玄碧的書房。

「祖父。」崔凝欠身施禮。

「嗯，坐吧。」崔玄碧似乎很高興，欣慰道：「妳這次立了功，聖上親自開口給妳升官了。」

「祖父。」崔凝皺著臉抱怨。「您現在就說出來，我明天豈不是沒有驚喜了？」

「真是得了便宜還賣乖！」崔玄碧笑道。

崔凝嘿嘿一笑，不再裝模作樣逗樂子，蹭過去腆著臉問：「聖上給的肯定是大官吧？」

「官升一級。」崔玄碧睨著她道：「難不成妳還想撈個三品做做？升官要都這麼容易，妳祖父也不會熬了大半輩子才是個兵部尚書。」

「那是監察使？」崔凝已經很滿意了，畢竟那些典書處的人都熬了好些年也沒動一動呢！

崔玄碧嗯了一聲，見她尾巴都快要翹上天了，立即板下臉道：「不許驕傲，這次多半是靠運氣，日後為官務必要踏實穩重。」

「謹記祖父教誨！」崔凝垂首，嚴肅地說完之後立刻又得意地道：「不過祖父身在官場這麼多年，應當明白，官運也是一種實力。」

這變臉的功夫看得崔玄碧頭痛。「我怎麼覺著妳更像那個姓符的傢伙的孫女？」

符危那張老臉，表情一時一個樣，比六月天、孩子臉還讓人捉摸不透。

「以後不准和符長庚玩，早晚被他帶壞了。」崔玄碧不悅道。

崔凝道：「您也不遑多讓啊，先前還讓我跟符大哥好生學本事呢。」

「我說過？」崔玄碧義正辭嚴地道：「不可能。」

「祖父耍賴。」崔凝剛開始以為崔玄碧應該和崔況性格相似，但是接觸下來才發現，他只是長著一張生人勿近的臉，性格並不古板，在清河那陣子，是因為謝氏被人所害才會像個煞神似的。

崔凝再一想，也對，倘若祖父從小就和崔況一樣少年老成的話，後來也不會和祖母鬧成那樣。

祖孫兩個高高興興地用了晚膳。崔玄碧又拉著崔凝教導一番，才放她回去。

晚上是青心值夜，於是崔凝次日帶了青祿去官署。

剛剛進門便被監察令喚了過去，同她說升職之事。

監察令見她半點沒有喜形於色，只是表示日後定然全力以赴，不負聖上恩典，不禁暗暗點頭，果然是個能沉住氣的，不免又勉勵一番。

崔凝回到監察處，所有人都知道她升官了，將她團團圍住，恭賀聲不絕於耳。

一番客套之後總算清閒下來，崔凝這才發覺魏潛不在。

「大人，魏大人呢？」崔凝問易君如。

「佐令今日休沐。」易君如道。

「咦？」崔凝納悶。「案子收尾結束了？」

易君如輕鬆地靠在椅背上喝茶。「是啊，有魏大人在，這些瑣事都是一眨眼的工夫。」

崔凝看著空空的位置，心裡也變得空落落的。

人人都稱魏潛為「拚命五郎」不是沒有理由的。他自打進了監察司之後就極少休沐，甚至休息時間都用來處理公務，因此對於他升官如此迅速，衙門裡的人大都沒有什麼意見，畢竟在他沒有管理監察四處之前，四處可是一盤散沙。

這次魏潛攤上了司言靈案，倒是有不少人同情他。旁觀者清，大家都知道監察四處沒幾個頂用的人手，魏潛得一個人東奔西跑地親自去查案，可謂史上最淒涼的監察佐令了。
這些事情崔凝自是不知，只知道魏潛幾乎每天都很早便到，不管人在不在屋裡，她的桌案上總是會有一盒熱呼呼的吃食，這會兒看魏潛不在，桌上也空空如也，心裡有種說不出的滋味。
想起那天晚上風雪交加，他身上燙得厲害，似乎是受了風寒，崔凝決定下職之後去看看他。
這麼想著，崔凝便飛快地寫了帖子，交給青祿，讓她送到魏府。
剛剛做完這一切，便有個差役到她跟前，躬身道：「崔大人，那位陳小郎君想求見您。」
七品芝麻官放在地方上還能算盤菜，可是擱在偌大的長安城，一磚頭能拍死一大片，真是算不上什麼，但是為表尊重和客氣，一般下級或是同僚之間大都會稱呼一聲「大人」。
崔凝想到陳元，嘆息道：「帶我過去吧。」
差役躬身道了聲是，便走在一側領路。
官衙裡路上的雪早被雜役清掃乾淨，連一點殘留都沒有，走在上面一點都不滑，不過陳元住的屋子稍微偏了點，積雪就無人清掃了。然而，正因如此，院中的雪很整潔，厚厚的如棉如雲，院子裡幾株紅梅開得正盛，每根枝條都被繁花覆蓋。

陳元就站在離紅梅不遠處的廊下，一身牙白色暗紋襖，皮膚如霜似雪，銀髮宛若月光，若不是面上覆著一條黑紗帶，崔凝都懷疑他是從雪中幻化而來的妖精。

「阿凝。」陳元看見她，聲音雀躍，一下子便有了生機和活力。

「你怎麼在這裡站著，也不怕著涼。」崔凝知道陳元的遭遇，心裡不免對他有些憐憫。

陳元靦腆地笑笑。「我不怕，聽五叔說，像我這樣的人活不長久，他不在了，我也不想壓抑自己。」

「不在了？他應該沒有被治罪啊？」崔凝心想難不成自己漏下了什麼？

「不是不是。」陳元面上掩飾不住的落寞悲戚，語氣卻十分平淡。「他離開長安，不要我了。」

崔凝愕然，心裡堵得要命，卻不知道應該說點什麼安慰他。

她知道，對於陳五來說，陳元可能是他人生的負累，他並不是什麼不世之才，可是憑著他的能力，怕是也能過得相當不錯。若非因為陳元，他不會被家族犧牲，藏頭藏尾的日子一過就是這麼多年。然而對於陳元來說，陳五卻是他唯一的親人和依靠。

陳元過著暗無天日的生活，陳五是他唯一能夠親近的人。

這種背棄，即便崔凝沒有嘗過，也深知它定然如冬日裡那些冰刺一般從心裡長出來，冰冷銳利，能刺得人千瘡百孔。

「那……那你以後怎麼辦？」沉默了很久，崔凝才聽見自己這樣說。

「他在西市還有宅子和鋪子，地契都留給我了。」陳元笑著指了指桌上用茶壺壓著的幾張紙。「我以後並不用愁生計。」

這麼貴重的東西，隨便灑上點水可能都會毀了，他卻只這樣隨手一壓，可見半點不看重這些身外之物。崔凝能隱隱感覺到他故作輕鬆的笑容後，已被傷得鮮血淋漓。

崔凝只能盡力安慰。「我還在長安呢，日後沒事的時候，我去找你玩，咱們是朋友。」這話說得她自己都覺得心虛，捫心自問，她心裡對陳元更多的是憐憫。

陳元對此卻似乎深信不疑，他高興地點點頭。「我請妳來便是為了告訴妳，我以後都會在城西的懸空寺，妳若是有空，或者去上香，一定要來找我。」

崔凝訝異道：「你要出家？」

「不是，五叔把我寄養在那裡。」陳元頓了一下。「若是與佛有緣，懸空寺肯收，我也願意出家的。」

崔凝這回是真不知道該說什麼好了，她想勸他不要出家，可是不出家，以他的模樣定然會飽嘗這世道的不公平。

陳元這些年一直活在這種不公平裡，崔凝不想他最後落得和司言靈一樣的下場，沉默了須臾，她道：「你有慧眼，定能比旁人看得更清楚，若是你覺得這樣好便去做吧。」

「嗯，謝謝。」陳元道。

一聲真摯的「謝謝」，讓崔凝頗為動容，也有些自慚形穢。她可能是陳元交到的第一個朋友，這樣一個純真之人全心全意付出友情，她卻平淡以對，還曾經誤以為司言靈是罪魁禍首，因而對他頗有偏見……

想到這個，崔凝道：「反正我今日沒有什麼事，不如告假帶你出去玩吧？」

「真的？」陳元欣喜得不知如何是好。

崔凝見他這麼高興，也跟著高興起來，立即就去同易君如說了一聲。

不過她現在和易君如平級，他哪有權力准她的假？可易君如有心賣她一個好，便悄悄同她說，在監察司做官的最大好處就是自由，倘若平日沒大事，只要過來點個卯就可以去辦自己的事了，只是一旦露餡可能會被罰。

崔凝驚訝得說不出話，難道是她以前太乖了，竟然完全不知道這種事！

不過這也不能怪她，誰讓她成日跟在魏潛後面呢，忙還來不及呢。

崔凝聽說東窗事發要被罰，心裡有點擔心。易君如拍著胸脯說，若是碰上急事，他會幫忙頂著，崔凝這才千恩萬謝地偷偷帶著陳元去了東市。

陳元以前也曾路過東市，這回卻是第一次逛街，他身上披著斗篷，大大的帽兜把臉遮去大半。

崔凝見他買個糕點都興奮得臉頰緋紅，便帶著他把路旁所有的攤位都光顧一遍。她如今也算頗有家資了，大館子吃不了幾頓，路邊攤卻毫無問題。

只不過陳元身體不大好，才走了一條街便已體力不支，崔凝便找了一個普通茶館，要了雅間與他坐在一處休息。

待小二上過茶點，陳元便脫掉斗篷，好奇地望著屋內擺設，感嘆道：「原來外頭還有這種地方，真是新奇，我們想坐多久就能坐多久？」

「一、兩個時辰倒是可以，坐久了，店家會來趕人的。」崔凝倒了熱茶塞到他手裡。

陳元透過窗子縫隙看外面的街道，鼻尖和臉頰被冷風吹得微紅，一雙灰眸透出罕見的靈動與生機。

崔凝怕他又受風寒，過去把窗子關上，說話轉移他的注意力。「你不是說我有血光之災？」她指了指下巴上已經癒合的疤痕。「喏，這麼點就能稱之為血光之災？嚇唬人呢。」

「從來血光之中都有不定數，我只能算出來有大災籠罩於妳周身，卻不能算出妳會受多大傷害。」陳元雙手捧著茶盞，掌心的暖流傳到周身，讓他慢慢從興奮中平靜下來。「這次災禍中波及的任何人來找我，我看出的都是一個結果，可是你們受的傷卻不會相同。有時，人一念之間能改變很多事情，我算不透。」

其實陳元看出崔凝有血光災禍之後便很認真地算過，她並沒有什麼大礙，否則他也不會隨口提一句就算了。

「你說這世上是否有方外之地？」崔凝忽然問道。

「我不知道。」陳元摸摸胡椅扶手。「我連眼前的事物都沒有見識過，怎能妄談方外？」

「那我們不說這些玄妙的事情，好好玩一圈。」崔凝掏了帕子遞給他。「擦擦汗吧，等會兒我們出去僱頂轎子在東市逛逛。」

陳元知道自己體力不好，再走一條街，怕是半條命都沒了，便很順從地聽了崔凝的安排。

「你不曉得，我第一次來長安的時候誤入了五哥開的酒樓，一頓就吃掉兩千貫！這些錢夠我們下館子吃好幾年呢。」之前崔凝太不清楚物價，只是覺得有些貴而已，直到後來慢慢瞭解了兩千貫的價值，才忍不住咂舌——這根本不是在做生意，分明是搶錢！

怪不得每一次進樂天居的時候都看不著什麼人影。

陳元現在跟當初的崔凝差不多，對金錢沒有什麼直觀感受，只是聽說一頓飯錢夠在別處吃好幾年，便問道：「這麼貴，人家去了一次下次就不會去了吧？」

崔凝道：「可不是！後來我才知道，他們有個什麼食客牌，食客都是經朋友之間相互介紹進酒樓吃飯，得了食客牌，吃飯比在外面還便宜。」

因為魏潛經常宿在店裡，最開始總有些目的不純的人進來騷擾，有些甚至連酒菜都不點，就乾坐著。酒樓每天人滿為患，可一個月下來盈利卻很少。於是魏潛才和另外兩人商量定下了這個規矩，反正他們只是開著玩，又不指望靠這個發財。

崔凝在這大半個時辰，兩人就在茶樓裡用了點飯，之後便僱了轎子繼續閒轉。午時，兩人就在茶樓裡用了點飯，絮絮叨叨與陳元說了很多趣事。

快到傍晚的時候，崔凝把陳元送回監察司。

青祿拿來了魏府的回帖。

寫回帖的居然不是魏潛，而是他的四嫂！

問題是，她根本不認識魏四夫人啊！

「這個……五哥不住在酒樓？」崔凝只在街上買了一點小玩意、吃食之類的，打算拿著去探病，魏潛不會在意，但帶著這些東西去拜見他的嫂子可就失禮了。

「奴婢先跑了一趟酒樓，聽說人不在，就去了魏府。」青祿被請進去喝了會兒茶，便有小廝給了她回帖，她心想不會有什麼問題，就直接拿回來了。「不是魏佐令的帖子？」

「是魏四嫂。」崔凝道。

青祿不安道：「奴婢有錯。」

不過，就算早發現是魏四夫人的帖子，別說青祿一個婢女了，就算是崔凝也不可能拒收，但若不是她粗心大意，便可早些準備好禮品。

「回頭再找妳算帳！現在快快回府，請母親幫我備禮。」崔凝拿著帖子大步往馬廄趕。

風風火火地回家一趟，挑了些能拿出手的東西，又飛快洗了個澡、換一身衣裳，坐上馬車時都已經快要夕陽西下了。

凌氏臉色有些不太好看，崔凝一直喚魏潛「五哥」，那和魏四郎的夫人算是平輩，平日交際也很尋常，不過凌氏很清楚，根本不是什麼魏四郎的妻子想見崔凝，肯定是魏夫人！

可帖子是崔凝主動下的，人家回都回了，還能不去？

因此凌氏雖然對魏夫人的做法頗有微詞，到底還是認認真真準備了禮物。

第十九章　嫁與我為妻

到了魏府。

崔凝直接被領去內院，到了二門，便見一個雙十年華的婦人領著幾個侍婢迎了上來。「是崔家小妹吧？」

魏四夫人生得一張銀盤臉，柳眉鳳眼，笑起來面上有兩個梨渦，長相不算頂好看，但屬於耐看型，且氣質溫和，容易令人生出好感。

崔凝雖不認識她，卻也沒有感覺到拘謹，面上帶著得體的笑施禮道：「見過魏四嫂。」

魏四夫人聽得這個稱呼，笑得越發開心，連忙上前虛扶起她。「既然喚我一聲魏四嫂，可別這樣客氣了，倒顯得生分。」

本來就不熟啊？

崔凝腹誹歸腹誹，但並不討厭她的話。

崔凝心直口快，直接問道：「五哥今日未曾上職，我有些擔心，便過來看看，為何……」

「下午五郎不在，恰巧帖子送到婆母那裡，便吩咐我幫著回給妳。」魏四夫人笑道：「希望妳不要見怪。」

魏四夫人出身琅琊王氏的旁支，父親如今在戶部供職，她幼時家中清貧，因此並不像一般大家閨秀那樣十指不沾陽春水，為人處世很親民，又在清貴的魏家耳濡目染了幾年，自有種別人學不來的氣派。

「怎麼會，這麼晚來叨擾，應是我抱歉才對。」崔凝頭一回見別家的長輩，心裡難免緊張，可是一想既然來都來了，索性大大方方吧。「我理應去拜見長輩，只是不知魏夫人可有空。」

王氏笑道：「家裡沒有女孩兒，咱們妯娌幾個平日裡要操持家務又要四處應酬，陪她老人家說話的時間不多，婆母整日羨慕人家裡的貼心小棉襖呢，若是見了妳，一準高興。」

崔凝聽她這麼說，也想起來曾經聽崔淨說過，魏夫人因為沒有女兒，很是希罕女孩兒，待媳婦都視如己出。

王氏領著她去了正房。

門口的侍女見了兩人，笑吟吟地施禮，而後進去通報。

魏夫人自讓王氏回了崔凝的帖子就開始整理，早早便收拾停當翹首以待了，此時聽聞人到了，便急急吩咐請進來，崔凝也不過就是在外頭站一站腳的工夫便進了屋。

屋裡燒了火爐，暖烘烘的，卻不見魏夫人，只有幾個侍女迎過來。一名侍女接過崔凝解下的披風，另一個看上去頗為體面的侍女則直接領著她們去了裡屋。

待進屋，崔凝才見著擺在窗邊的胡床上坐著個身著墨蘭衣裙的婦人，面容白皙，笑著的時候眼角有細細的魚尾紋，卻仍然十分美麗，年輕時應是個絕色美人。

從面上看，魏夫人最多四十出頭的年紀，可是崔凝卻知道她真實年齡差不多快五十了。

崔凝上前施禮。「見過魏夫人。」

崔凝在觀察魏夫人的時候，魏夫人也在不動聲色地觀察她。魏夫人見崔凝目光端正，打量人的時候不躲躲閃閃，也不猛盯著人看，心中愈發喜歡，當下竟起身過來扶起她。「早就聽說崔家二娘子是個美人兒，今日一見才知曉所言不虛。」

魏夫人的目光溫和，看上去十分溫柔。

崔凝放鬆了許多，笑道：「夫人才是美人呢，看上去半點不像是有五哥這麼大兒子的人，方才我一進來差點不敢行禮。」

「這丫頭莫不是來之前吃了蜜吧，看這小嘴甜的。」這般恭維魏夫人的人很多，可她就聽著崔凝的話開心，當下便從手上取了個鐲子送給她做見面禮。「瞧著妳的模樣就喜歡，這個拿去玩。」

說著便直接把鐲子套到了崔凝腕上，一下子看見了她手腕上胖墩墩的兔子手鍊，魏夫人滿臉都是掩不住的笑意。

崔凝好歹也在崔家混了幾年，一看那通體白如凝脂、細膩油潤的鐲子便知價值不菲。「這鐲子太貴重，我不能收。」

「長者賜不可辭。」魏夫人輕輕按住她的手。「好的東西，總要尋著合適的人才能體現它的價值。再說五郎自小就愛擺弄這些玉石，每年皆能尋到些好的。」

魏夫人拉著她坐下，命侍女上茶點。

王氏在一旁陪著說話。

魏夫人想得周到，她只是想私底下見一見崔凝，不好叫上一大家子的人過來圍著一個小姑娘看，所以便讓幾房晚飯都在自己屋子裡吃，不必過來請安，就連魏祭酒也被攆去書房了。

崔凝見她們待人和氣，就放寬了心，說話不再那麼拘謹，時不時說幾句應景的有趣話兒，逗得魏夫人和王氏大笑連連。

那邊魏潛聽說崔凝來了，便早早坐在廳裡等著，心裡七上八下，想起那晚的窘態，一貫不起大波瀾的心緒簡直像是海面上颳起颶風，那叫一個驚濤駭浪。

他心情跌宕起伏，大半個時辰簡直像過了半輩子似的，雲喜見自家主子脖子都等長了，便讓侍女過去問問情況。

魏夫人聽到侍女稟告，才猛然發覺時間已經過去這麼久了，本想留著崔凝吃晚飯，但心想還是兒子的事比較重要，這才依依不捨地放崔凝走。

魏潛住在前院的觀山居，雲喜蹲在門口，老遠便瞧見崔凝的身影，立刻蹦了過來，歡喜溢於言表。「二娘子可算來了，咱們郎君都等得望眼欲穿了！」

「咦，好久不見呀雲喜，你還沒有被五哥打發出去？」崔凝笑問。

雲喜一下子笑不出來了，苦著臉道：「沒打發出去，可小的失寵了，郎君如今去哪兒，都情願一個人也不讓小的跟著伺候。」

「二娘子，能不能幫小的美言幾句？」雲喜小聲問道。

「得了，我還指望你給我美言幾句呢。」崔凝明顯能感覺到魏潛那天離開的時候情緒不對，他沒有上職，她總覺得是跟那天的事情有關，不免有些忐忑。

調整了一下心態，崔凝隨著雲喜進了廳內。

魏潛面色不大好，如一尊雕像似的坐在那裡。

崔凝不由心中一凜，怯生生地喚了一聲：「五哥。」

「坐吧。」魏潛的目光掠過她的面容，垂眸端起桌上的茶水。

待侍婢給崔凝上完茶退出去，屋裡就只剩下兩個人。

魏潛突然很後悔選擇在廳裡見面，若是在書房，好歹還能擺弄點別的東西緩解一下尷尬。

「我以為你病了，所以來瞧瞧。」崔凝道。

「嗯。」魏潛看著她怯怯的樣子，心頭一軟，他光顧著自己緊張，倒是害得這小丫頭害怕了，於是放軟了語氣。「我是有點不舒服，休息一天好多了。」

崔凝見他似乎與往常沒有兩樣才鬆了口氣。

「沒用晚膳吧。」魏潛想了一天一夜都沒有想明白的事情，在看見她的這一刻都有了答案。「可要隨我出去吃點東西？」

「好！」崔凝歡歡喜喜地湊過去。「咱們去吃羊肉麵吧？這個天氣吃熱湯麵最舒坦了。」

魏潛揚起嘴角。「好。」

兩人一前一後出了觀山居，雲喜垂著腦袋送到大門，一路上見縫插針地給崔凝擠眉弄眼。

崔凝一樂，拉了拉魏潛的袖子。「五哥，雲喜也想跟著呢。」

雲喜聞言險些一個踉蹌，這是哪門子的美言啊！

不料，魏潛還就是給她這個面子，淡淡看了雲喜一眼。「跟著吧，若是還像往常一樣搬弄是非，這院子裡是容不下你了。」

雲喜按捺住心中喜悅，正色道：「是！小的謹記。」

天晚欲雪。

因有前車之鑑，魏潛再不敢騎馬帶著崔凝，便選擇與她一起坐車。距離這樣近，魏潛心裡還是有那麼一絲絲尷尬，但更多的是享受。

女子十五、六歲便可嫁娶，崔凝眼看滿十三歲了，正是瘋長抽高的時候，不覺間已經出落成亭亭玉立的少女模樣。

起初符遠說看上崔凝的時候，魏潛心裡其實是有些牴觸的。原因很複雜，不過主要還是覺得符遠並非是看上了崔凝這個人，只是看上她的門第罷了。

並非魏潛以小人之心度君子之腹，他只是覺得一個正常男人，實在很難對一個八歲的小娃娃產生什麼旖思。

也正是因為如此，當他發覺自己對崔凝有些不一樣的時候，就開始對自己產生了懷疑。

魏潛很清楚自己的喜好，他一向對那些溫柔婉約、知書達理的女子比較有好感，崔凝似乎一樣都沾不上。

這些事情魏潛都想不通，可他還是決定憑著自己的感覺行事，這樣兩人相對而坐，歲月靜好，不就是他一直所求的心安嗎？

「五哥。」崔凝見快要到了，興致勃勃地道：「不如叫阿元一起來吧？」

魏潛微微瞇了眼睛，有一種夢碎的心傷感。難不成她挑了距離監察司較近的麵攤，僅僅是因為距離陳元比較近？

不管心裡頭怎麼想，魏潛面上一直很平靜。「他身子不好，不能出來吹冷風，一會兒讓雲喜給他送一碗過去。」

「還是五哥想得周到！」崔凝連連點頭。「他今天逛了一天，肯定很累了。」

「……」魏潛默默下了車。

麵攤在監察司附近的巷子裡，風雨無阻，只有監察司年休的時候才會歇業。別看只是個小攤位，卻有「長安第一麵」的稱號，否則監察司也不可能睜一隻眼閉一隻眼任由麵攤擺到衙門附近。

那麵經過特殊手法揉製，十分筋道，便是在湯裡泡上一、兩個時辰都不會糊。而麵湯則是用當日新鮮的羊骨熬製了四、五個時辰，原汁原味，再配上祕製的醬料，味道鮮美至極。

自從跟著魏潛來過一次之後，崔凝便成了這兒的常客，三不五時就要來上一碗。

此時天色已經不早，巷子裡沒有風，空中疏疏落落地飄著雪，不知是又下了起來，還是從屋簷上零星落下的積雪。

麵攤棚子四角掛著燈籠，湯鍋裡騰騰地冒著熱氣兒，香味就這麼隨著熱氣撲面而來。

棚子裡沒有人，兩人尋個桌子坐下，那攤主專門做衙門生意，最是認人，立刻便過來道：「魏大人、崔大人，還是兩大碗羊肉麵？還有烤好的嫩羊肉要不要來點？」

「兩斤烤羊肉，四大碗麵。」崔凝說道，又讓雲喜和青祿到另外一張桌子坐下。

「哎，還是給您多放醬料。」攤主笑咪咪地道。

「嗯嗯！你記性真好。」崔凝讚道。

那攤主平日便喜歡與人攀談，聽崔凝回應，一邊忙活著做麵條，一邊道：「咱們做點小買賣，沒有點眼力怎麼行，什麼事兒都能放一放，可不能記不住各位大人哪……」

崔凝聽他嘮嘮叨叨，忍不住偷偷朝魏潛吐了吐舌頭。

燈火闌珊，魏潛瞧著她瑩潤的小臉，嘴邊噙著笑意。

攤主話雖多，卻一點不耽誤工夫，手腳俐落地將湯麵和烤羊肉都端上來。他知曉這些達官貴人都有食不言寢不語的規矩，便識趣地不再說話，攏了袖子遠遠坐到爐火旁邊。

崔凝早就嚥了幾回口水，麵一端上來便迫不及待地吃了起來。

崔凝吃得正歡，忽然聽見對面那個人，輕聲道：「阿凝，嫁給我吧。」

「噗！」雲喜直接噴出一口湯來。

青祿倏地回頭，張大嘴巴望著兩個人。

「哼？」崔凝滿嘴的麵，只能從鼻子裡哼出一聲，以示詢問。

他聲音不大，但她聽力特別好。

不過崔凝還是頭一次這麼懷疑自己的耳朵。

雲喜握緊了拳頭，激動得熱淚盈眶——啊啊啊啊，我家郎君終於開竅了，不出手則矣，一出手就是雷霆萬鈞啊！不愧是我家郎君！

魏潛看她眼睛瞪得圓溜溜，滿臉的不可置信，俊臉微熱，任由著心跳如旱天雷一般，又說了一次：「嫁與我為妻。」

他在感情方面有點羞澀，但從來都是一個乾脆的人，喜歡就是喜歡，憎惡就憎惡，愛恨分明。

半截麵條從崔凝嘴裡掉落，幾滴湯水濺在她臉上，她才從震驚中回過魂來，結結巴巴地道：「這這這個，嫁……咱們、咱們現在不是挺好嘛。」

「哪裡好？日後妳若嫁給了旁人，我便不能這樣與妳單獨出來吃飯了。」魏潛見她沒有一口回絕，便又道：「妳還小，我可以等，我們先訂親，倘若妳日後覺著我不好，便解除婚約，一切皆可推到我身上來，不會影響妳日後婚嫁。」

這種落井下石的事情，崔凝怎麼會做！聽著他這樣說，不知怎地，心裡一酸。

「五哥總是這樣好。」

「那妳……」

魏潛沉沉的目光盯得崔凝十分窘迫。

她尚且懵懂，便問：「成親就是以後咱們兩個人一直在一起嗎？」

「嗯。妳可聽說過『執子之手，與子偕老』？」魏潛見她迷茫，便拋卻了雜亂的情緒，慢慢引導她。

「執子之手，與子偕老……」崔凝喃喃重複這句話，品味其中的美好。

崔凝抬眼看向魏潛，乍一看還是如初見時那般冷峻，但她知道在這副表象之下，是溫和可親的五哥。

魏潛話說到這個分上，反而平靜下來，見她不作聲，便執了筷慢慢吃起碗裡的麵。

崔凝時不時地偷瞧魏潛，見他平靜地吃著麵，吃相優雅好看，麵碗裡熱騰騰的氣染紅了他的臉頰，平日裡稜角分明的臉此刻顯得分外柔和。

吃罷飯，兩人相顧無言。

雲喜緊張得幾乎要把手裡的筷子捏斷，奈何那兩人不焦不躁，再沒說起這個事。青祿緊張了一會兒，見那兩人相對而坐，半晌無言，更是不安，她抬手戳了戳雲喜，道：「你不去結帳嗎？」

「啊？哦。」雲喜忙摸了錢袋去結帳。

「走吧。」魏潛道。

崔凝腦子裡有點亂，魏潛開口求娶，對她來說是個巨大的驚喜，當然，她並不清楚這種驚喜摻雜著幾分感情。一直以來，她當他是救命稻草，一直都是她想要拚命地抓住他……

崔凝呆愣愣地走在前面，魏潛負手跟在一步之後，待她回過神來，一回頭就看見了他。

魏潛微微笑道：「走一會兒消消食吧。」

馬車停在巷口，他們已經不知不覺地走過了幾十丈遠。

雲喜作為稱職的「拉媒小廝」，很識趣地沒有湊上去，連同青祿也拉在身旁，只遠遠跟著。

「瞧這抓心撓肝的，恨不能生一對驢耳朵。」青祿不悅地掙扎。「你放手，我要跟著我家娘子。」

雲喜哼道：「妳一個當婢女的，能不能有點眼力？沒看見妳家娘子樂得跟郎君閒逛嗎！」

青祿很為難，她怕自家娘子吃虧，又擔心壞了娘子的好事……越發覺得雲喜說得沒錯，自己確實沒啥眼力啊！

青祿頹然認命，既然娘子沒有吩咐，那就姑且遠遠跟著吧。她看著前邊那一高一矮兩個身影，嘆了口氣。

是不是良人，也不是她一個婢女說了算的，娘子現在越來越有主意，再不是以前那個愛淘氣闖禍的小娘子了。

走到大路上，風漸大，捲起屋頂上的積雪紛飛。

雪漫眉頭。

崔凝看著魏潛花白的眉毛，笑道：「五哥的眉毛都白了。」

魏潛笑吟吟地望著她，說了這輩子第二句情話：「就這樣兩個人一起走下去，到眉毛頭髮都染雪，可好？」

「可是五哥……」姑且不論情愛，崔凝著實很嚮往他描述的未來，只是她能夠擁有嗎？

「有什麼話不妨直說。」魏潛道。

崔凝盯著自己的腳尖，沉默半晌，欲言又止了幾回，才眼一閉，直接豁了出去。

「我、我其實不是崔凝。」

等了半晌，沒有聽見回話。

待她鼓足勇氣抬起頭來，卻正對上魏潛清亮的眼眸。

「我知道。」他道。

崔凝有一瞬的驚訝，但想到從前種種細節，便知曉他可能早就看穿了。

崔凝咬咬牙，索性把二師兄囑咐的話丟到一旁，說起了一直以來藏在心底的祕密：「我八歲以前一直在靈丘山上，直到有一天師門遭滅門之災……二師兄把我送到這方外之地，來尋找師門遺落的神刀……」

「他說遇見神刀之後，我身上的雙魚玉珮會有反應。」崔凝將腰間的兩塊雙魚珮解下來，遞到魏潛面前。「一開始，我對二師兄的話深信不疑，可是這幾年我發現了很多疑點。」

二師兄平時就很愛胡扯，崔凝起初以為那種情形下他不會開玩笑，這才深信不疑。然而隨著她越來越瞭解這裡的環境，思考問題的能力越來越強，以往忽略的問題都自然而然地浮現出來。

「五哥，你能不能告訴我真相？」崔凝眼巴巴地瞅著他。

魏潛探手去拿玉珮，當觸到她指尖的時候，順勢連帶著小手一起握緊。「阿凝，妳要是想知道，自己就能弄明白。」

在她做好心理準備之前，魏潛不會去揭開她的傷疤。

如果崔凝願意躲在自己身後，他有信心可以護她安全無虞，可惜安全並不等於周全，有些事情終究是要她自己面對，只有讓她堅強起來，才能夠直面殘酷的經歷，才能更好地應對將來的事情。

「我將來是要找凶手報仇的，現在你知道我的祕密，還願意與我親近嗎？」崔凝仰頭問他。

表真心的話，魏潛不大擅長，他只認真地道：「我早已知道了，不是嗎？妳要相信我。」

「嗯！」崔凝抿了抿脣，使勁點頭，反握他的手也緊了緊。

崔凝在經歷最黑暗的時刻遇見了魏潛，他之於她，是照亮她前路的一輪太陽，讓曾經墜入黑暗的她不斷追逐他的腳步。她從未奢望過魏潛能為自己駐足，如今可不就是兜頭一個大餡餅嗎？

「成親之後，咱們兩個就最親了？」崔凝問了個很在意的問題。

魏潛很清楚，她不是那個意思，卻還是忍不住熱血上湧，面紅耳赤地嗯了一聲。

「成親之後就像我父親、母親一樣，兩個人每天都在一塊兒？」崔凝又問。

「嗯。」魏潛手心都出汗了，他從來不愛說這些露骨的話，今日張嘴就是這麼一通，著實已經是極限了。

冷風颳得臉又癢又疼，崔凝抬手揉了揉，嘆道：「那我們什麼時候才能成親啊？」

聽聞她這句話，魏潛的心情變得輕快起來。

崔凝這般毫無羞澀地說出來，顯見還並不太瞭解所謂「成親」的具體內容，然而卻讓他明白，她很願意與他在一起，並不是自己一廂情願地哄騙小女孩。

魏潛早就發現她揉臉的小動作，想伸手給捂一捂，終是沒好意思這般得寸進尺，便道：「上車吧，時間不早了，我送妳回去，改日我請母親託人去妳家求親。」

「好。」崔凝高高興興地跟他上了車，還問：「五哥，你什麼時候教我騎馬吧。」上次在往來邢州的路上學了一下，到如今只會騎在馬上慢慢遛。

提到騎馬，魏潛窘了一下，仍是答道：「好。」

崔凝笑得眉眼彎彎。

坐在馬車外面的兩個人卻是冰火兩重天。

雲喜樂得見牙不見眼，心裡有一種抑制不住的衝動，想要立刻跑去告訴夫人，但想到魏潛的警告，也只能暫且忍忍。

青祿瞧著黑茫茫的路，覺著抬眼就看見了自己的未來，這若是讓夫人知道了，一準要把她捆去賣了。

時下年輕郎君娘子自己瞧上眼之後再請人說媒的情況，不算少見，但魏潛……難道娘子要守活寡嗎？這不是要毀了娘子一輩子嗎？青祿滿腦子亂七八糟混作一團，到家了都沒回過神來。

崔凝倒是一夜無夢，睡得香甜。

次日再上職，見著魏潛的時候心裡不免更多了幾分親近感，見他眼神掃過來便咧嘴衝他笑，他便不自在地移開眼。

她自覺做得隱祕，卻忘了滿屋子可都是監察使，破案或許不太中用，但是架不住人人都有一個八卦之魂。這點眼力還是有的。一天下來，所有人看魏潛的眼神都不自覺地帶著一點探究。

——傳說中不近女色的人終於動凡心了！

——聽說那個不能人道的傢伙哄騙了崔氏貴女……

兩個消息兩個極端，卻都是傳魏潛看上崔凝。不需幾日，整個監察司上上下下無人不知無人不曉。

大多數人都是抱著看熱鬧的心態，當然也有人咬碎了牙，譬如那個先前與崔凝打架的宛家娘子。

兩個當事人卻兩耳不聞窗外事，任憑外頭傳得風風雨雨，兩人皆坦坦蕩蕩，仍舊像以前一樣，親近是親近，卻不大看得出男女之情。

要說男女之情，且不提崔凝，就是魏潛對著個懵懂的小丫頭也未必能有多少，偶爾不經意的接觸能挑起他的情慾，但並不會像尋常戀人一般，恨不得日日黏在一起才好。

那天吃麵的時候，夜冷雪深，她在他對面坐著，吃得很香，他就覺得一瞬便看到了一輩子，明白了自己想與她偕老。雖不能說無關情慾，但彼時他確實沒有想過那檔子事。

接近年尾，本就很忙，加上前段日子因司言靈案耽誤了很多，魏潛的案頭早已堆積如山，他這回不曾大包大攬，將任務全部派下去，人人都忙得不可開交，再顧不得說閒話。

眾人深深懷疑他這是公報私仇。

第二十章　梅花宴

輪到崔凝休沐的時候，她沒有休息，而是隔了兩日，趁著懸山書院年休之後辦了個賞梅宴，這日又恰逢她生辰，便請了從前交好的李逸逸等人，一起過了。

崔淨推薦的地方在近郊，崔凝考慮到左凜還有餘黨在逃，覺得不安全，且來回在路上都要花去半日時光，到那裡也不過是略坐一會兒，玩不痛快，索性便將賞梅宴辦在樂天居裡頭，院子裡有三、五株梅花，也勉強賞得。

崔凝選的這個地方，真真是投了那三個好友的喜好，滿長安的人都知道，這樂天居不是尋常人能進的，進得這個門平白就能染上些文氣。

三個青年才俊，兩位狀元，一位榜眼，等著春闈的士子有哪個不想沾沾？

許久不見的幾人往暖閣裡一坐，便嘰嘰喳喳有說不完的話。

「阿凝，妳竟長高了這麼些。」李逸逸比了比，兩人相差不多，只不過崔凝這段時日長了個頭，人又瘦，便顯得高。

李逸逸豎著長了，不過橫著長得更快，那腰比幾個月前又粗了一圈。

謝子玉和胡敏倒是越發穩重。

胡敏高興地道：「阿凝真是不得了，才進監察司短短時日便立了大功，接連著升官！今日這酒須得給咱們敞開了喝才成。」

崔凝笑道：「那妳隨便喝，若是我付不起就賴帳，反正也不是我家開的酒樓，可半點不心疼。」

「酒有什麼好喝。」謝子玉催促道：「快給咱們說說，妳捉那凶徒時可凶險？」

崔凝便學那說書的先生，拿了手做驚堂木，啪的一拍案几，口若懸河地當故事說起來，聽得三人心驚肉跳。

待她講完，李逸逸拍拍心口，心有餘悸地道：「這樣太嚇人了，要不妳求崔尚書走走路子，給妳換個安全些的位置。」

「監察司那些安全的位置可沒有什麼前途，阿凝好不容易做上監察使，哪能再倒退回去呢！」謝子玉不以為然。「這官場上不見刀劍，可誰又敢說沒有凶險？若是有個好歹，怕是比遭了真刀實槍更甚！」

「正是這話。」胡敏連連點頭。

崔凝道：「春闈時還有女官考試，屆時三省六部皆收人，妳們打算考嗎？」

胡敏和李逸逸均搖頭。

謝子玉道：「我打算試一試尚書省，看看能不能開個先例，爭個外放。」

大唐女官不少，可還沒有一個放去外邊做一方主官，連個下縣女縣令也不曾出過。

一來，能供著女子讀書的人家不缺那點錢財，也未必要靠女子掙家裡的前程；二來，大多數女子還是想著嫁人的，不管是家裡還是自己，都不願意去那距家遠的地方。可是想要在三省任要職，又有哪一個沒在外面打拚過？

崔凝心想，謝子玉這是鐵了心要做個女相。

看著謝子玉平靜且堅定的目光，崔凝覺著，就算她做不成女相，也必會有一番成就，再回想自己，真是遠遠不如。

魏潛有一句話說得對，如果她想弄明白師門到底發生了什麼事情，自己就能想明白。

崔凝先前是不知道，而如今明明發現很多破綻，卻不願過深地去探究，因為她情願相信找到神刀師門還有救，也不願相信他們早就已經死了，再也沒有復活的可能。

連發生過的事情都不願相信、不願面對，又談何查明真相？

也許，她心裡早就明白發生了什麼，只是一直不想去看。

「對了，堂兄外放的事已經定下來了，只待過完年便去赴任。」謝子玉把話題一轉，忍不住去看崔凝的神色。

別人不知道崔、謝兩家私下裡有訂婚的意思，謝子玉卻是聽母親提過，再仔細問，連母親也不知道更多內情，她便想探一探。

謝子玉很敬佩仰慕自家堂兄，總覺得世間沒有幾個女子能配得上他，那些整日黏上去的女子，在她看來跟蒼蠅似的，教人煩不勝煩，但她對於崔凝嫁入謝家卻不太排斥。

長安青年才俊不計其數，謝颺仍毫無疑問地獨占鰲頭，不論是相貌、才華還是出身都無可挑剔，待嫁女子無不心儀於他。

謝颺與崔凝年齡差距有點大，但也不是什麼大問題。

一般十二、三歲就開始相看、訂親，今日之後崔凝就十三歲了，正是可以開始議親的年紀，雖則如今疼愛女兒的人家都會留到十八、九歲，但十五歲嫁人，十六歲當娘的多得是。

「真的啊？」崔凝也不避諱，不管怎樣那是她表哥。「我先前便說要去送行，妳可知道他哪日啟程？」

謝子玉聽這說話的意思，便覺得八九不離十了，道：「我也不知道，他應該會告訴妳吧？」

「哪能等他告訴我，妳幫我打聽打聽吧。」崔凝欠了謝颺人情，又主動說要去送行，應該上點心才是，不管謝颺說不說，她都得備好禮再去送。

可是這話落在其他人耳朵裡便不是這個意思了，謝子玉誤會她其實十分喜歡謝颺，便一口答應了。

「娘子。」青祿從門外進來，躬身道：「符郎君來了。」

「符大哥回來了！」崔凝滿面喜色。「他在哪兒？」

「在外頭呢。」青祿道。

崔凝與三人說了一聲便匆匆迎出去。

出了暖閣，寒風迎面撲來，雪光刺眼，崔凝眯了眯眼睛，隱約見一個人站在不遠處的蒼松下。

待她稍稍適應了一下，那人已經含笑朝這邊走過來。

「符大哥！」崔凝微微提了裙襬，一陣小跑，在他面前停下來。「你什麼時候回來的？」

「昨日夜裡。」符遠說話間呼出淡淡的霧花，眉眼顯得分外柔和。「許久不見，阿凝長高了。」說著從袖中掏出一個巴掌大的盒子遞給她。「給妳的生辰禮。」

「符大哥還記得我生辰哪！多謝。」崔凝接過來，有些不好意思地道：「來而不往非禮也，我都不知道符大哥生辰是何時。」

「二月二。」符遠道。

「呀，那也快了！」崔凝記在心裡，又想起似乎也不知道魏潛的生辰，但又不方便把符遠堵在門口問這個。「符大哥進來喝杯酒暖暖身吧。」

符遠知道裡面還有別的小娘子，往常他見這些娘子都小並不避諱，但今日乍一見崔凝，才發覺女孩子們長得竟然這樣快，還不到小半年就已然顯出了少女身形。「妳們玩吧，我就不進去了。我須得休整一日，明天述職。」

他既這樣說，崔凝便不好繼續挽留了。「那好，等年休我請符大哥吃酒。」

符遠眉眼皆染上笑意。「一言為定。」

「一言為定。」崔凝也笑道。

崔凝目送他離開，瞧著那背影，覺得符遠越來越不像二師兄了，一個長於富貴之家，一個是山間閒雲野鶴，縱然都是清風朗月的模樣，本質卻不相同，隨著符遠閱歷越多，兩個人的區別就會越明顯。

崔凝剛開始親近符遠是因為他像二師兄，但不知不覺中，這種影響越來越淡，兩人之間處的是交情，而不是只把他當作二師兄的替身。

在樂天居裡耗了半日，幾人又約定了下次見面的時間便各自回家去了。

崔凝坐在馬車上撫摸著手上的小兔子，腦海中走馬燈似的回憶種種細節。

二師兄把她塞進密道前後，她聞到的奇怪香氣，還有他說過的那些話，到處都透著古怪。最讓崔凝懷疑的是，他還特別強調「如果找不到神刀，到壽命自然終結的時候也可以回來」。

只是那時她整顆心都被悲傷占據，根本無暇去想其他。

後來到了清河崔家，她起初以為是自己的魂魄占據了別人的身體，因為所有人對她的態度都很自然。如今回頭看，這種自然反而是最大的破綻。

一個人不可能真正成為另外一個人，怎麼可能因為一句「失憶」就把所有人糊弄過去！尤其是淩氏，崔凝有段時間跟她同吃同住，她作為母親，怎麼會看不出自己的女兒跟往常有什麼不一樣？

崔凝從頭想到尾，完全沒有發現淩氏有絲毫懷疑或驚訝之處，反而和祖母一樣，總是積極地為她的格格不入找各種藉口。

崔凝第一次見到淩氏的時候，她像是大病過一場，連眼睛都還是腫著的。據其他人說，「自己」在小佛堂關了好些日子的禁閉，連要死都沒有放出來，那這些日子淩氏就情願日日以淚洗面也不去族裡求情？不就是推了個侍婢入水，再怎麼也不至於此吧！

不說淩氏愛女，就是清河崔家，也絕不是這樣為了外人而罔顧後代性命的人家。

再想到祖母過世的時候，族長審問她，話裡話外的意思，好像認為她是最大的嫌疑人。族長為什麼會這樣想？原來的崔凝雖然調皮，但不至於小小年紀就弒親，他們看著崔凝長大，難道不瞭解其秉性？一個小女孩有什麼能力毒殺聰明的謝氏？又有什麼動機？

除非族長知道她是個外來者，疑心她有什麼不為人知的殺人動機和能力。

靈丘山除了畫符捉鬼之外，最擅長的便是醫毒，二師兄就是個中翹楚。

這麼想來，族長甚至可能知道她的身世！

還有那偶然間在園子裡看見的飄落的紙錢，崔淨說是某個族叔的女兒過世，怎麼會這麼巧？這讓崔凝不得不懷疑死者其實是原來的崔凝。

而崔淨對她日漸疏遠，除了本身容易鑽牛角尖之外，是不是也發現她並不是親妹妹？

崔凝緊緊捏著玉籽兔，指節發白。

原來隨便想想就有這麼多破綻！那自己究竟是何時感覺到情況不對的呢？她說不清楚，只是可以肯定並不是現在才明白。

以往她年紀小見識短，很多細節都看不見，許多事情也想不通，滿腦子想的都是二師兄給的那個虛幻的希望。然而隨著跟魏潛學習破案，各方面都在飛速成長，從前那些忽略的、想不通的事情便自動跑到眼前。

儘管崔凝不願意相信，但真相就擺在眼前——師門遭難，二師兄想辦法把她送到清河崔氏，未免她牽涉其中還特地編個瞎話哄她。

原來的崔凝真的存在過，不然面對突然冒出的人，合族的小娘子、小郎君不可能一點都不好奇，只是那個女孩不知道什麼原因悄無聲息地去世了，崔家恰好拿她頂上。

她根本沒有到什麼方外之地，這世上就算真有一把叫「斬夜」的神刀，恐怕也不能解救師門，因為他們都已經不在了。

崔凝想哭卻流不出眼淚，眼睛乾澀刺痛，便索性閉了眼。

「娘子。」坐在車外的崔平香道：「魏大人在前頭。」

青祿看著閉著眼睛好似睡著的崔凝張了張嘴，糾結了半晌，還是小聲提醒了一句：「娘子，魏大人來了。」

崔凝這才聽見，緩了緩情緒才開口道：「停車吧。」

還是那個巷口，魏潛仍是那一身玄衣，身上披了大氅，牽著一匹馬佇立在那裡，身姿挺拔若青松。

崔凝一見，恍然似回到了去年的這天。

她讓崔平香和青祿在馬車那裡等著，獨自走了過去。

魏潛太瞭解崔凝了，一瞧她走路的樣子便知道她心情定然極壞，便鬆開馬韁迎上來，伸手摸摸她的頭頂。「怎麼不高興？」

「五哥，你知道靈丘山發生的事情對不對？」崔凝仰頭，眼底一片淡紅，像是哭過許久的樣子。

魏潛沒想到自己的求娶會迫使她去想這件事情，心中悶痛，但並不後悔。她很聰明，早晚都會知道真相，他想早一點幫她承擔，讓她明白自己並不是一個人孤軍奮戰。

他是個有擔當的人，認定要娶崔凝為妻，不管發生什麼事情都會幫她擔著。只是有些事，冷暖自知，別人無法替代，就譬如悲傷。

「以前我們不相識，以後，任何事我都會陪著妳。」魏潛知道崔凝喜歡直來直往，縱不愛說這些話，這時候卻不能吝嗇。

他前面這二十多年所有的情話、暖心話都對著崔凝說了，好像一開了戒就有點煞不住似的，拉著崔凝好言好語地哄了半晌。

崔凝本就不是一個喜歡沉浸在負面情緒裡的人，被哄這麼久，早已眉開眼笑，倒是很驚訝魏潛的變化。「五哥，你竟然這麼會哄人。」

魏潛在分析案子之外，話並不多，也不太愛把情緒擺在臉上，因此雖然脾氣不壞，卻給人一種性格孤僻、很難相處的感覺。即使崔凝跟他這麼熟，也從來都沒有想到他竟然能夠這樣耐心地說一籮筐好話去哄人，且句句都說到人心裡去。

魏潛不接這話，而是嚴肅地道：「日後再不許有事瞞著我。」

「嗯。」崔凝使勁點頭。

「妳可還有別的事情瞞著我？」魏潛如清泉的眼眸盯著她，彷彿能將人看透一般。

崔凝心虛，嘴上卻急巴巴地道：「再沒有了。」

魏潛見她目光亂飄，也沒有多悲傷的樣子，便知只是小事，笑道：「是不是上次跟蹤姬玉玏的時候走得急，忘記付茶館錢了？」

「啊！」崔凝驚嘆，滿臉崇拜地望著他。「這你都知道？」

「我幫妳付過了，不必放在心上。」魏潛見她恢復了活力，心裡鬆快了幾分。

崔凝暗自腹誹，她根本就沒有放在心上好嗎！若不是他的目光如此清正，彷彿要蕩滌天地間一切枉法之事，她還覺得自己賺便宜了呢！

「五哥，你有沒有做過壞事？」崔凝有理由懷疑，這人正直成這樣，八成從小到大都沒有幹過一星半點的壞事。

魏潛垂眼看著她瑩白如玉的小臉兒，心中一動，俯身湊到她耳邊輕聲道：「沒有，不過正要做。」

他的聲音介於醇厚與清朗之間，平時聽著只覺得好聽，此刻帶著一點點幾不可辨的沙啞，形成了一種獨特的音色，頗為勾人。

崔凝只覺得熱氣噴在耳朵上，癢癢的發燙，忍不住縮了縮脖子，正要扭頭去看他，小嘴便被溫熱的唇覆蓋，一時間獨屬魏潛的那種宛若青竹勁松混合著陽光的氣息，霸道地侵占了她的鼻息。

崔凝瞪大眼睛，一種陌生感從唇傳遞到全身，酥酥麻麻，令她心跳加速，四肢發軟，一時有些站不穩。

正當她要癱軟的時候，腰肢和後腦杓被兩隻大手托住，整個人落入溫暖的懷抱中。

這個吻，親得結結實實，持續的時間卻不長。

崔凝腦子裡一片漿糊，感覺全身的血液都衝上了腦袋，暈乎乎地，臉頰滾燙滾燙，再一抬眼，瞧見魏潛也是俊臉通紅。

巷子裡很僻靜，偶有鳥雀落在屋簷上，飛走的時候撲簌簌地踩落幾小塊雪。

魏潛連耳垂都紅了，面上仍帶著笑意，小聲對她道：「我與家裡說過咱們的事，前幾日父親請了兩位崔大人吃酒，私下裡說定了，我便請了老師今日上門，為咱們做媒。」

徐洞達乃是三代帝師，請他保媒比求一紙聖旨賜婚更加體面，對於世家大族來說，那個「賜」字是辱沒，聽著心裡便不痛快。婚配乃是父母之命媒妁之言，何時輪到旁人來賜予了？便是皇帝也不行。此前徐洞達還從未幫人保過媒，能求得他出面，魏潛可是費了不少工夫。

「可還滿意這個生辰禮？」魏潛問道。

崔凝想來想去，總覺得自家吃虧了，但也知道這份體面是獨一份，再沒什麼可挑剔，只能癟癟嘴。

魏潛把她那點小心思摸得透透的，從懷裡摸出一塊玉珮塞進她手裡。「這是我從小用的玉珮，自己雕的頭一個，玉質不算難得，雕出來的東西如今看著也幼稚，我後來雕過許多比這個強千萬倍的，可我從來只戴它，從沒有換過。」

「我把它給妳，許妳此生不換。」

「哦……哦。」崔凝呆呆地點頭。

她迄今為止還沒有過愛情方面的幻想，魏潛一番表白大半也都對牛彈琴了，所幸她還算明白這是一個很重要的承諾，心裡難免感動。

魏潛瞧著崔凝愣愣的樣子，揉揉她的髮。「我送妳回去。」

直到車上，崔凝也沒有從剛剛的感覺中回過神來。

「娘子，娘子。」青祿見她丟了魂似的，不禁著急。「您沒事吧？」

「啊，啊？」崔凝看向青祿，又好像沒在看她。「沒事。」

青祿急得眼淚都要掉下來了，抓著崔凝的肩膀輕輕晃了幾下。「娘子可不要嚇奴婢。」

「我在想事情。」崔凝感覺到青祿抓著自己的力道，總算有了點真實感。魏潛就像吸人神魂的男妖精，方才被他親完之後，她一直像腳踩棉花似的，飄乎乎的像是在作夢。

魏潛送她到路口，目送馬車在崔府前面停下。

崔凝下車尋不見他，便問崔平香：「五哥呢？」

「在那邊呢。」崔平香抬手一指。

崔凝看過去，魏潛衝她一笑，抬抬下巴示意她進去。

不知道為什麼，瞧著他淺笑的模樣，崔凝臉上忽然一熱，心口撲撲亂跳。

青祿見崔凝目光總算恢復靈動，長長舒了口氣，扶著她進府。

待到府中，青祿又覺著有些奇怪，崔凝平時步履如風，她就算小跑也跟都跟不上，別說像今天這樣乖乖任她扶著了。她拿餘光悄悄看了崔凝一眼，只見那瑩白的皮膚上泛著淡淡的紅暈，竟是有幾分嬌羞的模樣，頓時恍然大悟。

崔凝雖然身形瘦削，一張臉長得巴掌大點，乍一看上去似乎很嬌柔，但青祿知道實際上她性子裡最缺的便是這份嬌柔，如今略一透出這般形態，整個人越發惹人憐愛。

冷風夾雪迎面吹來，崔凝心情平復下來，便如往常一樣去凌氏那裡請安。

還沒進屋崔凝就察覺到了異樣。凌氏待下寬宥，也喜歡侍婢們活潑，院子裡的人自然都會迎合上意。今日侍女們卻個個都屏息斂神，規規矩矩地給崔凝施禮。

崔凝平日偶爾會和她們玩鬧，人緣頗好，快要進堂屋的時候，凌氏身邊的聽荷悄聲告訴她：「魏家來求娶您，郎君收下了庚帖。夫人正難受著呢。」

崔凝點點頭，由聽荷打了簾子走進屋內，脆生生地喚道：「母親。」

凌氏神色還算平靜，只是眼下微紅，也不知道是氣的還是哭過，此刻見著崔凝，臉上才有了兩分笑模樣。「回來啦。在外頭玩得可好？」

「嗯，好久不見逸逸她們，今日見著了總有說不完的話呢。」崔凝挨著她坐下，明知故問：「母親這是怎麼了？」

凌氏想著，崔凝早晚要知道這件事情，不如趁早問問她的意思：「魏家請了徐大儒來做媒，為他家五郎求娶妳，妳父親竟是做主換了庚帖！」

說起來凌氏就有氣，夫妻兩個一直有商有量的，這回崔道郁竟是沒有同她提過便直接換了庚帖！凌氏也知道，崔道郁這麼做肯定是崔玄碧的意思，可是瞞著她，算是怎麼一回事啊！

被攆到書房的崔道郁有點冤枉，他最近太忙了，開春就要科舉，且傳言說這次過後就要改為三年一回，學院裡許多原本不打算下場的學子，這會兒也都卯足了力氣準備搏一回，他哪裡有閒心去想別的？

前些天魏祭酒請他和父親吃酒，話裡話外的意思是想為兒子求娶崔凝。父親並未給任何回應。

他原想女兒如今年紀小，魏潛那方面又不行，父親絕不會答應，所以也就沒太放在心上，自顧自地忙去了，誰料今日一大早剛要去書院便被父親留下，說魏家會來求親，讓他準備一下，他這才悚然一驚，心裡頭的凌亂一點不比妻子少。

「魏家門第都算勉強，更何況他歲數比妳大那麼多，又不是個健全人兒……」凌氏握住崔凝的手。「凝兒啊，妳祖母生前最看重妳，妳祖父又一向疼愛妳，若是求一求，定能推了這門親事。」

以往不知道魏潛那些「私密事」的時候，凌氏只是覺得他年紀大了點，魏家門第不算高但是勝在清貴，他又十分能幹，若是配了崔凝，也不失為一門好親；可如今再看，滿眼都是不好。

「母親莫急，祖父做主應了親事，大約也是看出來我不會反對吧。」崔凝反握住她的手，又問道：「五哥哪裡不健全？」

凌氏知道崔淨私下裡同崔凝說過魏潛的那些事，她只當女兒懵懂，想了想便屏退侍女，直接同她說了。不過凌氏到底是不好意思跟女兒說得太細，只言魏潛不能行房事，婚後生不出孩子來。

崔凝聽罷只笑道：「母親莫憂，祖父何曾做過不著邊際的事，他既然同意，自然是問過魏家。您想，咱們家豈是那麼好哄的？若成親之後真發現五哥不健全，兩家不就結了仇嗎？魏家是不可能這麼做的。」

「妳說的也有道理，可是……」凌氏還是忍不住擔憂，那魏五，生了一張俊美的臉，又有才華，她害怕崔凝被他迷惑，日後也甘願吞下苦果，崔家就是再生氣也只能捏著鼻子認了。

凌氏方才太著急，這會兒稍微冷靜下來，突然想起崔凝剛剛說過的話，驚道：

「妳看上魏五了？」

崔凝想起那個吻，臉刷的一下紅透，揪著衣角想了想，還是點了頭。

凌氏這回真是氣了，她方才說「行房」之類的事情時，崔凝沒有一點反應，顯見比一般十三歲的小娘子要懵懂的多。這會兒臉紅，不可能是一下子就理解了，突然害羞起來，定是魏五對她做了什麼！

凌氏極力平復呼吸。「他是不是輕薄妳了？」

崔凝知道輕薄是什麼意思，親一下算輕薄了吧？

可她一點都沒有感覺到自己被輕薄。他那麼認真，比她還要慎重的多，拿一輩子的承諾換了一個吻，怎麼想都是自家賺了。

「五哥不是那樣的人。」崔凝替他分辯了一句。

「凝兒，妳還小，不著急說親，日後定然會有比他好千萬倍的人。」這也是凌氏看著魏潛和符遠不錯，卻沒有刻意與兩家去打交道的原因。

符遠和魏潛都是青年俊才，可是也都有不足之處。魏潛不必說，符遠不足之處在於家族根基淺、人口也不興旺，意味著日後能出頭的也不多，說不得幾代就會衰落得不成樣子。

而相比之下，謝颺簡直沒得挑，這三人中就屬他年紀最小，出身世家，相貌、人品才學都不輸符遠和魏潛。

凌氏若不是眼看著謝颺如此出色，壓根兒就不會這麼積極地商議崔凝的婚事。崔凝身為清河崔家嫡出的貴女，根本不愁嫁，凌氏出去交際，不知道多少人明裡暗裡地打探，滿長安不知道多少家等著求娶呢，那些可都是家世人品年齡均相當的。

當初凌氏考慮魏潛，也只是私下裡跟崔道郁說幾句，並未放在明面上，可就這樣她也是後悔得要死，就不該生出一星半點考慮魏潛和符遠的心思。

怎麼偏偏就是魏潛呢？就是符遠也好啊！家族根基淺不要緊，這頭有崔家撐著，符遠有本事，護得崔凝這一世榮華富貴不成問題，可魏潛能給崔凝什麼？

魏家一向錚錚傲骨，不爭權不慮時勢，一門心思做清流諍臣，攤上太宗那樣大度明理的皇帝倒也罷了，若是攤上個小心眼的皇帝，豈不要糟？不是每個人都願意有個明鏡，時時刻刻照出自己的不足。

嫁給魏潛，沒有榮華就算了，連子嗣都不能有，這日子可怎麼過！

「母親別傷心了，跟您說實話，魏家來求親，我如今還似在夢中呢，生怕等夢一醒，就發現這事兒不過是我自己胡思亂想。」崔凝握著凌氏的手，收起了嬉笑玩鬧的心思，認真道：「我曉得自己有很多事情都不懂，也不知該如何擇夫婿，但是待在五哥身邊，我安心。」

崔凝每次進監察司頭一件事就是看看魏潛在不在。若是不在，頭一句就問「五哥去哪兒了」，她從來都沒有這樣依戀過一個人。

她如今也明白，自己將來肯定要嫁人的，想到日後嫁去別人家，身邊沒有父母姊弟，沒有祖父，也再不能像現在這樣依賴魏潛，她便覺得心慌，彷彿努力了這麼久，一切又都從頭開始了。

凌氏嗔道：「那魏五哪有妳說的那麼好，只要妳點頭，他還不巴巴地湊上來？還作夢呢！瞧妳這點出息。」

凌氏這麼說是出於方方面面的考慮。魏潛的條件能娶著崔凝那是燒高香，可崔凝卻曉得，魏潛還真不是那種會因為門第湊上來的人。

「妳既這樣說，且看看吧。」凌氏嘆道。她不忍崔凝傷心，心裡卻打定主意，若是魏潛有一點對不住崔凝，便想辦法取消婚約。

「母親真好！」崔凝抱了凌氏的胳膊撒嬌，又說了滿嘴的俏皮話兒哄她。

凌氏看著崔凝，心裡越發疼愛。

崔凝迎著她溫柔寵溺的目光，心裡卻在想，難不成自己真是她親生女兒嗎？

彼時凌氏的反應，分明是知道自己女兒已經沒了，不然不可能哭得死去活來，還大病一場，可這幾年凌氏對她的疼愛絕不是作假。

那自己究竟是……

——精彩後續，敬請期待《崔大人駕到》．「完結篇」——

番外　君子藏劍

二師兄未上山之前叫陳相如，後來入了道觀，師父給起了道號，叫道明，外表看上去斯斯文文的一個人，但師父總說他以前是個占山為王的土匪，我始終不能相信。

後來，我信了。

他人前總是帶著雲淡風輕的笑，溫溫柔柔地喚我「阿凝」，口中談的都是玄之又玄的道法機緣；可是一扭頭背著人，便偷雞摸狗拔蒜苗，兩罈酒，一把劍。他聽了我抱怨四師兄，便哈哈一笑，對我說：「怕什麼，小阿凝，生死看淡，拔刀就幹。」

我每次聽了這話，豪氣頓生，雄糾糾氣昂昂地衝到四師兄面前……可我末了還是得像鵪鶉一樣，縮著腦袋聽四師兄嘮嘮叨叨的訓誡。

這個時候，二師兄就會笑咪咪地站在一邊圍觀。

我很小很小的時候，誰都不耐煩帶我。每次我不小心尿溼了褲子，提著褲子哇哇大哭著去找師父，師父都會對二師兄說：「道明啊，給你師妹換褲子。」

師兄們七手八腳地給我梳了滿頭辮子，臨水一照，嚇得我哭著去找師父。師父又會說：「道明，給你師妹梳頭。」

其實二師兄開始並不會這些，他只是比其他師兄更有耐心。

後來我漸漸越來越依賴他，二師兄於我來說亦父、亦兄、亦師、亦友。

其他師兄不愛帶孩子，但都很照顧我，師父說因為我是個女娃娃。彼時我並不清楚女娃娃是什麼，於是偷偷問二師兄，他說：「女娃娃就是不帶把兒的。」

我問：「什麼是把兒？」

他沉思良久，拍拍我的頭，語重心長道：「這是一門大學問，機緣到了，自然知曉，我現在不能洩漏天機。」

二師兄總是欺負我，起初我還會去師父面前告狀。可師父說，二師兄擔著我們道觀的門面，別人看他長得好，總願意多信幾分，他在我們道觀生存大計上是不可或缺的一部分，所以師父叫我多多忍讓。

我想，能擔著如此重任，定然是個了不起的人。

曾有一段時間，他在我心目中的形象和無量天尊一樣高大。而且自打那以後，我對好看的人總有幾分崇拜感，哪怕許多年後我明白真相，仍舊無法完全丟掉「以貌取人」的壞毛病。

我總覺得二師兄無所不能，擼起袖子能劈柴挑水，廣袖一拂能震飛三、五個壯漢。只不過他平素最愛的，還是搗鼓那些風雅之事。

師父告訴我，當我還穿著開襠褲時，二師兄曾對我抱過極大的希望，他說我生得好看，好生養起，將來或許能接替他擔起本觀門面。

因此自我能說話起，二師兄便十分認真地教我識字讀書和做人的道理。他不像四師兄那樣整日把自己埋在書海裡，學識卻十分淵博，講課也有趣，至於他所說的那些做人道理……唉，不提也罷。

不過我發現，二師兄其實更喜歡教我品酒、煮茶、賞花、撫琴、作曲之類的東西。

他什麼都教，可我什麼都學不會。我天生聞酒氣便醉八分，酒是品不了了，二師兄直接放棄。至於茶，我喝著他泡的那些清湯寡水茶全是一個味道，相比之下我還是喜歡山腳下茶寮裡賣兩文錢一碗的茶，至少還放了陳皮呢！

我倒是很愛賞花，二師兄讚我是個貴人命，他說賞花全是吃飽了撐著的人才會幹的事，我很喜歡，因為我一直很嚮往頓頓吃撐的日子，二師兄也很高興，這……也算是殊途同歸吧！我們一拍即合，他興致勃勃地拿了畫冊來教我認各種花花草草，可我不敢說，我實在分不清牡丹和芍藥……

不過，很慶幸我總算還是有些長處的，二師兄說我在音律上極有天賦。但那次我說，古琴不如嗩吶好聽，那嗷嗷叭叭叭的特別神氣，我告訴他我想學嗩吶。

二師兄皺著眉，神色複雜地望著我嘆息。「天賦過人，可惜毫無審美。」

我不滿。「全是樂器，憑什麼就分三六九等？」

他道：「全都是人，還分三六九等呢！這些器物算什麼！」

二師兄要我放棄嗩吶，潛心學習古琴，他苦口婆心：「妳好好想想，妳一個道士臨風撫琴多有仙姿？妳看見過哪個得道之人站在山頭吹嗩吶的？」

我狐疑。「難道學古琴有利於得道？」

二師兄十分肯定地告訴我：「這是當然！」

從此以後，我苦練古琴。

到七歲的時候琴音已經很能入耳了，二師兄就常常帶我去後山景色優美之處，讓我撫琴，他找個好地方飲酒狂歌，累了枕石而眠，兀自十分盡興。往往他睡著時，我指頭都麻木了。

我還是喜歡嗩吶，不喜歡古琴，可我想得道。

後來二師兄並不強迫我練琴了，我問為什麼，他道：「撫琴只是仙人必備的一種姿態，略有些基礎之後自行領悟即可。」

我問他。「啥叫必備的姿態？」

他猶豫半晌，在心裡幾番考量，終是道：「就是差不多能糊弄人得了。」

「……」

一句話顛覆了我的人生觀，畢竟，我學這些從來都不是為了糊弄誰。

我一向是個很認真的孩子。

經過半個時辰的認真思考，我決定追隨二師兄的腳步，他總是能想辦法弄到許多東西養活我們全觀人，是個很有能力、很了不起的人，那就……只好糊弄一下了。後來二師兄還教了我許多小經驗，徹底給我打開了一扇通向一條旁門左道的不歸路。

二師兄有一把劍，從來沒有出過鞘。我聽師父說，二師兄功夫是咱們道門最好的一個，就央求他教我武功。

他答應了，然而從始至終，他只教我拳腳，沒有教過一次舞劍。

他說，此生再不復用。

那把令人垂涎的純鈞變成了純粹的裝飾。

二師兄是個有故事的人。

我曾經問過他很多次，他都只是笑說：「想當年，我也曾君子如風，仗劍江湖。如今換了這一身道袍，抱著一罈子酒，也快活得很。」

再問，他只嘆。「最輕飄的一句話許是要搭上一輩子，最重的誓言轉念便可能背叛。」

二師兄騙過我很多次，只有這次，我真的從他眼中看見了悲痛與落寞，於是我從此再不相問。

最終的誓言轉念便可能背叛，我沒想到二師兄這麼快就違背了自己的誓言。

倘若我預料到有一天他的純鈞是在這等情形之下再度出鞘，我一定祈禱但願此生不見。

那天他告訴我，他在我時常玩耍的地方藏了好吃的，叫我趁著四師兄熟睡時偷偷去取，我便高高興興地跑去，發現一大盒點心，精緻的樣子讓我不忍下口。一個人坐在松樹林裡瞧了半晌口水，一咬牙敞開肚子吃了一頓。

我第一次吃得這樣痛快，可是吃著吃著就想到師父、大師兄、二師兄他們，我揣著剩下半盒點心回觀裡，打算明天給他們一人分幾塊。哼，我才不像師父那麼小氣，啃個雞腿還要關上門躲在屋子裡。

遠遠地，我就看見道觀那處起了火，我撒腿衝回去，聽見師兄們雜亂的高喊，我以為是走水了，火急火燎地一頭衝進門內。

地上已血流成河。

二師兄掌中寒光吞吐若游龍，所過之處伏屍成片，殺氣沖天，是我從沒見過的模樣。

他冷冽的眼神掃過來，我渾身一顫，慌慌張張地找了地方躲起來。他什麼都沒有說，可我知道那是讓我躲起來的意思。

我蜷縮在角落裡瑟瑟發抖，不知過了多久，猛然被一股巨大的力道拽起來，一剎那天旋地轉，我已經被人抱起，在一片廝殺中二師兄的聲音嘶啞：「別怕，是我。」

隔著道袍，他炙熱的體溫慢慢溫暖從頭到腳冰冰涼的我。

在晃動不定的視線裡，我看見平日疼愛我的人一個個倒在血泊裡。四師兄被四個黑衣人圍攻，二師兄縱身如箭，衝到跟前的一瞬間，四把劍卻同時深深埋入四師兄的身體，我距離那傷處不到半尺，鮮血濺了滿臉，燙得我生疼。

二師兄猛地旋身，我聽見耳邊慘叫連連，眼前發黑，腦中一片空白。

他將我送進密道，孤身在書樓裡燃起火，一襲青衣道袍在廝殺中仍然纖塵不染，火勢轟然而起，他轉身衝我如平素般笑了笑，我只覺得眼睛刺痛，目眥欲裂。

他死後，我莫名其妙成了第一士族崔家的娘子，穿著綾羅綢緞，頓頓吃撐。

可是，二師兄，我並不歡喜。

繁體版獨家番外

坐忘凡塵——四師兄

有一回二師兄從外頭給我帶了一盒點心，師父便殷勤的拉我去話家常。

他道：兩個人乾巴巴的說話總歸沒有意思，不如去山澗花圃裡頭，一邊吃點心一邊聊，師父告訴妳關於妳四師兄的祕密。

我長至六歲，師父已經把觀裡師兄們的老底挨個都抖了個遍，只有四師兄仍然神祕，我聞言難免有點意動，只是心裡捨不得點心。

師父板著臉道：妳看，師父一大把歲數，能騙妳個小丫頭幾塊點心？妳出點心，師父拿出珍藏多年的好茶。

近日二師兄教導我品茗弈棋，我已能吃出幾分茶味，我聽二師兄說，上好的一斤茶甚至能買下整個點心鋪子，這麼一算，我倒是占了挺大一個便宜。

只是後來，看著師父抓出一把粗拉拉的陳年老茶葉的時候，我心裡分外後悔，不過話都起了個頭，我總不好兜著點心扭頭就走。

四師兄俗塵的名字叫蕭廉，據師父說，他有個十分尊貴的出身，乃是正正經經的皇親國戚。

四師兄的母親是太宗的女兒，父親出身一個很有勢力的家族，他們家只得了四師兄一個兒子，平日裡含在嘴裡捧在手心猶覺不夠。

師父感嘆過許多回：他母親是個極美極美的人兒，偏他是個笨胎，半點不會長，生的還不如他母親十之一二，不然如今道觀裡的擔子也不會都壓在妳二師兄身上。

在我看來，四師兄的相貌已經很好了，我有一回半夜如廁時，瞧見他站在院子裡觀星，一襲白衣在月光下顯得仙氣飄渺，比二師兄還要更像仙人，只是平常他性子古板又執拗，生性潔癖，從不懂討人歡心也就罷了，偏還愛嘮叨，看不慣的事絕不會忍著，怎麼能不得罪人？

他這樣挑剔龜毛的性子，師父說他從前是大戶人家的郎君，我當真一點都不吃驚。

令我吃驚的是，師父說他從前是紈褲子弟！

我那整日把規矩放在嘴邊上的四師兄，竟是紈褲子弟！我心想，師父莫不是年紀大了，把二師兄和四師兄的事兒給記混了？

我心裡懷疑，臉上就帶了出來。

想是師父吃了我的點心也不好與我計較，砸巴砸巴嘴，耐心與我說起四師兄的前塵往事。

四師兄出生在繁華的都城，生下來的時候正值拂曉時分，天光乍破，雲霞萬里，日月同輝，就連那天邊的啟明星都比尋常時候璀璨。

算命的說，四師兄命格貴不可言。

蕭家，在今朝開國之前便曾經做過皇族，且家裡頭人才濟濟，就算國破了，在別人建立的天下也混得風生水起，皇帝當不成，便舉家致力於做二把手。

這樣的人家，貴不可言便有幾分說不清道不明的意思了。

於是蕭家闔家上下將這個消息瞞住，待到他懂事之後又教他如何低調。

然則蕭廉畢竟不是低調的命。

他讀書好，在外必須裝作平庸，喜歡騎馬射箭，只能偷偷在自家馬場裡過過癮，在外還得裝一副柔弱的模樣。彼時他年紀小，想不通為何要這樣，壓抑得久了性子便有些變了，原本一個乖巧文靜的小男孩長到十四、五歲，突然變得人嫌狗憎，滿城的人見了他都要避著走。

鬥雞走狗，圈養歌姬，夜宿青樓，一言不合便又打又砸，據說全城一半的青樓館子都被他砸過，揍過的人更是數不勝數。

雖然出的不是蕭家擔心的那種名，但著實不能算低調。

蕭家家規甚嚴，可是罰也罰了，打也打了，他非但不收斂反而越發變本加厲。自家的孩子總不能打死吧，於是索性由著他去了，反正闖出這點禍事，蕭家都能兜住，只要他不突破底線亂來就好。

蕭廉在紈褲這條路上自由的奔馳，有一天，蕭家人一個不留神，他果然就突破底線了。

他十七歲那年，在大街上遇見個叫芙娘的女子，將那女子領回家去，拿了一筆錢，讓人家夫君寫下和離書……

此後便將女子藏在他私置的一處院子裡，與那女子做起了夫妻。

他自幼聰明，想要全心全意的辦一件事就沒有不成的，他將那個女子藏得嚴嚴實實，與她在一處近兩年都不曾被家裡人發現。

等那芙娘肚子都大了，家裡又催逼他去相看小娘子，這才將此事說出，並言要娶這女子為妻。

蕭家那等高門大戶，莫說一個成過親的平常女子，便是沒有什麼底蘊的大戶人家，也攀不上他們。以芙娘的身分，哪怕進蕭家做個妾室也是不能的。

蕭廉與家裡人說芙娘是良民，又謊稱她是清清白白的跟了他，如今又懷了他的骨肉，斷不能拋在外頭不管不問。

蕭父將他按在祠堂裡頭狠抽了一頓，終於鬆口讓芙娘進門為妾。

然而紙終究包不住火，他這廂還躺在榻上養著傷，那頭芙娘的事情便被鬧開了！

芙娘身世可憐，自小跟著寡母長大，殊為不易。她十四歲那年，母親得了一場大病，當時正有一家上門來說親，她為救母親，又稍打聽那是個本分郎君便就答應了，收了彩禮為母親買藥治病。

不料，母親還是撒手人寰。

她想為母親守孝，但未來婆婆不同意，說自己兒子已經十八，如何能等她再守三年！又道：當初收禮錢收得倒快，婚期也答應得痛快，妳自家裡出了事兒，憑什麼叫我們出了錢又等著妳？

芙娘在熱孝裡被逼著嫁去了夫家，緊接著又被夫家霸占了屋子。

成親好幾個月之後，她才曉得自己的夫君余郎幼時傷了男根，自此之後便不舉了。

芙娘剛剛嫁過去的時候，余郎性子尚且不錯，她便認了命，在家孝順父母，悉心照顧夫君生活起居，偶爾家裡酒坊忙的時候也去幫忙，日子倒也過得去。

可是余郎整日對著個美人，還是自己的娘子，卻有心無力，時日一久不僅脾氣變得越來越暴躁，還經常疑神疑鬼。

芙娘時常去鋪子裡幹活，許多見過芙娘的人見她容貌姣好便戲稱其為「酒西施」。本是玩笑，可余郎有一回見鄰家鋪子掌櫃來沽酒，笑喚了一聲「酒西施」，芙娘也沒說什麼，客套了兩句，轉身喊了小二來招呼。

那鄰家是個賣筆墨的鋪子，掌櫃不過二十上下的年紀，生得一表人才，還是個秀才，日後說不得就能考上進士。他一身儒雅，笑得春風和煦，與芙娘站在一起的時候，恰登對。

這個畫面狠狠戳到了余郎心底隱祕。

他在鋪子裡吃了許多酒，歪歪斜斜的摸回家去，芙娘趕上來伺候，他像是被刺激到了一般，狠狠掐住她的脖子，質問她與那秀才何時生的「姦情」。

芙娘自是不認，余郎腦子昏昏沉沉，只覺得她嘴硬，更是怒火中燒，抓了她一頭烏壓壓的黑髮猛力往牆上撞。芙娘掙扎開的時候被一股力道甩到桌上，那舊桌直接被砸得從中間裂開，巨大的聲音驚醒住在主屋的老人，救下了奄奄一息的芙娘。

若說這只是酒後失手，那麼這一回失手算是洪水洩閘的開頭。

自這回以後，余郎算是找到了發洩的途徑，三日一小打五日一大打，芙娘身上新傷疊舊傷，沒一年工夫，已然從一個明朗爽利的女子成了個藥罐子。

公婆起初還攔一攔，後來見兒子沒下死手也就作罷了，再後來，就開始嫌棄她整日吃藥花費頗多。

芙娘病入沉屙，已斷藥數日。

這日外頭下著濛濛小雨，她忽而覺得自己精神好了許多，便仔細梳洗一番，穿上未出嫁前的舊衣裳，拿了這幾年偷偷攢下的一角碎銀子，緩緩走出余家。

街道上行人寥寥，她扶著牆，沿街蹣跚而行，打算在死前去母親的墳上瞧一瞧。

「喂。」

芙娘抬頭，看見一人一馬堵在她跟前，馬上那人一身華服，居高臨下的瞧著她。

他將她上上下下打量一遍，微微挑眉，饒有興致的問：「妳病成這個樣子，要去哪裡？」

雨下得不大，芙娘卻已經渾身溼透，連她自己都不知道是因為在雨裡走得太久，還是因為滿身虛汗。

被攔住去路，她像是被卸去了所有力氣，雙腿一軟，就這麼倒在他馬前。

蕭廉微驚，立刻翻身下馬。「我送妳去醫館。」

芙娘抓住他的袖子。「郎君。」

她顫巍巍的掏出那一角銀子。「郎君當行個善事，把我葬了吧，我來生給郎君做牛做馬。」

蕭廉愣了一下，旋即將人打橫抱起來，打馬疾馳，將人送到了最近的醫館。他本來可以丟下錢就走，可是不知為什麼，竟是沒有挪動腳步。

一念，便改了命數。

許多年後蕭廉再回想那時，那個女子跪伏在他馬前，淚眼婆娑的捧著一角銀子求他葬了她，哪怕想上一萬遍，他都不會轉身離去。

蕭廉把芙娘接到自己私宅裡養病，並且逼余家簽下和離書的時候，也未曾想過將來會與這女子有什麼感情上的瓜葛，只不過是無聊隨心之舉罷了，然而隨著兩個人日漸熟悉，他卻不知在何時上了心。

芙娘沒有高貴的氣質，也沒有才情，僅一張臉長得好，但這等姿色的女子蕭廉見得多了，並不覺得稀奇，吸引他的，是她的樂觀開朗。在經歷那麼多不堪的事情之後，她很快便走出陰霾，平常不說話的時候，臉上都帶著三分笑意。

相較之下，蕭廉覺得有些羞愧，自己不過是裝個草包，時不時的被人奚落兩句罷了，何至於作天作地？

芙娘是個本分人，被蕭廉救下之後便當自己是他的僕婢，並不仗著有幾分姿色便使勁往上湊，但也從來不曾刻意避嫌。

他給的，她歡歡喜喜的接著；他不給的，她從來都不要。

蕭廉最愛她這性子。

一開始，芙娘在他心裡與外頭那些女子並沒有什麼區別，只是更合他心意罷了，就算是她有了身孕也沒有太當作一回事。

直到家裡頭開始不斷的給他相看，他才發覺，眼裡再看不進旁人了。

……

先頭師父與我說，蕭家本同意了芙娘進門，卻不料被她那前夫一鬧便黃了。

我問：那芙娘究竟有沒有進門？

芙娘沒有進蕭家。

彼時，蕭廉被他父親按在祠堂裡狠抽半死，昏迷了三日才醒過來，躺在榻上養了六、七日才能下地走路。芙娘在小院裡等得心焦，卻毫無辦法。

有個瞧上蕭廉的貴女心生妒忌，剛好鑽了空子，派了個人假冒蕭家的小廝，說夫人要見她，令她即刻過去。芙娘信以為真，便挺著大肚子去了定好的地點。誰料在那裡等著她的不是蕭夫人，而是她前夫余郎！

那余郎打慣了她，又被人慫恿，覺得自己背後有人撐腰，再不懼那惡少，這會一見芙娘的肚子，便罵道「賤人，我就知道妳早晚要給我戴綠帽子」，說罷抓著她的頭髮便要打。芙娘身邊的僕婢發覺不對，拚了命的攔著，撕扯之間，芙娘肚子抵到桌上，當場便流產了。

芙娘被打了好些年，身子本就弱，好不容易才養回來一些，這次流產，直接要了她大半條命。她心中又覺得自己對不起蕭廉，愧疚悲痛之下，次日便香消玉殞了，連蕭廉最後一面都沒見上。

蕭廉乍聞此事如遭雷劈，當夜便提著劍將那余郎給宰了，關於此事的所有人皆沒有放過。

師父叮囑我：那份尊貴如今已經不能管飽，想必他自己想起來都會很傷懷，切莫在他跟前提及此事。

那天夜裡，我起夜，看見四師兄一身白衣道袍，站在院子裡頭仰頭望著漫天繁星，手裡摩挲著一直垂掛在腰間的小葫蘆。

月華在他周身鍍上一層光暈，映得他面龐如玉，仙氣飄渺，宛若姑射真人一般。

我問：四師兄在觀天象嗎？

他道：嗯。

我又道：四師兄的葫蘆是哪裡來的？比旁的都好看。

他垂下眼眸，默了許久，直到我身上被山風吹得透骨冷，他才輕聲道：是個故人給的。

四師兄是個極靜的性子，有時候能一動不動的打坐一整日。我曾問二師兄，四師兄這樣坐著有什麼用。

二師兄想了想，道：大約是要將凡塵坐忘吧。

崔大人駕到（下）

國家圖書館出版品預行編目資料

崔大人駕到 / 袖唐作 . -- 初版 . -- 臺北市：
尖端，2017. 05
面； 公分

ISBN 978-957-10-7403-0（平裝）

857.7　　106000800

作　　者／袖唐
繪　　者／ツバサ
發 行 人／黃鎮隆
副總經理／陳君平
總 編 輯／洪琇菁
執行編輯／陳昭燕
美術監製／沙雲佩
美術編輯／吳佩諭
國際版權／黃令歡
企劃宣傳／邱小祐、劉宜蓉
內文排版　謝青秀

出版／城邦文化事業股份有限公司　尖端出版
台北市 104 中山區民生東路二段 141 號 10 樓
電話：（02）2500-7600　傳真：（02）2500-2683
讀者服務信箱：7novels@mail2.spp.com.tw
發行／英屬蓋曼群島商家庭傳媒股份有限公司城邦分公司　尖端出版
台北市 104 中山區民生東路二段 141 號 10 樓
電話：（02）2500-7600　傳真：（02）2500-1979
劃撥專線：（03）312-4212
戶名：英屬蓋曼群島商家庭傳媒（股）公司城邦分公司
劃撥帳號：50003021
※ 劃撥金額未滿 500 元，請加付掛號郵資 50 元
法律顧問／王子文律師　元禾法律事務所　台北市羅斯福路三段 37 號 15 樓

台灣地區總經銷／中彰投以北（含宜花東）　高見文化行銷股份有限公司
電話：0800-055-365　　傳真：（02）2668-6220
雲嘉以南　威信圖書有限公司
（嘉義公司）電話：0800-028-028　　傳真：（05）233-3863
（高雄公司）電話：0800-028-028　　傳真：（07）373-0087
馬新地區總經銷／城邦（馬新）出版集團 Cite（M）Sdn Bhd
電話：603-9057-8822　　傳真：603-9057-6622
E-mail：cite@cite.com.my
大眾書局（新加坡）　POPULAR（Singapore）
電話：65-6462-9555　傳真：65-6468-3710
E-mail：feedback@popularworld.com
大眾書局（馬來西亞）　POPULAR（Malaysia）
電話：603-9179-6333　傳真：03-9179-6200、03-9179-6339
客服諮詢熱線：1-300-88-6336
E-mail：popularmalaysia@popularworld.com
香港地區總經銷／城邦（香港）出版集團 Cite（H.K.）Publishing Group Limited
電話：852-2508-6231　　傳真：852-2578-9337
E-mail：hkcite@biznetvigator.com

版　次／2017 年 5 月 1 版 1 刷　Printed in Taiwan